替水者

李磊白 著

时代出版传媒股份有限公司
安徽文艺出版社

图书在版编目（CIP）数据

潜水者 / 李磊白著. -- 合肥：安徽文艺出版社，2025.4. --（北极星文库）. -- ISBN 978-7-5396-8181-8

Ⅰ.Ⅰ247.5

中国国家版本馆 CIP 数据核字第 2024HZ1679 号

出 版 人：姚　巍
责任编辑：张星航　　　　　　　　封面设计：秦　超

出版发行：安徽文艺出版社　　www.awpub.com
地　　址：合肥市翡翠路 1118 号　邮政编码：230071
营 销 部：(0551)63533889
印　　制：安徽新华印刷股份有限公司 (0551)65859551

开本：880×1230　1/32　印张：8.125　字数：225 千字
版次：2025 年 4 月第 1 版
印次：2025 年 4 月第 1 次印刷
定价：45.00 元

（如发现印装质量问题，影响阅读，请与出版社联系调换）
版权所有，侵权必究

目录

楔 子 …………………………………………………… 001

二〇一〇年 碎尸 ……………………………………… 005

一九九七年 失踪 ……………………………………… 025

二〇一〇年 母女 ……………………………………… 041

一九九八年 继承 ……………………………………… 055

二〇一〇年 线索 ……………………………………… 065

一九九九年 悬案 ……………………………………… 085

二〇一〇年 调查 ……………………………………… 101

二〇〇〇年 姐妹 …… 123

二〇一〇年 住院 …… 139

二〇〇二年 结婚 …… 161

二〇一〇年 白骨 …… 169

二〇〇三年 爱情 …… 191

二〇一〇年 自首 …… 209

一九九七年 往事 …… 223

二〇一〇年 绝境 …… 235

尾声 …… 245

楔　子

一

紫芦县位于江南一隅，距离南京市两百多公里，距离杭州市五百多公里。紫芦县不大，有山，有水，有矿。矿和山在二十世纪九十年代，让紫芦人发了财，县城里男人们的出路不是去矿里上工，就是去山上采石。但合法登记的矿厂只有一家，在王回岭，随了地名叫王回岭矿厂。矿厂老板姓王，叫王聚德。其他的矿厂和王回岭矿厂没法儿比，都是些私自开采的小煤窑，事故不断，无人管理。后来经过整顿，只剩王回岭矿厂一家。

紫芦的采石场也只有一家，老板是王聚德的弟弟，叫王聚财。

王聚德和王聚财在二十世纪九十年代末是紫芦县最富的人，没人知道他们究竟有多少财产。

二

王聚德在1997年买了全县第一辆宝马汽车。王聚德他爹还以为他真的买了一匹马。当宝马车停在县城中央大道的十字路口的时候，全县的少男少女都蜂拥而至，要一睹名车风采。

杨一梅也在观赏的队伍中。作为司机的杨一梅的爸爸杨建国向她招了招手，让她上车。她便在男女老少的艳羡的目光中上了车。当时如果有心电图机，一定能发现她的心跳超过了一百五，甚至更高。她的脸烧得发烫，她感到有一股莫名的力量冲上头顶，像是身体中有一条龙在盘旋升腾。她第一次体验到了某种说不出的优越感——一种在众人目光注视下的满足与幸福。

杨一梅后来说，她从没有那么幸福过，虽然这幸福是如此的短暂和不真实，是如此的虚无，但就算是飞蛾扑火，她也要扑向那虚无的幸福。

幸福是虚无的吗？这是杨一梅的妹妹杨彩旗一直思考的问题。

杨彩旗后来说，如果她和姐姐选择了虚无，就没有幸福可言，对于她们这样的女人来说，能选择的，只有虚无。因为没有任何选择可言。

三

紫芦县的衰落是从1999年开始的。

王家的矿厂和采石厂都倒闭了。矿厂后来出了几次矿难事故，最后一次，死了十几个人，都上了省电视台新闻，事情闹大了。接着省里来了调查组，勒令停工。这个时候王聚德失踪也有两年了，王家成员为了争夺矿产所有权打得不可开交。矿难的一部分原因是经营不善，其实也没人管经营，之前赚的钱让王家人昏了头脑。

王家就此衰落。

紫芦县也就此衰落。

那辆宝马车一直停在王家旧宅大院里，落满灰尘，像一匹瘦骨嶙峋的昂着头颅看向天空的老马的尸体。

天空一片阴霾，仿佛紫芦县的春天再也不会来了。

二〇一〇年　碎尸

一

2010年3月23日,朱长龄到死都不会忘记这一天。这天朱长龄像往常一样早上五点就起来了,照例沿着浑河先跑个二十分钟,然后拿上渔具,准备在河边找一块"风水宝地"。这样,一上午的时间,他将在安静和惊喜中度过。昨天刮了一天的风,今天风停了,天气还不错。昨晚朱长龄就盯着天气预报,看到"晴转多云"时,略感担忧的心放下了。他已经三天没钓鱼了,自从三年前老伴去世后,朱长龄开始爱上钓鱼。钓鱼成了他生活中的必需品。老伴走的时候才六十三岁,胃癌晚期,从发现到去世,不过半年时间。这让朱长龄有些怅惘,以前从不思考的一些哲学问题跳进他的脑海,生啊死啊的,让他彻夜难眠。老伴走后,开货车的老李邀他去钓鱼,钓了两次,那些哲学问题就不再往脑子里钻,不再困扰他了。钓鱼好啊,他逢人就说,钓鱼我就不再想我老伴了,不再想生啊死啊的问题了,我就跟这个河还有周围的树连成了一体。这话说出来别人也听不大懂,可朱长龄不在意,他只想着钓鱼。

朱长龄钓鱼前还碰到了熟人马老三。马老三看着朱长龄手里的渔具,笑着说:"老朱,钓鱼啊?"朱长龄点点头说:"钓鱼,钓鱼。"朱长龄不喜欢马老三。马老三是个大嘴巴,喜欢嚼舌根,一个大男人喜欢嚼舌根,在朱长龄看来很令人讨厌。

朱长龄找到自己的"宝地",支起小板凳,拿出钓竿,上饵,甩竿,一套动作行云流水,潇洒极了。

朱长龄坐在折叠椅上,看着湖面。微风吹动湖面,清晨的阳光洒在湖面上,波光粼粼,仿佛金蛇乱舞。

鱼浮好像动了一下。朱长龄双目炯炯地盯着鱼浮,手里攥紧鱼竿。他感觉到鱼竿的重量发生了变化,是一点一点变重的,配合了水流的速度。朱长龄一开始觉得是有鱼上钩,但这个重量让他有些诧异,有些过于重了。这条河好像还从没有这么重的鱼。至少他在这里钓了这么久的鱼,从没遇到过。

鱼竿的弯曲程度让朱长龄确定,可以收竿了。按常规操作,需要让鱼在水里咬着饵一边游一边收竿,要顺应鱼游动的方向,一点点收,收得太急,鱼钩刺破鱼嘴,鱼会逃掉;收得太慢,鱼咬掉饵,也会逃掉。这里的力度是有讲究的。朱长龄对这种力度了如指掌,只要鱼咬饵了,就不可能逃离他的"魔掌"。

今天的鱼还是有些奇怪。除了重,没有一点挣扎。朱长龄因此判断,这可能不是鱼。不是鱼,那会是什么呢?

谁知道河里有什么。

谁都往河里倒东西,大到椅子,小到茶杯、牙刷。河对面是一排"贫民窟",还有人在河边洗衣服,还有在河里大小便的。

所以朱长龄只钓鱼,从不吃鱼。钓上来的鱼,他一般都会放生。

他继续收竿,很顺利地将它拖上了岸。

那是一个黑色大塑料袋,足足有半米长,圆滚滚的。朱长龄实在猜不出是什么,他走过去,打开塑料袋,只看了一眼,吓得差点晕厥过去。

朱长龄看到了一条人腿。

警察赶到岸边的时候,朱长龄已经在县公安局卫生间里吐得天昏地暗。新来的警察马小橘问杨乐:"他怎么回事?一直在厕所吐?"杨乐笑了笑:"钓鱼钓上来一条人腿,一般人哪见过这阵仗啊?我估计他一个月别想好好吃饭了。"马小橘眼睛一亮:"啥时候的事啊?怎么都没听到通报?"杨乐看了一眼马小橘:"马队亲自带队去的,你就别乱打听了。文件整理好了吗?"马小橘撇撇嘴:"知道了,现在就去整理。"说完她气呼呼地走了。杨乐看着她的背影笑了笑,转身进了卫生间。

朱长龄还趴在洗手池上面,已经吐不出东西了,只是干呕。杨乐认识朱长龄。杨乐他爸当年和朱长龄都是王回岭矿厂的工人。

"朱叔叔,好点没有?"杨乐走到朱长龄身边,拍拍他的背,把手里的一次性杯子递给他,"喝点水吧、朱叔叔。"

朱长龄一手接过杯子,一手抹了抹嘴,喉咙咕咚一声:"小杨啊,你朱叔叔这辈子都没见过这么恶心人的场面啊。我估计我后半辈子再也不敢吃肉了。"话刚说完,他又低头干呕起来。杨乐皱皱眉,继续拍打朱长龄的后背。马队走的时候让杨乐给朱长龄录口供,看样子这口供一时半会儿是录不了了。

马队他们正在河边勘查。警戒线沿着堤岸拉了一长条。警戒线外有一群看热闹的群众,有男有女,均是本地居民。小城从没有出过这么大的案子。他们交头接耳,好奇地盯着办案的警察,似乎想看出点什么端倪。

马队全名马前方,五十四岁,紫芦县公安局刑警大队队长,之前一直传他五十五岁就会退休,病退——马队身体不好是众人皆知的。按马队自己的话说,干一辈子刑警,有几个身体好的?但马队并不想退休,干了一辈子刑警的人,听到"退休"两个字,还是会有些怵。退休了干什么呢?马前方的妻子患尿毒症多年,一直靠透析维持。马前方跟妻子感情一般,虽没离婚,但已分居多年。两人育有一女,几年前考大学去了上海,现在留在上海工作,很少回来。马前方的父母早已去世,如今在马前方心里,似乎只有女儿是唯一的亲人。

马前方站在浑河岸边,看着粼粼河水向前缓慢流淌,河岸边的水草随微风摇摆。在马前方的记忆里,这个小城好像从没出过这么大的案子,上一次的大案是什么呢?他在自己的记忆库里搜寻。

那还是十三年前一个大雨的夜，几十条手电筒光束在矿厂里晃动、扫射，人们的脚步声和叫喊声冲破了大雨的嘶吼。矿厂出了小型矿难事故，几乎全县城的人都赶往矿厂了。而马前方他们却在寻找一个失踪的人。不，是两个。没人知道他们去了哪里，也没人知道他们是否活着。那个年代还没有更好的搜寻设备，只能靠人力，一点点寻找。雨下了一夜，他们找了一夜，什么也没有找到。所有线索也都被雨水冲刷干净，那两个人就这样失踪了，直到如今。

"马队，马队。"马前方从记忆里醒来，发现是副队长邵丁在喊他。

"怎么了？"马前方问。

"前两天一直下雨，就算有线索，也被雨下没了。"邵丁皱着眉指了指河岸边柔软的泥土。

又是大雨。马队想，十三年前的那场雨他到现在还记忆犹新。

"马队，省厅的人什么时候到？"邵丁皱着眉头。

"说是下午吧。照目前看，勘查范围可能……"马前方没说下去，他看着在河边搜寻的技侦人员，还有镇派出所的警察，一共十几号人，或站或蹲，分散在河岸边。法医已经带着碎尸回局里了。他和邵丁都知道，这样搜寻意义不大，抛尸河里，还是碎尸，杀人现场肯定不在这里，第一现场范围太大，说不好听的，整个县城都可以纳入勘查范围。马队上午接到镇派出所电话时，脑袋嗡一下就大了。紫芦县的治安十几年都是"标兵"级别，全国百佳"治安模范县"，很长时间没有发生过大案——除了十三年前的那个"失踪案"，其他不过是些聚众闹事、寻衅滋事、家长里短的争执，什么杀人案之类的重案，那是一起也没有过。怎么好好地冒出一个"碎尸案"来了？

马前方心里直犯嘀咕，他有点担心自己能不能安稳退休。但他转念一想，也许这个案子很快就能告破呢。他这样安慰了自己，但心还是揪着,不知道为什么,他总觉得事情没这么简单,胸口也微微发堵。他想起前两天眼皮跳,总觉得心里不安,好似有坏事要来临。这下应验了,倒让他有些慌乱,脑袋嗡嗡的。案子严重性只是其一,那种坏兆头的感觉更让他不舒服。他想起三年前被借调到邻县查一起无头女尸案的时候心里的那种慌乱,现在的感觉和当时很像。马前方是相信直觉的人,直觉让他觉得目前的案子很棘手。他还有失眠的毛病,晚上经常睡不着,看悬疑小说打发时间。现在好了,不用看小说了,这个案子够他们忙的了。

一众干警在河边勘查了一上午,没发现什么有价值的线索。马前方让邵丁先收队回去,自己打算去王回岭镇派出所一趟。

"那我跟你一起去。"邵丁不由分说,让大家收队回去,自己跟着马队的车去了王回岭镇派出所。

浑河这个区域就在王回岭地界,归王回岭镇派出所管辖。

车上,邵丁问马前方:"马队,这个案子你怎么看?"

马前方接过邵丁递来的一支烟,在鼻子前嗅了嗅,然后叼在嘴里,点燃,深吸一口。每次抽烟前将烟放在鼻子前嗅一嗅,是他多年的习惯。

"不知道,没一点头绪。"马前方边说边吐出烟雾。

两人不再说话。

车开得飞快。

邵丁看着窗外,也陷入沉思。邵丁今年四十五岁,之前和马前方都是从镇派出所调到县公安局的。

邵丁当警察的第一天就是和马前方搭班子,几十年的交情。之前马前方被借调,指名要带着邵丁一起。邵丁是那种大大咧咧的人,心思不够细腻,但他的优势在于敢闯敢拼、遇事不慌,然后还有点功夫。

这些正好都是马前方的短板。

虽然县里案子不多,但马前方思维缜密,帮邻县办了几次大案子,邵丁跟着马前方学了不少东西。他一直不知道马前方的那些刑侦技巧是从哪学的。问他,他就说是自个儿琢磨的。邵丁就没办法自个儿琢磨出来。看来干刑警可能也是需要一点天赋的。

其实当刑警是马前方从小就有的心愿。一开始没有机会,只能进派出所,他也无所谓,从基层一步步干起来,慢慢机会也来了。他先是帮着省厅破了一个案子,其实主要是提供了一个重要的破案思路,县公安局就派他去公安大学进修,算是定向培养,结业后就把他调入紫芦县公安局刑警队。那几年算是马前方的高光时刻,紫芦县基本没什么案子,他都是被借调到各个地方协助当地警方破案。马前方破案有自己的一套方法,他能从各种不相干的细节上发现彼此的联系,很难说这是他自己研究出来的方法或仅仅是他的直觉。关键是他的结论总是对的,这就让大家对他十分信服了。那些细小、琐碎的细节里,好似总是藏着一些不易被察觉的线索,就像数学家芒德勃罗提出的分形结构一样,物体彼此之间充斥着大量相似的结构,马前方好似总能看出案件线索彼此的"分形结构",进而找到更重要的线索或者证据,案件便在这些细小线索的挖掘中显露出真相来。

邵丁因此很崇拜马前方。马前方被调进县公安局刑警队之后,邵丁按捺不住,也想进县公安局。为此,他考上了浙江警察学院在职研究生,毕业后顺理成章进了县公安局,又成为马前方的搭档了。当时刑警大队老队长刚退休,马前方接任了队长一职。当在县公安局看到邵丁时,马前方并没有表现出像邵丁希望的那样高兴。他认为邵丁好不容易读了研,怎么又跑回来了?怎么不去杭州,或者上海这类大城市发展呢?可邵丁执意要跟着马前方,再说他老婆孩子还在紫芦。马前方嘴上虽然说不满意邵丁的选择,但心里还是很感动的。

很快车子便驶入镇派出所。马前方跟邵丁直接去所长办公室。所长王长城正在打电话，看到马前方和邵丁，挥手招呼他们先坐。等他挂了电话，没等马前方开口，他就焦急地问道："怎么样？有线索吗？"

马前方和邵丁坐在沙发上。

马前方摇头："没有，不可能有。"

王长城愣住，问："什么意思？"

马前方说："我们刚从河边回来，前两天大雨，河水涨了，水流也快了，尸块一定是从某个地方冲过来的，所以勘查范围很广，可能要沿着河一路查下去。"

王长城耸了耸肩："好家伙，浑河少说十几公里吧，这到哪查去？"他给马前方和邵丁各扔了一支烟，自己也点上一支。

三个人开始吞云吐雾。

警察工作强度大，常常靠吸烟解压。

马前方吸了几口烟，说："我有个想法。"

邵丁和王长城坐直身子。

"我怀疑，这尸块并不是有意投入河里的，而是不小心掉在河里的。"

邵丁和王长城对视一眼，不太明白马前方的意思。

"我的直觉，不一定准确……"

马前方没说完，邵丁打岔道："你继续说，我们相信你的直觉。"

马前方微微笑了笑，吸了口烟。

"我觉得如果凶手真的想抛尸，肯定会在尸体上绑上重物，不会这样直接丢进河里。尸块是成年男人的右小腿，这么整的一条小腿，抛入河里，我总觉得哪里不对劲。"

邵丁突然一拍大腿，吓了王长城一跳，香烟差点从嘴里掉到地上。

邵丁说："马队，你这么一说，正合我意，我就觉得哪里不对劲呢。"

王长城笑道:"小邵啊,你这个马屁拍得真响。"王长城今年五十岁,比邵丁年长,两人关系不错,常在一起喝酒。倒是马前方,下班后总是独来独往。

这时马前方的手机响了。马前方用的手机是女儿给他买的。

马前方接完电话,对邵丁和王长城说:"省队的人到了。"

马前方离开王回岭镇派出所,他让王长城帮着走访一下浑河沿岸的居民,看看有没有什么可疑的人物。

回到局里,局长已经召集人开会了,马前方和邵丁匆匆走进会议室。省公安厅刑侦科派了两名年轻的技侦人员和他们对接,尸块已经送去省公安厅进行检验了。

县公安局法医赵大明已经对尸块进行了初步的检验。他向大家汇报道:"小腿上的切口很不规则,甚至不是直接砍断,而是暴力折断的,分尸手法相当粗暴,长骨参差不齐地从肌肉中支棱出来,我怀疑凶手没想到分尸会这么麻烦,可能切割到一半感觉累了,于是放慢动作切割皮肤和肌肉,那些人体组织让凶手心烦意乱,所以用蛮力折断了腿骨,所以这是一起典型的无准备碎尸案,并且很有可能是身边熟人作案。"

听完赵大明的汇报后,局长将省厅派来的两名年轻技侦人员介绍给大家。

这两人一男一女,男生叫毛峰,看起来三十多岁,戴眼镜。女生叫方敏,看起来不到三十岁的样子,很年轻,手里拿着笔记本,一直在认真记录。

寒暄几句后,毛峰先开口道:"根据现在掌握的情况,第一种可能,尸块是意外抛入河里,跟着水流向下游流去,所以我们需要在上游进行摸排;第二种可能,尸块是有意抛入河里,那就需要在河里摸排;除了这两种可能,这里还有第三种可能,就是凶手是随机抛尸,那么其他的尸块不一定在河里。这样的话,会给勘查工作带来很大困难。只有顺利找到所有尸块,我们才能确定死者身份。就目前情况来看,当务之急还是寻找其他尸块。"

毛峰的话说完,大家都没有说话。会场鸦雀无声,气氛有点凝重,有点尴尬。

局长看着马前方:"马前方,你是老将了,你说说。"

马前方看着局长,知道局长对省厅派来的人不满意,这么大的案子,省厅就派两个小年轻来,太不重视紫芦县了。

马前方挠了挠头发,说:"现在线索太少,当务之急确实是要找到其他尸块,尽快确认死者身份。其他没啥可补充的。"

局长瞪了马前方一眼,明显对他的表现很不满意。

会开得不咸不淡,现在尸块刚送去省厅,其他尸块还没有下落,也无从进一步讨论。局长表示立刻成立"三·二三"专案组,马前方任组长,邵丁为副组长,杨乐和马小橘作为核心组员。其他人手由马前方统一调配。

散会之前,局长让马前方来自己办公室一趟。

局长啪地一拍桌子,气得脸都红了。马前方递给他一支烟。他挥手,不接。马前方自己把烟放鼻子前面闻了闻,叼在嘴里,点上了。

"别气了,没用。咱都知道省厅的意思,上海世博会马上就要举办了,那边警力不够,还需要从咱们省里调人呢,省里也是无奈。"

"那我就不无奈?碎尸案啊,马前方,我就问你,你破过碎尸案吗?"局长有点气急败坏。

马前方想了想说:"1999年那会儿进修的时候,倒是跟过一次碎尸案。自己办案,这是第一遭。"说着,他吐出浓重的烟雾,停了一下,接着说,"这个案子现在线索不多,等等看还能找到什么线索,也许案子并没有我们想象的那么复杂。"

马前方给局长宽心,其实也是给自己宽心。

"你现在有什么计划?"局长口气里透着焦虑。

"按目前掌握的情况,我准备安排人手沿着浑河上游摸排,如果尸块是无意掉入河里的,那么,凶手一定是打算去一个安全的地方抛尸,他可能是在抛尸的路上弄丢了尸体,这个跟前几天下大雨有关系,所以我想看看能不能先在上游找到什么线索。"

局长叹口气:"只能这么查了,我来让省厅再给点人员支持。"

马前方点头:"人手是肯定需要的,这个案子,人手越多越好。还有县里的监控设备,需要换新了,好多重要道路的监控都坏了,更别说浑河两岸了。"

局长微微点头,伸出手:"来支烟。"马前方抽出一支递给他。

两人吞云吐雾,不说话。屋里弥漫着烟雾。阳光从窗外照进来,马前方看着烟雾在阳光里翻腾,心里有种苦涩,喝了一大口浓茶的那种苦,没有回甘的那种苦,陈旧的,压抑的。那阳光也像暴风雨前平静的海面一般,马前方知道,这回出的是大事了。

二

刘敏在县城电影院边上开了一家小超市。其实原先开的是个小卖部,这么些年下来,也"鸟枪换炮",与时俱进,从小卖部升级成了小超市,还取了一个大气的名字:家里福。

这天下午,刘敏坐在门口嗑瓜子,还泡了一壶茶,等着几个姐妹来聊天打牌。刘敏牌瘾大,但八卦瘾更大。边打牌边聊八卦,人生如此,夫复何求!

今天的八卦是重磅的。

"钓鱼佬"朱长龄从浑河里钓上来一条人腿。成年男性的右腿。据说刀口齐刷刷的。

一位小姐妹嗑了一颗瓜子,还没吐出壳,张大嘴,瞪着刘敏,说:"真的假的?"刘敏淡定地说:"我还能卡(卡:方言,骗)你?咱们县,不说别的,就八卦这一块,有我刘敏不知道的吗?"另一位小姐妹头摇得跟拨浪鼓似的:"那没有。"刘敏偏着头盯着小姐妹们,神秘地说:"这个事,目前除了公安局,没几个人知道,你们嘴给我闭紧了,出了事,可别怨我。"

小姐妹们纷纷点头,表示会守口如瓶。

刘敏继续八卦:"知道死的人是谁吗?"

小姐妹们纷纷摇头。

刘敏:"我也不知道,哈哈哈哈。"

话音刚落,一个阴影遮住了她面前的阳光,刘敏抬头,正要开口骂人,看到面前站着两个警察,一男一女,都挺年轻。男的是杨乐,女的是马小橘。

"请问哪位是老板?"马小橘问。

"我是。"刘敏举手,像学校里回答问题的孩子。

"你好,我们是县公安局的,想找你了解了解情况。"马小橘拿出笔记本。

刘敏冲自己的小姐妹们眨眨眼,意思是,看吧,我消息灵通吧。小姐妹们纷纷冲刘敏竖起大拇指,表示佩服。

"是不是关于河边那件碎尸案子?"刘敏站起身,小声问年轻男警察。她看出来这两人,男警察是话事(话事:有话语权的人)的。

"嘿,消息够灵通的啊。"杨乐看着刘敏说,心想马队让他们来电影院边上超市找老板刘敏,看来没找错人,"包打听"的外号不是盖的(盖的:徒有虚名)。

"等会儿。"刘敏拍了拍自己的脑袋,然后盯着杨乐一阵看,看得杨乐有些不好意思了,"你、你、你是那谁……杨国光的儿子吧?"

杨乐脸上一阵红,他镇定了一下,点点头说:"是的。"

"嘿，我就说，你跟你爸真是一个模子刻出来的。"刘敏惊叹。小姐妹们也纷纷表示赞同。

"好了好了，我们聊一下正事吧，你看我们是去哪……"杨乐表情严肃起来。

"走，进办公室。"刘敏带路。小姐妹们要跟着，被杨乐和马小橘阻止了。

办公室很小，没窗户，只有一张桌子、一个沙发。刘敏几乎从不来这里。刘敏打开灯，房间里一股灰尘的味道。

"嘿，要不是这个事涉及机密，我也不会带你们来办公室，哎，瞧这些灰。"刘敏拍打着沙发上的灰尘，"你们坐，我给你们倒水去。"

杨乐拦住她："不用，刘女士……"

"那什么，论辈分你得管我叫……姨。"刘敏笑眯眯地对杨乐说。

马小橘扑哧一声乐了。杨乐瞪了她一眼。

"呃，刘姨，这个，我们找您是想了解一些情况。"杨乐最烦的就是小城里人情世故的麻烦，也没办法，实际情况就是如此。

"你问。想了解什么？我知无不言。"刘敏很愿意为警方提供情报，她感觉很刺激。

杨乐示意马小橘问。

马小橘打开笔记本。

"这段时间，您有没有见过什么可疑的人？"

刘敏开始思考。

"可疑的人？"她沉吟，然后摇摇头，"没，没见过什么可疑的人，我基本上每天都在超市门口，前几天下雨，我们在屋里打牌，要说可疑的人，还真没见过。哦，我想起来了！"

三

碎尸案仿佛让紫芦县复苏了,大地上有一种骚动,周围的人们像是兴奋的猎人发现了猎物。大家沉寂了太久,仿佛干涸的大地终于有了雨水的滋润。每一个人都在聊这件事,在家里,在饭店,在街上,在单位,在网上,在任何有人的地方。各种段子、故事、小道消息满天飞。

紫芦县是衰败了。这个曾经富裕辉煌的小县城如今风光不再,年轻人纷纷离开,读书的读书,工作的工作,剩下的不是老幼病残,就是在体制内工作的人。小县城的辉煌也不过短短的五六年,因矿产开发富起来,也因矿业衰落而凋零。

紫芦还是那个紫芦,但这里的人似乎变了。对此感受最深的是马前方,他从基层民警干起,经历了紫芦的发展过程。一切都是如此猝不及防,人们兴奋,欢腾;人们又失落,忧伤。这一切都被马前方看在眼里。紫芦的衰落,让他难过和忧伤,但他无可奈何,命运的齿轮没有一刻停止转动。

马前方惊奇地发现,碎尸案让小城沸腾起来了,到处都在讨论这件事情,也让这件事情的性质发生了某种变化。他说不清这种变化是什么,但他能深深感觉到这种变化。不多言多语的人,也因这件事开始有了话;平时不咋走动的人,碰到一起,也聊这件事。人们不提杀人案,不提碎尸,只说"那件事"或"这件事"。

那件事你听说了?

听说了,你咋看?

你最近可遇到啥可疑的事了?

这事你得跟警察好好说一说,我觉得你说的这事有疑点。

马前方接到很多人提供的信息,人们变得热心了,人们变得热情了。马前方有些诧异,曾经衰落的小城怎么一下子就热闹了起来呢?这让他还有些不习惯。他的手机一天到晚地响,人们提供的信息五花八门,甚至有些荒诞不经。他并没有厌烦,相反,他喜欢这种久违了的热闹的感觉,好像人们之间曾疏远的关系又开始近了。他知道这种"近"的关系注定是昙花一现,案子告破,或者等不到告破,大家终将回归到日常里,回归到疏离的状态里,日复一日。

经过一周的走访,案情并没有什么实质性的进展。县里能用的监控都调取了,没发现什么可疑的人和车辆。加上前几日大雨,就算有可疑车辆的痕迹,也一定给冲刷干净了。省厅那边给了验尸报告,大腿的切口很粗糙,怀疑为菜刀等非专业工具切割,可能是激情犯罪,跟县里法医赵大明说的没什么出入。根据尸体腐烂程度,死亡时间为发现尸体前两天。DNA数据库没有比对出死者身份。这些信息对案子的侦破似乎也起不到什么实质性的帮助。

马前方陷入焦虑。

邵丁那边对浑河沿岸"贫民窟"的调查也没有什么进展,一间又一间破旧瓦房、茅草棚、红砖平房里,并没有出现蓝色荧光——那种鲁米诺试剂遇到血迹的典型反应。

倒是杨乐和马小橘那边的走访有一些进展,让马前方看到一点希望。超市老板刘敏提供了一个线索,她说她看到了一个可疑的人影。

刘敏有三家超市,最近打算再开一家全县最大的生鲜超市,地址选在浑河南岸王回岭一带,那边是所谓的"贫民窟",以前是矿场,最近刚拆迁,要规划盖房子。现在楼市热,从省里热到市里,接着热到县里,热得像三伏天的太阳,人人都在谈论楼市。但这个开发商的老总前段时间被抓了,人人怕惹火上身,纷纷和老板划清界限。现在这一大片地搁置着，啥时候启动，没人知道。

但刘敏有小道消息，最迟年底这块地会动，那么离这块地最近的王回岭以后肯定能发展起来。她选中的是王回岭矿厂不远处的一个厂房，想改造一下，打造成县里最大的生鲜超市。

改造过程比刘敏想得复杂，光拆掉厂房那些设备就要花不少钱，这还不算租金成本，还要去县政府批条子，各种手续，一路跑下来，钱花了不少不说，人也跟着累瘦了。刘敏清晰地记得3月21日那天下暴雨，她从县政府拿着批文回来，把车停在厂房门口，进去跟装修队的马师傅交接装修事项。那天她跟马师傅大吵一架。她要的方案马师傅说做不出来。刘敏急眼了，做不出来你不早说，现在批文也下来了，厂子也租了，你才跟我说做不出来。马师傅的意思很简单，你的预算太少，但你要的太多。这么大一个地方做生鲜超市，电的问题、水的问题……这些都要解决。这些不是他们这个小装修队能解决的，需要增加人手。但刘敏想得很简单，我出钱，交给你办，你必须都给我办好。办不好，你自己想办法办好。两人因此大吵一架，不欢而散。马师傅带着自己装修队的几个人气呼呼地走了。走的时候天已经黑了，外面还在下大雨，电闪雷鸣。

刘敏气得站在空荡荡的厂房里直跺脚。她拿出手机给妹妹刘玲打电话，嚷嚷着要换一个装修队。刘玲说："谁不知道马师傅是咱们县最好的装修队。咱家三个超市都是他装修的。"刘敏说："我知道，我就是咽不下这口气。"这时外面一个炸雷，轰隆一声，吓了刘敏一跳。狂风从外面吹进来，厂房门口那盏吊灯晃晃悠悠，刘敏的影子也晃晃悠悠。刘敏感觉到背脊上一丝寒意，缩了一下脖子，跟刘玲说："你帮我想办法把电和水的问题解决了，要找人就找人，但马师傅那边我是不会给他加钱的。"刘玲那边说知道了。

挂了电话，刘敏匆匆离开厂房。

厂房外面不远处，有一座石桥横跨浑河。这座石桥年代久远。县政府一直说要给石桥立个牌子，算是本地古迹，一直也没立，拖着拖着就没了下文。桥是古桥，没人关注，也就算不上古迹。以前矿厂还在的时候，矿工们常走这桥过浑河去矿厂上工。

刘敏打着伞从厂房出来，向自己的车走去，隐约地，好像看到石桥那边有人。雨下太大，看不真切，似乎是有人骑着三轮车从桥上过去，远远地走了。刘敏诧异了，这个时间点，谁会来这边？这里一没住宅二没街道的，不远处的废弃矿区在大雨里静默着，像洪荒的怪兽。

又一个炸雷，刘敏啊呀叫出声，匆匆几步上了车，赶紧离开了。

"按照刘女士的描述，我们怀疑她看到的那个骑三轮车的人很可能就是凶手。"马小橘说着看了杨乐一眼，杨乐示意她大胆说下去。"刘女士觉得那个时间点骑个三轮车过桥很反常，但她没多想，按她的说法，她自己当时已经被雨淋湿了半边身子，就赶紧上了自己的车。"马小橘边说边扭头看向马前方。

马前方抿着嘴，脸上黝黑的皮肤下的肌肉微微抖动，目光炯炯，然后沉吟了一下，说："走，去现场看看。"

邵丁拿了车钥匙，一行人快步走出办公室。

邵丁把车停在刘敏租下的厂房门口。

马前方下车走到厂房那里，环视了一下周围——今天天气不错，碧蓝的天空飘着几朵白云，没有风，气温不冷不热；厂房边上的浑河水哗啦啦向前流淌，河水泛着波光，显得温柔多情；远处的山在阳光下一片墨绿，就连废弃的矿厂也显得不那么死气沉沉了。

"桥在那边。"杨乐指了指那座桥，正要和马小橘向那边走去。

"等会儿。"马前方喊了一声。杨乐和马小橘站住脚，回头好奇地看着马前方，有些不知所措。

马前方慢悠悠地向他们走去，边走边观察着四周。周围的景物一一映入他的眼帘,他对这些景物是熟悉的,也是陌生的。他将当下的环境和记忆里的环境一一对比。虽然这样的对比不免会有一定的出入,但这是马前方的习惯,他从不放过任何一个细节。对比的结果是他发现自己对这里并没有那么熟悉,他一直认为自己对紫芦无比熟悉,此刻却发现并非如此,这里让他有一种陌生感。其实这种陌生感由来已久,紫芦变化得太快了,快到让他有些无法记住,记忆跟不上变化的节奏。

马前方走到马小橘他们身边,从夹在腋下旧旧的黑皮包里掏出几副白手套,递给他们。

"戴上吧。"马前方说,抬头看看天,再看看不远处的桥,又看看地上,"这雨下得估计什么线索也没了,咱试试吧,小心找找,看看能不能找到什么线索。"

杨乐和马小橘接过手套戴上。

马小橘笑着说:"不愧是马队,随身备了手套。"

杨乐白了她一眼,说:"一个小姑娘怎么学会拍马屁了?"

邵丁走过来拍了拍杨乐肩膀:"近朱者赤,近墨者黑啊。"

马小橘半捂着嘴咯咯直笑。

马前方也笑了笑:"好了,别斗嘴了,干活吧。"

邵丁接过马前方递给他的手套戴好,跟在马前方后面。两人紧紧盯着地面,然后顺着左手边慢慢向石桥走去,他们小心翼翼的,每走一步之前,一定会确认地面上没有任何线索。

杨乐和马小橘顺着右手边以同样的节奏向石桥走去。

他们就这样边走边勘查,走到石桥口,花了半个多小时。马前方直起腰,掏出烟点上,说:"累了,休息一会儿吧。年纪大了,腰不行了。"邵丁也点了支烟,又递了一支给杨乐:"抽吗?"杨乐说抽,接过去点上。马小橘还蹲在地上仔细观察着。这时,一条深陷于干燥泥土里的车辙引起了她的注意。

"马队、邵队,你们看。"她指着车辙对马前方和邵丁说。

杨乐先跑来,蹲下,盯着车辙。马前方和邵丁也走过来。

四个人八只眼睛紧紧盯着那条车辙。泥土像是犁地一样翻开在两边,中间圆滚滚的一条自行车轮胎大小的印痕清晰可见,一直向前延伸,没多久,车辙印忽然变得混乱了,变成一大片不规则的痕迹。

马前方看着看着,露出一丝笑意。

"看来我的判断没错,三轮车在这里打了滑,凶手可能是故意选择雷雨天气运送尸体,没想到,掉了一块尸体,凶手很可能自己都没发现。"

"如果是这样,那么藏尸的地点应该在……那边。"邵丁指了指远处,那正是废弃的矿区。

马前方眯着眼睛盯着矿区,缓缓吐出一缕烟雾,说道:"确实是个藏尸的好地方。"

一九九七年　失踪

一

塔在采石场的后面，有七八层楼那么高。杨彩旗从初二（4）班的窗户可以望到那座塔。没人知道塔建于何时，也没人知道塔为何人所建。它矗立在那很久了，久到人们都忘记了它。

从教室窗户看出去，塔显得很突兀，高高地立在那里，仿佛一个老迈的将军站在那里，俯视着小县城，睥睨着县城里的人们。它似乎陷入某种沉思，被人们遗忘的沉思。有时候你会觉得它在偷偷嘲笑着县城的人们，带着某种不屑和宠辱不惊。

杨彩旗喜欢那座塔。

塔是木质结构的，早就腐朽了。好几年前，有几个半大孩子去塔里"探险"，朽木断了，摔死了一个，之后就没人敢去了。据说塔里烂糊糊一片，下了雨更是如此。只有很少几个人知道杨彩旗经常去那座塔。她走过因采矿而塌陷的土地，七拐八绕来到塔里，躲开腐朽的木头，找到台阶，一级一级向上，像是完成某种仪式，又像是踏上某个征程，最终登上塔顶。见过塔顶风景的人不多，杨彩旗应该是见得最多的人，其次还有她的同学毛岚。

塔前面的采石场曾经热火朝天的，干活的人，运石的车，川流不息，夜晚的灯火也通明如白昼。除了采石场，再远处是王回岭，那边有矿，是矿区。县里的男人大半都在矿里上工，赚钱。这是紫芦县最赚钱的产业，这个贫穷的县，当年也因此富裕了起来。

杨彩旗她爸也在矿里上班，但他不是矿工，他给矿厂老板王聚德开车。矿是王家的，王家有钱有势，紫芦县没人不知道王家。王家起势，也不过两三年，大家都知道，没那个矿，王家屁都不是。王家在王回岭这块根基很深，曾出过几任县长，王回岭那片土地百年前就是王家的，那两座山也是王家的。王家到了王聚德这一辈，也是沾了政策的光——私人采矿合规化。王聚德发现财路，找省里批下开矿经营权，又去外面拉投资，风风火火干起来，一年就发了。王聚德这个人，个不高，矮且胖，整天笑眯眯的，城府很深，心也狠，认钱不认人。他唯独对杨彩旗她爸杨建国很关照，让他给自己当司机。杨建国以前当过运输兵，驾驶技术不错。可能因为看上了他的驾驶技术吧，但事情似乎又没这么简单。王聚德有个外号叫"笑面佛"，他眼睛小，肚子大，笑起来挺喜庆。但他整人手段不简单，不动手不动嘴，而是靠冷漠，也就是冷暴力，不跟你说什么，只是冷冷地看着你，看到你发毛。王聚德他媳妇、他弟弟、他姐姐都怕他，怕他冷冷地盯着自己看，只有王聚德他爹不怕他，王聚德是个孝子。

矿是王聚德的，采石场是他弟弟王聚财的。名义上是他弟弟的，但背后管理者还是王聚德，他是幕后老板，指挥一切。王聚财也不是省油的灯，他能不知道自己是个被架空的傀儡吗？他知道，但他啥都不说，反正钱不会少他的。他不住县里，县里没什么娱乐场所，唯一的歌舞厅还是他开的，里面的"公主"不行，他看不上。他开始去市里消费，最后搬到市里去住，身边美女一大堆。他媳妇跟他闹，没用；去找王聚德，王聚德小眼一眯，笑嘻嘻地说："弟妹，男人嘛，逢场作戏，不用当真。"然后只喝茶，不说话，空气冷冷的，人也冷冷的，王聚财媳妇只好走了。

杨彩旗不喜欢王聚德，王家的人她都不喜欢。

王聚德有个儿子叫王子风，跟王聚德一样，小眼睛，但个子不矮，所以看起来比他爸好看多了，王子风和杨彩旗的姐姐杨一梅是同班同学。

杨彩旗今年十四岁，她姐杨一梅比她大四岁，今年十八岁了，上高三。杨一梅长得像妈妈，比杨彩旗好看，不像杨彩旗长得像爸爸，小眼睛，塌鼻子，大脑门，就皮肤稍微白点，个子也不高，看起来小小的。杨一梅大眼睛，高鼻梁，尖下巴，个子不矮，但看起来柔柔弱弱的。街坊都开玩笑，说你们杨家生了个林黛玉。杨一梅不喜欢这个外号，她不喜欢林黛玉，她喜欢王熙凤。

很多女人都喜欢王熙凤，但都做不成王熙凤。

杨彩旗没读过《红楼梦》，也没看过87版的电视剧。她对《红楼梦》没兴趣，她喜欢看《水浒传》，喜欢看金庸和古龙的武侠小说。她想，自己如果活在武侠世界里，一定是一个女侠，谈不上劫富济贫、啸聚山林，但至少能游戏人间、笑傲江湖。她喜欢那种江湖的浪漫，现实生活太过压抑，常常令她喘不过气。

杨一梅并没有像杨彩旗那么讨厌王家的人，至少不讨厌王子风。她对王子风没什么特别的感觉，在她眼中，王子风就是一个公子哥，天天上学有司机接送，也不学习，上课就睡觉，下课跟一帮男生聊足球、篮球和动漫，也聊女生。杨一梅听过传闻——王子风对她有意思。但杨一梅不喜欢王子风，她喜欢马超贤。

杨彩旗见过马超贤，高个子，戴个眼镜，分头，斯斯文文的。马超贤他爸在县政府上班，好像是县长秘书，杨彩旗也说不清楚。马超贤他爸也是斯斯文文的，也戴个眼镜，个子挺高，才四十岁就一头花白头发。马超贤也有白发，这是杨一梅告诉杨彩旗的。

杨彩旗和杨一梅关系很好，杨一梅很疼爱妹妹，妹妹是早产，那时候医疗条件不好，差点没活下来。妹妹刚出生的时候，不足四斤，黑乎乎一团，像刚出生的小耗子。医生说这孩子可能活不成，没承想杨彩旗越长越结实，从一个黑乎乎的不足月的婴儿长成了白皙的小姑娘。这也多亏杨一梅，小时候她总带着妹妹或跑步或去河里游泳，她不游，站在岸边指挥妹妹游，锻炼妹妹体质。跑步也是，她骑自行车跟在妹妹后面,盯着她跑。杨彩旗的体育成绩好,跟杨一梅的督促不无关系,她喜欢姐姐督促她,这是姐妹俩的相处之道。街坊之间偶尔会传一些闲话,不外乎杨一梅欺负妹妹之类。杨一梅有时候听了还会心里难过,但杨彩旗无所谓。不过姐姐心里难过,她不能答应,到处打听是谁传的闲话,第一时间冲到对方家里吵他个天翻地覆。有几次把杨建国都给吵来了,但杨建国来也没办法,他只能给杨彩旗一耳光,然后把她拽走。杨彩旗劲特别大,杨建国有时候想,等这孩子到了初中,自己可能就打不动她了。

两个女儿,相比之下,杨建国喜欢老大多一些。杨一梅漂亮,招人喜爱;杨彩旗脾气倔,性子耿直,不合群。

杨建国一直想要儿子,结果生了两个女儿,这让他觉得抬不起头。他不止一次骂李兰凤是个不能下蛋的鸡,每次殴打李兰凤的时候,他总会提到这件事。

杨建国甚至想过,杨彩旗要是没活下来就好了。

所以大家认为杨彩旗能活下来是个奇迹,能健康长大更是一个奇迹,虽然其中有母亲李兰凤对她的百般照顾,但这个女孩小小的身体里,好像有着不一般的力量。

杨建国和两个女儿的情感真正出现裂痕,是在 1997 年年底。对于杨家,这一年发生了太多的事情。杨一梅和杨彩旗的命运,也在这一年发生了巨大的变化。

二

1997 年的冬天,紫芦县出了两件大事,第一件事是有两个人失踪了。

一个人是王聚德。

另一个人是杨建国。

杨建国失踪算不上大事，但王聚德失踪真的是大事。

1997年12月23日下午，有人看到杨建国开车载着王聚德从厂子里出来。车子很快拐上国道，然后往市里去了。

王聚德去市里见一个东北的大老板，商量卖煤的事情。据说两人谈得很愉快，很快确定了合作意向。据说王聚德这一笔能赚五千万元。五千万啊，这可是1997年，一个普通工人一个月工资才不过三四百元。所以当王聚德失踪后，人们都说他一定是被绑架了，一定是因为钱。和王聚德一同失踪的还有杨建国。人们又说了，一定是杨建国干的，他伙同别人一起绑走了王聚德，他见钱眼开了，谁见到那么多钱能不眼红？

但除了他们的家人，没有人真的在乎他们的下落。

闲言碎语就这样在小城的上空飘荡。

生活在小城的人们也没有意识到这件事情会对他们的生活产生何等严重的影响。

第二件大事，是1997年的12月24号晚上11点35分，王回岭矿厂发生了矿难，四人受伤，无人死亡。按刑法的规定，这次矿难属于一般事故（"一般事故"是指造成三人以下死亡，或者十人以下重伤，或者一千万元以下直接经济损失的事故）。但现场的爆炸声把小城的人们吓坏了，大家纷纷走出家门，冒着雨，向矿厂走去。

雨越下越大，浑河的水位也因此上涨。

人们或聚集在矿厂，或聚集在矿厂附近。

几乎全县城的人都来了。

石桥上也站满了人，有大人，有孩子。大人们神情紧张，孩子们嬉笑打闹。雨声混杂着人们的叫喊声，在被灯光照亮的夜色里蔓延开来。矿难的营救工作一直持续到深夜。

也就在这时，有人背离矿厂，朝相反方向走去。在深沉的雨夜里，没有人注意到他们。这几个人像是幽灵一般,躲避着灯光和人群,渐渐消失在一片黑暗之中。

这几个人骑着一辆三轮车来到了一处废弃的棉纺厂。厂子的历史可追溯至二十世纪五十年代,现在只剩残垣断壁和一大片空地,空地上种了一些油菜,还有些蔬菜瓜果,生长得并不好。都说废弃的棉纺厂对土地的污染严重,只有周围的居民在这里种菜,供自己食用。

在空地的尽头靠近废弃棉纺厂有一排废弃的旱厕,成天散发着刺鼻的恶臭。

这几个人趁着夜色推着三轮车,进了臭气熏天的旱厕,直到天快亮才出来。

大雨持续到天亮,遮掩了几个人的身影。几个人好似幽灵一般出现又消失,没有人知道这几个人在那里干了什么。

矿厂里营救的队伍越来越壮大,但人们惊讶地发现,厂长王聚德没有来。人们来到王聚德的办公室,大门紧闭。给他家里打电话,王聚德的老婆赵美凤说一晚上没见到他。

王聚德去哪了?

人们这才发现,王聚德失踪了。

有人报了警。

马前方和邵丁带着人,在风雨里寻找王聚德。他们几乎找遍了整座矿厂,根本没有王聚德的影子。人们在司机杨建国家不远处找到了王聚德的那辆宝马车。

当天晚上司机杨建国开车送王聚德去了省城见合作方。

马前方他们又赶往省城寻找王聚德。

合作方说王总晚上回紫芦了。这时,马前方他们才发现,司机杨建国也不见了。

马前方走访了杨建国的家,他媳妇李兰凤说一晚上都没有见过杨建国,此时已经是第二天上午。杨家的两个女儿去上学了。马前方等她们回来后，又进行了一轮询问，得到的结果跟李兰凤说的没什么出入。晚上杨建国开车送王聚德去省城谈生意，自此再也没有回来过。

但王聚德的宝马车还在县里，那说明他们曾回来过。

当时紫芦县还没有安装监控，但省城已经开始小范围使用监控。通过调取省道上的几个监控，马前方他们发现，晚上10点，王聚德的那辆宝马车出现在省道出入口。按照这个时间推算，他们最晚应该在晚上11点左右到达紫芦县城。

然后呢？

接下来发生了什么？

难道两人去了矿厂，因为事故两人均遇难了？

这未免也太巧了。

马前方带着这样的疑问，带队在矿厂里又找了一整天，未果。

王聚德和杨建国就这样消失了。

两个大活人，怎么会就这样消失了呢？马前方想不明白。他不相信有所谓神秘事件，他相信一切诡异事件的背后一定有不可告人的秘密。

王聚德和杨建国失踪的背后，一定也有某个不可告人的秘密。

他想揭开这个秘密。

王聚德失踪一周后，县里的人们纷纷传言，是杨建国绑架了王聚德，甚至已经撕票了。还有传言说杨建国让大女儿去勾引王聚德，不然杨建国怎么能成为王聚德的贴身司机呢？

这种传闻总是隐晦的，像是夜晚的幽灵，时不时刺激着人的神经。

王聚德的老婆赵美凤等了一周，没有等到王聚德，她失魂落魄地冲到杨建国家，要他们交出王聚德。

她觉得大家既然如此传言，一定是有其理由。

赵美凤是一个缺乏理智的人，或者说她此刻已经失去了理智。王聚德的失踪，势必会给矿厂的经营带来巨大的影响。

她害怕，怕自己和儿子的生活发生改变。

她刚跟王聚德在一起的时候，王聚德还没有现在这么有钱。那时候王家在紫芦算是有点势力，不过有势力的人不是王聚德，而是王聚德他大伯。他大伯开了一个竹艺加工厂，有点小钱。那时候王聚德就展露了自己的野心，他要开矿厂，要成为紫芦最有钱的人。

赵美凤她爸生前在县政府工作，家里条件算是中等偏上。可惜她跟王聚德结婚没多久，她爸就患脑溢血去世了。赵美凤年轻的时候，在紫芦也算是出名的美女。王聚德对她死缠烂打，总算是追到了手。赵美凤还给王聚德生了儿子。但王聚德发迹后，对赵美凤失去了兴趣，他开始用钱来维护自己和赵美凤的关系。他是不会离婚的。他觉得自己是个传统的男人。

王聚德的老婆赵美凤开着一辆本田雅阁汽车来到杨建国家，她从车上款款而下。杨建国住的是一片低矮的平房，屋前是一个小院子，用来种菜。赵美凤走到杨建国家的小院前，叉着腰，开始叫骂。

"杨建国，你个不要脸的货，你把我老公藏哪了？你出来，还有你那两个不要脸的婊子，一个勾引我老公，一个勾引我儿子，不要以为我不知道！杨建国你个王八蛋，你别躲，你不是个男人，你不是个东西！"

赵美凤叉着腰骂了半个小时，其间喝了两次水，骂累了，就回到车上坐着喘口气，气喘匀了，出来接着骂。

杨一梅要去上学，李兰凤阻止她："你不能去。"杨一梅拉着母亲的手说："总要面对的。"说完她就推门出去了。

杨一梅就是这时候被赵美凤打的。赵美凤正骂得起劲，看到杨一梅从院子里出来，惊了一下，但她很快就捕捉到杨一梅躲闪的眼神。

她心里笑了。

杨一梅没能躲开赵美凤的攻击,虽然她只是想贴着墙根快步逃开,但赵美凤的腿脚居然比她快。赵美凤一个加速向杨一梅冲来,接着就给了她一个耳光,还用右手揪住了她的头发,对着她的脸吐了一口口水。杨一梅的眼泪立刻汹涌而出。这时李兰凤从屋里冲了出来。她从窗户看到赵美凤对杨一梅动手了。李兰凤像发疯的牛一样低头冲向赵美凤,一头撞在她腰上,把她撞倒在地,然后骑在她身上,双手如鹰爪,在她脸上抓出几个血道道,赵美凤发出凄厉的叫声。没一会儿警察来了,把三个人直接带到派出所。

负责处理这件事的人是马前方。

马前方端着茶杯,看着坐在桌前低头不语的李兰凤。杨一梅趴在李兰凤怀里小声啜泣,李兰凤一只手拍着女儿的背。赵美凤在一边哭喊:"谁能给我做主啊?老公被人拐跑了,我还被贱人打,我破相了,我要死了!"

赵美凤的声音尖厉刺耳,马前方不禁皱起眉头。

"好了好了,别喊了。"邵丁从门外进来,冲赵美凤嚷道,"你们要不就和解,要不就按寻衅滋事处理,各拘留十五天。"

赵美凤急了:"我是受害者,凭什么关我?"

马前方让邵丁把赵美凤带到另一个房间,自己跟过去。马前方进房间后就让邵丁离开了。马前方和赵美凤在房间里谈了半个小时,赵美凤同意和解,并且答应赔偿杨一梅一千块钱。

邵丁问马前方对赵美凤说了什么,马前方叹口气说自己答应赵美凤尽快找到王聚德,不然厂子肯定会出问题,然后吓了吓她,毕竟是她打人在先。邵丁点点头,表示同意马前方的观点。

这件事就这样过去了,赵美凤离开派出所的时候,狠狠地剜了李兰凤一眼。

李兰凤抱着杨一梅,低着头坐在角落。杨一梅瞪着赵美凤,那个眼神，是马前方从没见过的眼神，一个十八岁女孩怎么会有那种眼神？在后来的岁月里，马前方好几次想到那个眼神就觉得浑身冰冷。

杨彩旗赶到派出所的时候，赵美凤已经离开了。杨彩旗看着姐姐脸上五个隐约的指印，眼泪止不住地流。她叫嚷着要去找赵美凤算账，杨一梅拉不住她。马前方和邵丁拦住了她。令他们没想到的是，杨彩旗小小的身体居然有这么大的力气。马前方拉着她的胳臂，邵丁抱着她的双腿，两人半拖半抬把她弄进隔壁房间。很快，杨彩旗的咆哮声传了出来，接着是马前方的咆哮声。李兰凤和杨一梅愣愣地，像是听到什么怪物的嘶吼，被吓坏了，如同木头雕塑，杵在那里。直到隔壁房间的门砰的一声开了，杨彩旗气呼呼地冲出来，脸上挂着泪。她对李兰凤和杨一梅说："妈、姐，我们走。"李兰凤和杨一梅如梦初醒般，或者说如同两只牵线木偶一般跟着杨彩旗离开了派出所。

马前方看着她们离开，对邵丁说："找人吧。"

三

王家因为王聚德的失踪，闹翻了天。

王聚德失踪一周后，王聚德的弟弟王聚财跑到公司，扬言要接手公司。赵美凤不同意，她也想接管公司。可王聚财根本不把赵美凤放在眼里，直接坐进董事长办公室。但他低估了赵美凤。

赵美凤被李兰凤抓破了脸，现在老公还没消息，又气又急。王聚财正好撞到这个"枪眼"上了。赵美凤听说王聚财霸占了董事长办公室，冷笑道："就怕他没这个命。"

王聚财坐在自己哥哥的那张老板椅上，心情别提有多好，只是天公不作美，今天一大早就开始下雨，天阴沉沉的，跟王聚财的心情形成强烈反差。王聚财把双脚跷在老板桌上，昂着头，晃动了一下肩膀，像一个得了心爱玩具的孩子。他发出嘿嘿的笑声:"舒服,舒服,真舒服。要说还是我哥会享受,这椅子坐着是真舒服。"他闭上眼睛,打算好好感受一下。这把椅子象征着财富,象征着权力。厂里几千号人,都要听从坐这张椅子的人的话。王聚财从没如此兴奋过,他感到内心有些东西在膨胀,一点一点地,越发活跃起来,猝不及防地,好似浑身的血液都在沸腾。

"李秘书。"王聚财朝门口喊道。

一个穿着职业西装的高挑女生开门进来。

"王总,您喊我?"李秘书声音甜美,脸上挂着职业的微笑。

王聚财笑了。他见过李秘书不止一次了,但这次不一样,他觉得李秘书距离自己非常近,非常近,近在咫尺。

"召集一下董事会的人,我要开个会。"王聚财向李秘书眨了眨眼,李秘书有些羞赧地笑了。

"好的,王总。"李秘书轻轻关上门。

王聚财感到神清气爽,从头顶到脚底板都通透了。

王聚财要开董事会的事情很快传到赵美凤耳朵里。赵美凤二话不说,带着自家亲戚和不服王聚财的王家亲戚冲进公司,直闯董事长办公室。王聚财并不在里面。秘书说王总在开董事会。赵美凤说去他×的董事会,老娘才是董事。赵美凤带人浩浩荡荡冲进了会议室。王聚财正在部署下一轮生产计划,看到赵美凤,本来还想寒暄两句。但眼见赵美凤咄咄逼人、来者不善的气势,王聚财心里暗叫不好。果然赵美凤指着王聚财鼻子就骂:"×你×的王聚财,你哥还没死呢,你就抢他位子,你他×还是不是人?"王聚财开始还有些心虚,一听赵美凤开骂了,心里一股邪火噌一下起来了。他也指着赵美凤鼻子骂道:"这是我们王家自己的事,你一个外人,关你屁事?赶紧给我滚蛋,不然别怪我不客气!"赵美凤一听急了,自己刚在杨一梅家吃了亏,还没咽下那口气，小叔子还敢指着自己鼻子骂。这是欺负王聚德不在。赵美凤二话不说，冲过去揪着王聚财就是一顿挠。王聚财比他哥个子还矮，又瘦，像个发育不良的雏鸡，嗓音也是尖细尖细的，人送外号"王公公"。

"王公公"被赵美凤一脚踹翻在地上，赵美凤身高一米七三，生了两娃后发福了，一百六七十斤的体重，像一座山压在了王聚财身上，然后左右开弓，对着王聚财的脸就是一顿打一顿挠。王聚财发出嗷嗷惨叫。周围人都傻了眼。王聚财这边的人没绷住，上来阻止赵美凤，被赵美凤那边的人拦住，两边这就混战了起来，一时打得人仰马翻，天昏地暗。

王聚财虽然被赵美凤擒住，但王聚财毕竟是男人，赵美凤渐渐体力不支，王聚财一个挺身把赵美凤甩落，然后一骨碌爬起来冲着赵美凤脑袋就是一脚。赵美凤发出凄厉的惨叫。

所有人都在这声惨叫里住了手，所有人都愣了神，所有人都盯着赵美凤，想看看发生了什么。这声惨叫如同一个晴天霹雳，震慑了所有人。

赵美凤捂着脑袋，血从手指间渗出。只见她的手渐渐软了下去，所有人都看到她的头上被王聚财踢出一个巨大的伤口，血肉模糊，隐约能见到骨头。

所有人都慌了，包括王聚财。

有人大喊："快打120啊！"

这才有人慌忙拿起会议桌上的电话拨打了120。

慌乱间，有人发现王聚财不见了。没人知道他是什么时候逃走的。

赵美凤在被抬到救护车的路上，流了一路的血。所有人都看到那一路血，从会议室一直流到救护车上。

县医院说，颅内还在出血，人已昏迷，转院吧。他们又连夜把赵美凤转到省城医院，立刻做了开颅手术，下了病危通知书。

经过四个小时的手术,赵美凤活了下来,但还在昏迷,什么时候能醒,未知。

赵美凤的弟弟赵大义扬言要弄死王聚财。

没人知道王聚财去了哪里。

这个胆小如鼠的男人连夜离开了紫芦县,先是去了情人小汪那里,想想不放心,王聚财害怕赵美凤的弟弟赵大义。赵大义以前蹲过大狱,目前管理矿厂,工人们都忌惮赵大义。赵美凤她爸妈死得早,是她把弟弟赵大义拉扯大的,又是姐又是妈的这份感情不一样。想到赵大义那满是横肉的脸,王聚财就不禁颤抖起来。如果赵美凤死了,赵大义一定会弄死自己。

走,必须走,走得远远的。王聚财开始收拾东西。

王聚财就这样消失了,像王聚德一样,人间蒸发了。

赵大义也收拾了东西上路,他要找到王聚财,不论他在哪,他都要把他找出来,然后弄死他。

王子风听说了母亲殴打杨一梅的事后非常恼怒,他想责怪母亲,但无从开口;他想去跟杨一梅道歉,也无从开口。王子风觉得自己里外不是人,心里那个恨,抓心挠肝的。他坐在教室里看着杨一梅的空位子出神。这时,班主任从门外喊他出去,说他舅舅找他。王子风这才知道,他妈妈被他小叔打了。王子风有些茫然。这几天发生的事情让他措手不及,先是父亲失踪,然后母亲把自己喜欢的女孩打了,接着母亲又被小叔打。这都是些什么事?!

王子风跟着舅舅来到省城医院,看到浑身插着管子的母亲,眼泪止不住地落。舅舅摸摸他的脑袋,让他陪陪母亲,然后就走了,要去找小叔报仇。王子风感到一丝寒意袭上心头。他不太能理解这些事,这些看起来没有关系却又深深地纠结在一起的事情到底是如何发生的?

他看着母亲，摸了摸母亲的手，手是冰凉的，一如他此刻的心。他多想有一个人可以说说话，哪怕随便说点什么都行。空气太安静了，安静到让人寒冷的程度。

杨一梅在干什么呢？王子风心里想。

杨一梅正在和母亲李兰凤说自己不想考大学了，她要出去打工。李兰凤不同意。她叮嘱杨一梅，女人在这个世界上，是很艰难的。你不读大学，你的人生会更艰难。杨一梅说自己可能考不上大学。李兰凤拉着她的手说，闺女啊，考吧，就当替妈考，就当替这个家考。杨一梅问，爸还会回来吗？李兰凤摇摇头说，不知道。你要记住，你爸是个畜生，这个家现在没他了。杨一梅眼泪就流下来了。杨彩旗在一边看着她俩说，姐，你一定要考，你学习好，你一定能考好的。杨一梅流着眼泪说，我考。

杨一梅决定在家复习准备高考，不去学校了。因为父亲杨建国和王聚德失踪这件事，她成了众人议论的焦点，成了小城人们茶余饭后的谈资。各种编造的奇怪的毫无根据的说法甚嚣尘上，它们像某种有毒的虫子，爬进杨一梅的心里，咬噬着她的心，一点一点，每每令她刺痛，却又无法喊叫。那痛也是难以形容的，像针扎一样，针针见血。杨一梅最近还经常做噩梦，梦里王聚德和赵美凤像两只恶鬼，头只剩了一半，血肉模糊地向她奔来，她怎么逃也逃不掉，总是在王聚德的手触碰到她时猛然醒来，浑身是汗。

杨一梅并不知道王子风在念着她。如果她知道了，不知会做何感想。

王子风决定给杨一梅写封信，袒露自己内心的想法。他从书包里拿出本子撕了一页，在病房一角的桌子上写。王子风提起笔就感觉心跳加速，坐了十分钟，只写了一句：一梅，你好。后面有两块湿漉漉的洇开的印迹,他这才发现自己还在流泪。他爸总说他没出息,他现在感觉自己是挺没出息的,他觉得自己要能像舅舅那样就好了,像一个男人一样,他忽然埋头开始在信纸上奋笔疾书起来。

就在王子风给杨一梅写信的当口儿,杨彩旗又来到了那座塔。她和毛岚站在塔顶。小城冬天的风是软的寒的,像一只冰冷的手在抚摸你。杨彩旗不喜欢紫芦的冬天,它是这么的阴冷、潮湿,难见阳光,让人昏昏沉沉,像是潜在了水中。杨彩旗看着远处发出巨大噪声的矿厂,她恨那个厂,它夺去了自己的父亲,夺去了自己的姐姐,夺去了小城里很多很多的人。她的头发在寒风中凌乱,她对身边的毛岚说,总有一天我会离开这里,然后再也不回来了。毛岚说,彩旗姐,我跟你一块走,你去哪我去哪。

有人发现了她们,冲她们喊:"下来!不要命啦?"

杨彩旗和毛岚赶紧蹲下身子,但发现她们的人并没有走开,而是叫了人,更多的人在下面喊她们。杨彩旗和毛岚只好下来。下到一半的时候,毛岚一只脚踩空,从木梯上滚了下去。杨彩旗吓得大叫:"毛岚!"下面的人也吓得乱叫。好在毛岚被一块石头挡住,没有继续往下滚落。毛岚的一只脚崴了,肿了一个老大的包。发现她们的人中有杨彩旗认识的矿厂工人,他们帮着把毛岚送到县医院。拍了片子,骨头没大事,只是软组织挫伤。毛岚还笑眯眯地跟杨彩旗玩闹,毛岚的妈妈怒气冲冲地来到医院,看到杨彩旗,上去就是一巴掌,然后抱着毛岚就走了。毛岚眼泪汪汪地扭头看着杨彩旗,杨彩旗的眼泪也不争气地流出来,她捂着脸,对毛岚露出了一个微笑。

二〇一〇年　母女

一

马前方跟局长汇报，要求彻查废弃矿厂。

局长放下茶杯，说："矿厂这一块，现在还是很敏感，很多遗留的问题都没有得到解决。"

马前方说："局长，你说的我明白，但现在的当务之急，是找到全部尸块，这样我们才能去辨认死者；认出人了，我们才好进一步调查。"

局长没说话，低头沉思。马前方就站在那里，像一尊雕像。墙上的时钟嘀嗒嘀嗒地响，屋里太安静了。

局长终于开口了。

"这样，你先查，县里有什么事情，我来办，好吧？"

马前方点头："懂了。"转身要出去，局长又叫住他。

"你……低调一点啊。"

"懂，懂。"马前方转身走出去，门刚关上，又打开，马前方伸个脑袋进来，"谢谢啊。"

局长笑了，拿手指在空中虚点几下："快去查吧，别跟我来这套。"

门关上了。

局长起身，走到窗口，外面黑沉沉的一片。玻璃倒映着他的身影，他忽然叹了口气，紧盯着矿厂的方位所在，自语道："矿啊，咋办呢？"

马前方得到局长同意后便调集人手，开始部署人员去矿厂勘查。局里能调派的人都叫上了，又从王回岭镇派出所调了十几个人，前前后后三十多个人。马前方知道，这些人根本不够，省里肯定是没法调人了，目前只能靠自己。矿厂遗留的问题太多，到目前也没个解决方案，县里没说要解决，就这么拖着，拖了这么多年，也不知道什么时候是个头。反正不影响百姓生活,也就这么搁置着。也没人去废弃矿区,谁会去哪里呢?又脏又破,还传说里面闹鬼呢。如果真的在那里抛尸,确实是一个不错的选择。这也是马前方迫不及待要去勘查的原因。但从另一个角度说,如果凶手是一个有反侦查能力的人,那肯定不会去矿区抛尸。马前方现在对凶手是什么样的人毫无概念,只能先找齐尸体,确定死者身份之后,凶手的蛛丝马迹才会一点点浮出水面。

"希望能在矿厂找到更多碎尸吧。"马前方对自己说。

王回岭矿厂在2000年就彻底倒闭了,有人说矿都被采尽了,有人说是因为经营不善。

然后王聚德下落不明,赵美凤一直昏迷不醒。有传言说王聚财去了深圳,赵大义也追去了深圳,后来也没有确切的消息。赵大义一直没有回过紫芦。有人在上海见过赵大义,据说他除了留了一头长发没什么太大的变化。他的确还在找王聚财,只要他姐没醒,他肯定会一直找下去。大家说,这都找了十年了,怎么会找不到呢?王聚财也在躲着赵大义,一个躲,一个找,什么时候是个头呢?

王聚德和杨建国也失踪十多年了,马前方当年答应赵美凤一定会找到王聚德的承诺并没有兑现。他都从派出所调到县公安局了,时间不等人,马前方也觉得自己老了,老到那些事都成了陈年往事,落满了灰尘。他想起那些事,都恨不能吹掉一层灰。

这次再入矿厂,马前方感慨万千。当年发生的种种,那些熟悉的面孔、那些熟悉的声音、那场下了一夜的大雨……一幕幕如电影般在脑海里闪回。

但让马前方没想到的是,还没走进厂区,他们就被人阻拦了。

两辆黑色越野车风驰电掣地开来,停在马前方他们车子旁边。从车上下来六个人，为首的是一个矮小老者。

他自称姓王，是厂里的老职工。

王回岭以前属紫芦下属的镇，现在撤镇划区，属于紫芦县的一个区了。

王回岭矿厂目前是倒闭了，但是厂子倒闭前，关于股权的划分、厂区的分配、工人安置等问题，现在还是一笔糊涂账。目前浑河那片"贫民窟"里住的，哪个不是厂子里下岗的矿工或矿工家属？厂子还欠他们一大笔工资。当年建厂子的时候，王聚德最先提出股份制度，把厂子分成若干股份，到处找人认筹投钱，这里面少说也有几千万的债务没有解决，县里也没法解决，厂子就这么搁着了，像个死掉的巨兽，一点点腐烂。

马前方要在厂里进行搜查，厂子的老职工们不同意。他们的理由很奇怪：厂子现在是被省里查封的，封了十年了，你们要解封，得让省里批条子。

老职工们带着人站在矿厂门口，像一群虎视眈眈的饿狼。

没办法，马前方只能回去找局长，局长又去找省厅打报告。省厅说还要跟省领导反映这个事。

马前方等不及了，他决定晚上先进厂子里看看。

二

"二十五号患者，杨一梅，请到三号诊室就诊。"李兰凤陪着杨一梅来到三号诊室门口。杨一梅示意母亲不用进去，她自己进去就可以了。李兰凤还是有些不放心，但杨一梅已经推开诊室的门走了进去。李兰凤只好回到等待区坐下，微微叹了口气。

杨一梅什么时候开始生病的？李兰凤看着门诊大楼窗外白色的玉兰花出神。杨一梅生病已经有好多年了。自从杨建国失踪后，杨一梅的精神状态就不好了。之前也没有意识到,直到跟王子风结婚后,杨一梅就陷入了某种奇怪的抑郁状态。医生说她是重度抑郁症。但李兰凤一直不相信,她对抑郁这个词很抵触,但说不上来为什么抵触。好像这个词是个魔鬼,会拖走自己的女儿。李兰凤有时候觉得自己也不正常了。一切的缘起还是杨建国失踪。不,应该是从杨一梅嫁给王子风开始。想到王子风,李兰凤心里像是有一根刺,扎着心窝,酸涩地痛,当初就不应该让他俩结婚,李兰凤的悔恨如潮水般袭击了她。

窗外的玉兰花白得耀眼,李兰凤不知不觉流下眼泪。

"妈,你又哭了。"杨一梅不知什么时候出来的,递给李兰凤一张纸巾。

李兰凤接过纸巾:"主任怎么说?"

"没什么大问题,继续吃药。"杨一梅说得轻描淡写。

"不用再住院了吧?"李兰凤小心翼翼地问。

"陈主任没说,只说按时吃药。"杨一梅似乎也不愿意提住院的事情,"走吧,晚上别做饭了,我们下馆子吧。"杨一梅似乎心情不错。

"走,咱娘俩好久没一起下馆子了。"李兰凤擦了擦眼睛,站起身和杨一梅走向楼梯间。

窗外的玉兰在微风中摆动。

春天是美好的季节。

但对精神病人来说,春天是疾病的高发季节。

杨一梅不知道自己和母亲吃晚饭的时候王子风正在疯狂找她。前天她和王子风大吵了一架,然后她收拾东西回到娘家。李兰凤看到杨一梅回来就知道两人又吵了。李兰凤问她,他打你了吗?杨一梅说,这回没打。李兰凤说,没打就好。杨一梅听着就哭了,李兰凤也忍不住哭了,她们抱在一起哭了好一会儿。李兰凤问杨一梅有没有吃晚饭,杨一梅说,没吃。李兰凤就开伙给杨一梅煮了一碗面。杨一梅吃得浑身冒汗，通体舒畅。杨一梅说，还是妈做的面好吃。李兰凤看着杨一梅，心里一阵酸痛。

"不行就离了吧。"李兰凤说。

"嗯。"杨一梅低头吃面，额头冒着细小的汗珠。

"我说真的。"李兰凤说，"不行就离了吧。"

杨一梅抬起头。

"我想离，但他不同意。"

"不行去法院。"李兰凤说。

杨一梅低头吃面，再抬起头看着母亲，眼里噙着泪水。

"我怕去法院。"

李兰凤伸手摸了摸杨一梅的头。

"妈，我最近又开始害怕了，做梦还梦到爸了。"杨一梅眼中的泪水顺着脸颊将脸上涂抹的粉底冲出一条印迹。

"你没去医院吗？"李兰凤摸到杨一梅的手有一丝颤抖。

"没，好久没去了。"

"那妈陪你去。"

"好。"

"吃吧。"

杨一梅低下头，继续吃面。一大碗面，没一会儿就吃光了。她打了个响亮的饱嗝，看着母亲咯咯笑起来。

李兰凤也笑了起来。

王子风给杨一梅打了几十个电话，均是关机状态。他本以为杨一梅这次回娘家，最多一天也就回来了，没想到已经两天了，还不见回来。他给李兰凤打电话，也是关机。这娘俩想干什么？王子风坐不住了，开着车子先是去了李兰凤家，家里没人。然后又开车去了医院，他猜测李兰凤有可能会陪着杨一梅去医院。前段时间，杨一梅提出让他陪自己去医院复诊，王子风没同意。他一直不认为杨一梅有病，就算有病，也是心病，都是胡思乱想出来的，不需要看医生，只要不乱想，一切都好了。王子风坚持认为杨一梅不需要治疗。所以基本上杨一梅去医院都是李兰凤陪着的。王子风只去过两次，一次是杨一梅住院，还有一次是杨一梅拿刀割自己手腕。住院那次，杨一梅在家里躺了一个星期也没有去上班，不做饭，也不吃饭。王子风没办法，叫了几个人把杨一梅抬进医院，医生让她立刻住院，王子风还有些不愿意。是李兰凤咆哮着说如果不住院，她就死在王子风面前才作罢。另一次割手腕，起因是两人吵架，还是为了要孩子吵，杨一梅坚决不要孩子，王子风给了她一巴掌，骂她不是个女人，连个蛋都下不了。也不知道怎么触动了杨一梅，她冲进厨房拿着刀就在自己手腕处割了一刀，血呼啦啦地流了一地，把王子风吓坏了。他打了120把杨一梅送去急诊，也没通知李兰凤。杨一梅说，你要我生孩子，就是要我死。王子风这才死了这条心。

王子风这么着急找杨一梅，是因为搅拌站出事了。

矿厂倒了以后，王子风先是沉沦了一段时间，去深圳和广州待了大半年，也没闯出什么名堂，钱倒是花了不少。母亲在医院里住着，也没什么人能管他。爷爷奶奶年纪大了，在乡下老家生活。叔叔跑得无踪影，父亲也下落不明。王子风像只断线的风筝，飘摇在寂寥无垠的夜空，他的心从此也变得寂寥起来。为了驱散这份寂寥，他变得越发麻木，越发残忍。想到小时候的天真，他不禁有些哑然，真是太愚蠢了，人怎么能那么天真？现实如此残酷，他只有用更大的残酷和麻木去面对现实。

关于"家产争夺战"的记忆是王子风这辈子最不愿回忆的。厂子之所以倒了，也是"家产争夺战"造成的。这场战役没有赢家，只有输家。王子风看着父亲手里的家业就在族人们的争吵中一点点消耗殆尽，他是痛心的。他无法排解，也无法理解，毕竟当时他才不过十八岁。

王子风曾经觉得自己的"新生"是和杨一梅结婚开始的，但这段婚姻目前已岌岌可危。和杨一梅结婚前，他找了大师算了一卦。大师说他们必有一灾，躲过这一灾，便会子孙满堂，王子风深信不疑。但那一灾是什么灾？如何躲？大师没说。也许现在就是大师说的那一灾，搅拌站偷漏税款，被人举报。公司法人是杨一梅。王子风现在必须要找到杨一梅，让她出面处理这件事。杨一梅从一开始就不愿意当这个法人，开搅拌站那会儿她还在银行当柜员，后来因为抑郁症开始病休，算是停薪留职，王子风就撺掇她当搅拌站的法人。王子风自己已是两个公司的法人了，他担心挂法人太多，账上不好做文章，杨一梅才勉强答应。自从患病后，杨一梅就不上班了，最后干脆辞了职。杨一梅不愿意要孩子，王子风不能让王家无后，他在外面没少拈花惹草。他不知道杨一梅是否怀疑，杨一梅似乎不太关心这个，她只在乎自己的身体，隔三岔五就去医院做一次检查。久而久之，两人的关系仿佛只是公司合伙人。

王子风找了一圈没有找到杨一梅，便开着车在街上漫无目的地乱转，忽然，两个熟悉的身影吸引了他的注意。

这两个人正是杨一梅和李兰凤。

她们正走进一家新开的粤菜馆。

最近县城里流行吃粤菜，新开了不少粤菜馆。这家粤品轩新开没一个月，生意火爆到不行。

杨一梅和母亲点了三个菜。

菜刚上来的时候，杨一梅带着微笑准备给母亲夹一块叉烧肉，一个身影来到她们身边，杨一梅抬起头，愣住了。王子风满脸怒容，像一只要吃人的野兽。

三

在紫芦，没有人不对李兰凤的生活充满好奇。这个老公失踪的女人好像从没有表露出任何悲伤的情绪。人们猜测也许她是把悲伤藏进了心里，毕竟她有两个女儿需要照顾。这两个女儿在紫芦也是人们常议论的对象。

大女儿杨一梅居然会嫁给王聚德的儿子王子风。据说两人是同班同学，说起来也算是青梅竹马、两小无猜。但人们不知道的是杨一梅从来没有喜欢过王子风，她喜欢的人是马超贤。马超贤后来考进上海一所著名的大学，毕业后去了省城，现在在检察院工作。

这些事情人们不感兴趣。

人们只对八卦感兴趣。没有父亲的一对夫妻，这是人们感兴趣的点。

二女儿杨彩旗，在紫芦也算是一个小传奇了。这个女孩职高毕业就出去打工，至今杳无音信。人们很久没有见过杨彩旗了。

但这些都不重要。

日子一天天过，每天都有一些新鲜的八卦，供人们茶余饭后消遣。

但李兰凤没有八卦可以消遣，或者说她不需要八卦来消遣。自从丈夫杨建国失踪以后，家里的日子是一天比一天艰难。虽然她在纺织厂上班，一开始工资还能支撑家里的开销，但李兰凤做梦也想不到自己会下岗。

下岗后的李兰凤开始四处找活儿，只要能做的就做，她不想闲着，她不能闲着。

她算了一下，这些年，大大小小的活计，她做过不下十几种。她渐渐衰老了。

两天前是她生日，五十岁生日。

四十不惑，五十知天命。是啊，知天命了，李兰凤忽然觉得自己老了，好像就在一瞬间。这令她有些错愕，有些吃惊，有些不敢相信。

怎么活着活着就老了呢？

她想起这些年，大女儿大学毕业，进了银行工作。这本来是一件令人高兴的事情，谁承想，她居然患了抑郁症。谁承想，她居然还嫁给了王聚德的儿子。李兰凤开始不同意。杨一梅却执意要嫁，她也没办法，她不想刺激女儿。她知道女儿的病是因为杨建国。杨一梅还有一个理由，一个让李兰凤无法拒绝的理由，李兰凤只好同意了。

还有小女儿，这个不省心的孩子。想到小女儿，李兰凤不禁叹气。她职高没读完，就嚷着要出去打工。李兰凤不同意，让她必须把职高读完。职高毕业后，她头也不回地走了。李兰凤每次给杨彩旗打电话，心里好像总窝着一点气，没办法，一切都像是冥冥中的定数。李兰凤不得不信命，她嫁给杨建国，也是命。要不是当初"下放"，她也不会嫁给杨建国。

这段时间，李兰凤一直咳嗽得厉害。前几天，以前的老同事陪她一起去了医院做检查，检查结果吓了她们一跳：

肺癌一期。

李兰凤觉得是不是医生搞错了，因为那个医生看起来蛮年轻的。

医生没有多说什么，让她们离开了。

老同事一个劲地说医生太年轻，劝她再去省城大医院看看。李兰凤拿了报告，头也不回地走出医院。她其实不是很在乎，只在医生说出那句话的时候，心里咯噔了一下，之后便坦然了。李兰凤坦然，是因为她信命。

她让老同事千万要保密，说："这事只有三个人知道——那个医生、你、我，不能再让第四个人知道。"老同事看李兰凤说得郑重，也便郑重地点点头。

李兰凤又多了一个秘密，她要守好这个秘密。

杨一梅那天回家的时候，李兰凤刚吃完晚饭。晚饭做了红烧肉，她爱吃肉，平时舍不得吃。医生给了命运的最后审判，于是她决定不再省钱，买了半斤五花肉，炖了一碗，又油又香。她吃了一大碗饭，有些撑，但很满足，很久没这么满足了。

命运真是有意思。

吃完饭，她打开电视，看自己喜欢的电视剧。

杨一梅这个时候敲门了。

她打开门，看到是杨一梅，让她进屋。杨一梅看着眼前人，喊了声："妈。"

李兰凤哎了一声，她知道杨一梅和王子风又吵架了。她也没说什么，只是让杨一梅坐下，给她倒了杯牛奶。杨一梅从小就喜欢喝牛奶，以前杨建国还没失踪的时候，家里年年订牛奶，杨一梅喝完自己的还不够，还要喝杨彩旗的。杨彩旗没那么爱喝，就把牛奶让给杨一梅喝。杨一梅每次喝妹妹的牛奶都笑眯眯地说："彩旗对我真好。"杨彩旗就也露出微笑看着姐姐。这是李兰凤最美好的记忆。两个女儿如同蜜糖一样在记忆里融化了，让她感受到能稍微覆盖痛苦的甘甜。她需要这些回忆，这是活下去的希望，虽然这希望来自曾经，如同洗印出来的照片。李兰凤时不时在记忆里搜寻和触摸这些甜蜜的瞬间。

看着杨一梅脸上的青紫，是的，她又被王子风打了。李兰凤有些麻木了。她差不多都忘记了第一次见到杨一梅被家暴的脸的时候的愤怒，像一只好勇斗狠的被人激怒的野牛。杨一梅用尽全身力气才不让她去找王子风拼命。杨一梅哭喊着说，妈，爸不也打你吗？李兰凤突然就瘫软在了沙发上，披头散发地看着泪痕满面的杨一梅，说不出一句话。

这次杨一梅回来，李兰凤的心情不太一样，她知道自己患了癌症，也许时日无多，她有些怅惘，想跟女儿聊聊天，哪怕只是随便聊聊。但娘俩坐在客厅里看电视，一晚上也没什么话，各怀心思。电视剧演完了,李兰凤打洗脚水,问杨一梅洗不洗脚。杨一梅说洗。李兰凤拖出洗脚桶,娘俩一起泡了泡脚。杨一梅低着头,看着水里的四只脚,傻傻地笑了。洗完脚,李兰凤给杨一梅铺了床。杨一梅提出要和母亲一起睡,李兰凤想了想同意了。晚上,娘俩一起睡一张床两个被窝。李兰凤有种久违的充实感,空落落的家好像一下子就给填满了。杨一梅还跟小时候似的搂住李兰凤的胳膊,李兰凤不禁要哭出来。

李兰凤自认是一个软弱的人。这些年,这种软弱越发明显了,尤其在杨一梅的婚姻上,她觉得自己好似在逃避什么。杨一梅嫁给王子风她是一千个一万个不愿意,但杨一梅说要嫁,她只是叹气,在心里叹气。这些年李兰凤活得像一棵树,一棵没什么用的不开花的老树。在别人看来,她李兰凤活得很"超脱"。开超市的刘敏总是说,哎,那个李大妈活得那叫一个超脱,两个孩子不用她操心,她跟谁也没矛盾,我看她那个样子,指定长寿。

李兰凤没想过什么长寿,自己父母早早就过世了,现在孩子大了,她似乎无牵无挂了。但现实似乎又不是这样,人在现实面前总是渺小的,或者说人在命运面前就是不堪一击的。自从李兰凤和杨建国结婚后,她不幸的命运的齿轮就开始运转了。

那天晚上,李兰凤是看着王子风把杨一梅从粤品轩强行拽走的,但她没有阻拦。王子风的样子像一头饿坏了的野狼,王子风先是冲李兰凤喊了一声妈,然后拉起杨一梅说:"走,跟我回家。"杨一梅挣脱他说:"我不回去。"王子风不由分说,一把抱起杨一梅。要说王子风力气是真大,杨一梅怎么说也有一百多斤,他抱起拳打脚踢的杨一梅就往饭店外走去,李兰凤就这样看着他们走出去,杨一梅看向她的眼神里透着惊恐与渴望,李兰凤不是没有看见,她只是不知道该做什么,好像自己的脑子和身子分家了。脑子里想的是,我是不是该冲过去把他们拦住?但身子还是坐在那里一动不动,直到王子风把杨一梅抱进车里,她才站起身看着窗外,双腿动了动,然后喊了声:"一梅,我的孩啊!"

饭店里的人都被这个五十岁的女人撕心裂肺的喊声感染。所有人都听出了这喊声里的无奈与凄然。这是一个母亲对命运的控诉。这是一个女人对命运的不甘。

可李兰凤还是坐了下来,继续吃饭。但泪水已经止不住地流下来,像击溃堤坝的洪流,在她脸上奔腾,然后滴落在桌子上,滴落在碗里,滴落在她的心里。

一九九八年　继承

一

　　王子风从没有想过自己会成为王回岭煤矿的董事长。也许曾在某个失眠的夜晚或者请同学吃饭的瞬间。他思考过这件事，但那只是一闪而过的小念头。他想过等自己大学毕业（虽然他的成绩是肯定考不上大学的），他会回来继承家业，但在这之前他要离开紫芦，离开这待了十八年的令人乏味至极的地方。他其实从内心里恨这个地方，恨这里的人，恨自己的父亲和母亲。他亲眼看到父亲是如何殴打母亲而母亲一声不吭，他用"殴打"这个词是因为他对这个词语的认识是刻骨铭心的，虽然很多年后，他也开始殴打身边的人。他清楚地记得父亲的皮带狠狠落在母亲身上时发出的闷响，啪嗒，啪嗒。每打一下，母亲就发出压抑的喊叫，他的心里就震动一下，喉咙开始发紧。父亲每次打母亲，是不让母亲发出声音的，只要出声就立刻再打一下。每打一下，母亲就立刻用手快速摩挲着被打的部位，以减少疼痛。父亲一般不会打母亲的脸，只有一次父亲喝多了，母亲找父亲要钱，父亲直接给了她一巴掌。王子风看到母亲鼻子里流出鲜血，像鼻子里爬出两条蚯蚓。母亲捂着脸，居然还带着微笑继续找父亲要钱。那一刻，王子风觉得他俩是魔鬼。

　　王子风对母亲的情感是复杂的。母亲无条件地宠爱他，但母亲在父亲面前是没有一点尊严的，他不知道该不该像父亲那样对待母亲，母亲常常对他说，我做的一切都是为了你。

　　为了我？为了我的什么呢？他不理解母亲的话。

　　也许母亲只是需要一个借口，一个活下去的借口。

　　父亲曾告诉他，不要相信女人。

　　母亲曾对他说，什么都不要信，除了钱。

　　他不知道该相信什么。难道父亲和母亲也不能相信吗？这些问题常常会困扰着他,他很渴望有人可以聊一聊这些话题,但周围没有一个人会关心这些,他们只关心一些具体的数字,比如这个月出了多少吨煤,毛利率是多少,等等。他对数字不是很有兴趣,这让父亲王聚德很头疼。在父亲眼里,他可能不是家族生意的最佳继承人,这让他忧心忡忡,甚至有些焦虑。但王聚德还是一如既往地疼爱着他。

1998年的春天,当王子风的父亲王聚德不知所终,母亲赵美凤成了植物人;当王子风的舅舅正在一心寻找王子风的小叔叔;当王家人和赵家人吵了一个春天之后,矿业公司里的王家人和赵家人商议决定,推举王子风当王回岭矿业公司的董事长。

这是令王子风没有想到的,并且他也想不到其中的玄机。其实王家和赵家只是需要有一个人,一个他们都能"拿得住"的人,来充当一个所谓的董事长,他们需要一个傀儡。

天真的王子风正好合适当这个傀儡。

没有人会告诉王子风真相,所有人都在其中牟取自己的利益。

于是王子风从学校退学,成了王回岭创业公司的董事长。

他坐上董事长的位置后,看到巨大的红木桌椅,看到黑漆漆的沙发,看到地毯上那一团清理不掉的污渍,那是母亲的血。王子风陷入沉思。

窗外的春日阳光照射进这个透着土气却极其奢华的巨大办公室。办公室里只有一个刚满十八岁却要管理一个几千人的矿厂的少年。这一切好像一出喜剧,却带着悲剧的色彩。

王子风站起身走到窗口,他从口袋里掏出一包中华烟,抽出一支点上。他悠悠地吐出烟雾,盯着窗外高照的艳阳在楼宇间形成的阴影。

上周,他才被杨一梅拒绝。被自己曾暗恋了两年的女生拒绝了,这令他痛不欲生。

几个月前,他在母亲的病房里给杨一梅写了他人生的第一封情书——如果那是情书的话,他把自己内心的想法都写在了上面。自己内心的无助和脆弱,以及他对杨一梅的爱意,巨细无遗地用尽了他掌握的词句,全部写在上面,一共三千多字,他感觉自己从没有写过这么多字,那些字句是他内心最隐秘、最真实的一面,他把自己毫无保留地展露在杨一梅面前。他觉得杨一梅看完信,一定会被他感动,哪怕不被感动,也能体会到他内心的痛苦。大家都认为他生活在蜜罐里,想要什么就有什么,没人知道他的真实想法,现在,有一个人可以知道了,就是杨一梅。他和杨一梅因此就走近了,他渴望这份走近。在他心中,杨一梅是那种温柔得像猫一样的女人,似乎对什么都不太在意,低眉顺眼的,是和母亲完全相反的女人。他觉得在杨一梅身边,可以让他躁动的心平静下来。

他把信寄出去以后一直盼着杨一梅回信,可左等右等也不见来信。他开始焦急,甚至焦虑,难道她没收到?被邮递员弄丢了?他开始像热锅上的蚂蚁,抓心挠肝的,茶饭不思。身边的人以为他是因父母的事情而寝食难安,没有人知道他其实是为了杨一梅。

半个月以后,信被退了回来。他把信寄到学校,却写错了邮编,他对自己的这个失误感到懊恼,也为邮递员工作的严谨感到无奈。都写了学校名字,难道不能找一找吗?

他等不及了,决定主动去找杨一梅。

王子风没去过杨一梅家,这是他第一次去杨一梅家。很多年后,他将无数次前往这里。

杨一梅家的房子还是老平房,在紫芦靠浑河上游一带。厂子给他父亲的房子在矿区那边,离县城有点距离,杨家一直没有搬过去住,虽然那边的面积更大一些。

这一片有不少老旧平房,互相之间隔着一定的距离,家家都自己围了个院子,种点菜什么的。

前不久王子风的母亲还来过这里。

王子风心里也感觉有点奇怪，他又紧张又觉得好笑。他并没有认识到这件事情的可怕之处——他的母亲刚把杨一梅打了，他却要来向杨一梅告白，不得不说，这是一件令人感到荒诞的事情。此时的王子风还是单纯的。

　　王子风走过一座座灰突突、低矮的平房，仔细打量着，这些房子看起来都差不多。房子的窗户或关或开，有的窗户上挂着冬天没吃完的腊肉、咸鱼等腌菜。他完全分辨不出哪一座平房是杨一梅的家，这使他有点焦灼。早知道就带认识杨一梅家的同学一起来了。但他又不想让同学知道他的秘密。也许从心底里，他觉得自己是配不上杨一梅的，虽然他家里很有钱，但他总是会在杨一梅面前显露出自己的自卑来。这种自卑似乎毫无来由，却又深深地扎根在他的心里。杨一梅的成绩一直都是很好的，同时也是学校同学们公认的校花。他也听说过杨一梅好像喜欢隔壁班的一个男生，好像他父亲在县委上班，但这些都不重要，之前不重要，以后也不重要。他对杨一梅喜欢其他男生这种事并没有自卑感。他的自卑感来自和她交流的时候，他也说不清为什么会如此。

　　王子风在这一片来回走了一个多小时了，还是没找到哪怕一点关于杨一梅家的线索，他有些无措。

　　有时候命运喜欢给人开玩笑，此刻，命运就给王子风和杨一梅开了玩笑。如果不是因为杨一梅出来倒垃圾，王子风就不会见到她。如果王子风见不到她，那么就不会把那封信给杨一梅，也就不会有后续的那些事情了。

　　王子风看到倒垃圾的杨一梅，愣住了，他有些不敢相信，有种"踏破铁鞋无觅处，得来全不费功夫"的喜悦。他赶紧向杨一梅跑过去。他已经激动得不会说话了。

　　杨一梅根本不知道王子风在找她，她也根本没有向王子风这边看一眼，她倒完垃圾转身就走。所以说是命运在开玩笑，当杨一梅走到家门口时,王子风才刚刚追过来。他的出现吓了杨一梅一大跳,李兰凤在屋里听到杨一梅的尖叫赶忙冲出来,她看到王子风的时候眼里透露出一种极致的惊恐,就好像王子风是一个恶魔。杨彩旗这时候也从屋里跑出来,她见到王子风的时候没有像母亲那样惊恐,但还是尖叫起来。王子风不知道自己的出现为何会让这家人如此惊慌失措,这让他忘记了自己来这里的目的。李兰凤指着王子风的鼻子说:"你走!走!"她目眦尽裂地挥舞着双手。王子风被吓坏了,转身就逃。他不知道究竟发生了什么,自己做错了什么。

很多年后,当王子风和杨一梅结婚的时候,他竟然又想起了这一幕。这让他羞愧痛苦的一幕,让他和杨一梅同床共枕时,他内心的某种邪恶的念头潜滋暗长。也许和杨一梅结婚,并不是因为他爱杨一梅,而是因为一些其他的隐秘的念头。他带着某种报复的快感,在新婚之夜得意地笑了。

那封信跟他的房产证、存折以及各类合同还有金条一起被锁在卧室隔间的保险柜里,再没打开过。

二

王子风的到来让杨家乱了手脚。李兰凤不知道王子风来的目的。她胆战心惊地看着王子风逃似的跑出门,赶紧拉着两个女儿回家,并紧紧关上房门。

"他怎么来了?"李兰凤靠着房门,眼神有些飘忽。她不像是在问女儿,更像是在自言自语。

杨一梅摇头。

杨彩旗摇头。

"他是来……"李兰凤没有说出兴师问罪这几个字,但杨一梅和杨彩旗知道母亲的意思。杨一梅有些慌张，杨彩旗拉住了姐姐的手，杨一梅低头看了一眼妹妹拉住自己的手，内心感到温暖。其实杨彩旗的内心也是慌乱的。之前因姐姐被赵美凤打而产生的愤怒此刻已经消散，取而代之的是后怕与惊慌。她们不知道接下来还会发生什么。王子凤的出现让她们的惊慌加倍。她们就像一群受到惊吓的小鸡小鸭在窝棚里乱转。

"他妈妈好像出事了。"过了半天，杨一梅说道，打破了屋子里的沉默，好像平静的湖面忽然有了涟漪。

"我也听说了。"杨彩旗跟着说，看了看母亲。

李兰凤当然也听说了这件事。

"那是他们家的事情，跟我们无关。"李兰凤的声音微微有些颤抖。

"是哦，跟我们无关。"杨一梅重复了母亲的话。

"对，跟我们无关。"杨彩旗再次重复了一遍。

屋里的紧张气氛似乎因这几句话得到了缓解，李兰凤嘟囔着赶紧走进厨房做饭，杨一梅也说自己还有一套试卷没有做完，杨彩旗说自己要出门，李兰凤在厨房问她去哪，杨彩旗说毛岚找她，说完就开门出去了。

杨彩旗撒了个谎，毛岚已经被她的母亲管控住，再也不能和她一起玩了。

杨彩旗一个人去了无名塔。

她带了小手电筒，一个人上到了塔顶。

夜色里的小城一半嘈杂，一半安宁。嘈杂的那一半就是不远处的矿厂。灯光照亮了铁轨和厂房，可以看到人们在厂区穿梭。

王聚德失踪了，王聚财也消失了，赵美凤现在昏迷不醒。但矿厂依然热火朝天地生产着。

杨彩旗看着厂区，陷入沉思。

天空飘起雨丝，淅淅沥沥的。杨彩旗不喜欢这种小雨，让人喘不过气来。她深深地叹了口气。她要离开这个城市，尽快离开。她恨这个地方。

与此同时，王子风正站在病房的窗户前，看着外面万家灯火，他陷入了一种无助的忧伤。他的脸上挂着泪珠，他任由泪珠滚落，顺着脸颊蜿蜒向下，然后挂在下巴上，直到越积越多，不堪重负，滚落到窗台上。他感到背脊冷飕飕的，就算穿再多的衣服都无法阻止那种寒冷侵入自己的身体。并非因为春寒料峭，而是他内心的寒冷。他感到自己好似被所有人抛弃了，成了一个弃婴，成了一个孤儿，成了一个没有人关爱的人。事实也算是如此吧，父亲失踪，母亲昏迷，他可以说是失去了父母。舅舅和叔叔反目成仇，自己喜欢的女孩被母亲打了，见到他如同见到瘟神。他颤抖着，像发烧打摆子一样，眼里流着泪，却张大嘴，大笑起来。笑声在病房里回响。母亲赵美凤还在昏迷，眼角似乎抽动了一下。

三

其实除了王子风，公司里的人都知道他当董事长不过是演一出戏，只有王子风自己不觉得，他开始行使自己作为董事长的权力，管理整个矿厂。当他发现没有人听自己的，就连董事长秘书也不听他的时，他这才知道，自己不过是一个傀儡。他想起自己看过的一部电影——《末代皇帝》，讲的是溥仪的故事，一个傀儡政府和一个傀儡皇帝。

他每天都会准时去公司，在办公室里坐一上午，有时候还会召集人开会。家族里只要跟公司沾边的人都会来，都很配合，都知道是在演戏，却都不戳破，他自己也不戳破。

没办法戳破，这是他最后的一个梦，是他最后的堤坝。如果戳破，梦就碎了，堤坝决堤，洪水将淹没他的一切。

这天，他又召集人开会，他对父亲王聚德之前签署的一项合同不满意，希望能改进。与会人员里有一个远房表姑不同意他的想法。因为这个合同牵涉表姑的利益。其实他心里清楚，这个合同可能并非父亲所签，不过是冒用父亲的名义签订，经手人正是这位远房表姑。

表姑的态度很强硬，和她的身形一样，硕大的，像一面墙一样，挡在他面前。表姑口沫横飞地大谈特谈，各种站不住脚的理由，把他当成傻瓜糊弄。会场里有人露出狡黠的笑。他听完，抬头冷笑了一下，只说了一句："恐怕这个合同是在我爸失踪后签的吧？"他说完起身走出会场，撂下表姑和一帮亲戚。会场里忽然鸦雀无声，接着表姑发出歇斯底里的吼叫，如果声音可以撕碎一个人，那么王子风已经被撕碎了。

他离开公司，去了医院。

春天已经要过去了，夏天即将来临。

赵美凤还躺在床上，紧闭双眼，脸色红晕，皮肤细腻。她好像忽然变得年轻了，昏迷让她似乎沉浸于另一个世界，她没有表情，没有声音。也许在另一个世界里，她还是像以往那样泼辣，那样焦躁。王子风站在母亲床前，盯着母亲的脸，这张脸现在让他感到陌生。这是谁？是自己的母亲？他似乎无法确定。

屋里有种奇怪的味道，他说不上来是什么。臭？腥？香？好像都有，各种古怪的味道混合在了一起：饭菜的味道、身体散发的汗酸味道、灰尘被阳光炙晒的味道、消毒水的味道……

他摸了摸母亲的手，感到母亲瘦了。虽然脸色是红润的，但母亲还是瘦了下去，腿和手细得只剩下骨头，皮肤下的暗蓝色的血管隐隐可见。他有些怅惘，不知道要说什么，又渴望跟母亲说点什么。

他就那么呆呆地站着，也不知道站了多久。刚刚在窗台上的阳光此刻已经移开。病房里有点热。护工阿姨走了进来，看到王子风，先是愣了，然后露出笑脸。他不理她。他知道她偷懒去了，照顾一个昏迷的人，并不容易。他有些不快，但不想责备任何人，没有意义，一切都失去了意义。他忽然笑了，对母亲说："妈，我觉得我长大了。"说完他就走出病房。在病房门口，他对护工阿姨说："明天别来了。"护工阿姨愣了，有些无措。而他已经走远，消失在走廊尽头。

他去找医院的负责人，让他们换了两个护工。

这天以后，王子风再也没有去过公司，他离开了紫芦，去了深圳。赵大义在深圳，他去找赵大义了。他去深圳，只带了那封信。

二〇一〇年　线索

一

夜晚的王回岭矿厂总是会发出各种奇怪的声响。人们私下里都说王回岭矿厂不干净，闹鬼。你想啊，好好一个厂子，说倒就倒。那么多跟着厂子吃饭的人，穷的穷，死的死（多是病死的），曾经的辉煌好似一夜之间就土崩瓦解了，谁也预料不到这种事。老人们就说，王回岭风水有问题啊，这矿就不能采。老人们的话从开矿第一天就说了，一直说到现在。人们从不信到现在深信不疑，仿佛是小城命运的某种隐喻。

马前方不信鬼神。

这天晚上，马前方带了手电筒装备，一个人来到了王回岭矿厂。

黑黑的矿山、一个个低矮的土坡、已经废弃的铁轨……让矿厂看起来像是惊悚电影里的场景，如果再配上恐怖氛围的音乐，肯定能吓晕个把胆小的人。

马前方打开手电筒，向矿厂里走去。

厂房破败了，但巨大的横梁和落满尘土的设备提醒着马前方，这里也曾辉煌过。

上一次来厂里，还是十三年前了。

十三年前，王回岭矿厂董事长王聚德莫名失踪，跟他一起失踪的还有司机杨建国。自此，王回岭矿厂开始衰败。

马前方一边回忆着往事，一边向厂房深处走去。

手电筒的光束一点点照开眼前的路，他仔细寻找能藏匿尸块的地方。他心里也知道找到的希望渺茫，说大海捞针虽有点夸张，但也差不了多少。

风嘶嘶地吹着。

也不知道是从哪里来的风，好像四面八方都有。细细地听，好似还能听到有人说话的声音，细腻的，像是女人的声音。

马前方知道，那只是风声。

但他心里不禁也有些犯嘀咕。

老人们的那些话，开始出现在他的脑海。

背脊处开始冒出冷汗。

突然，咔嚓一声响，像是有人踩到了易拉罐，在暗夜里，在偌大的厂房里，听起来令人惊愕失色。

"谁？"马前方摇摆手电筒，向声音处问道。马前方发现自己的声音有些颤抖。

周围一片死寂。

这比有声音更令人感到恐惧。

马前方感到后脑勺的头发湿了。

"马队？"一个熟悉的声音响起。

"谁？"

"我，邵丁。"

马前方松了口气，看到对面也有手电筒的光照射过来，一个黑乎乎的人影跟着光束走来，正是邵丁。

"你小子要吓死我啊！"马前方一副惊魂未定的表情，咬了咬嘴唇。

"马队，我没想到你会来啊。"邵丁一脸不好意思，"我刚刚也被你吓到了，我还以为……"

"你还以为有鬼。"马前方没好气地说。

"嘘。"邵丁压低声音，左右看看，"别说那个字。"

邵丁很迷信，他妈信道教，喜欢给人看相算命。邵丁从小耳濡目染，当了警察也照信不误。

"行了行了，别疑神疑鬼的了，我问你，你来干什么？"马前方故意问。

邵丁又嘘了一声，紧张兮兮地说："让你别提那个字，你还说。"

他再次左右看看,压低声音说:"你来干什么,我就来干什么。"

马前方笑了,用手电筒的光在他脸上晃了晃:"你小子。"

邵丁问:"发现什么了吗?"

"没。"马前方说,"你呢?"

邵丁摇摇头,说:"我也没。地方太大,无从下手。"

马前方想了想,说:"不行回去吧。"

邵丁有点不甘心,还想再继续找找。马前方说:"也行,再转转,万一有线索呢。"

两人结伴,等于互相给对方壮胆。胆子大了,精神也能集中。马前方开始仔细寻找可以藏尸的地方。

一个小时过去了。

两人什么线索也没找到。

马前方担心,别把尸体扔进矿坑里了。如果那样的话就麻烦了,寻找难度太大。邵丁觉得不太可能。矿坑现在基本上算是封了,想进去抛尸,难度也太大。

就在两人有些犯难之际,远处隐隐传来狗吠声。

声音越发清晰。

马前方低声道:"不好。"

接着就听到狗吠声越来越大,还不止一只。

马前方和邵丁异口同声喊道:"跑。"两人撒腿就跑,三只大狼狗已然追了过来,狂吠着,如同离弦的箭。

狗是看厂子的人养的。厂子虽然废弃了,但各种设备还在,关厂子的时候,当时的董事长王子风要求派个人一直看着厂子,也许他想过要东山再起。一晃这么多年过去,看厂子的那个人居然还在,这是马前方和邵丁没想到的。

两人慌不择路,先是跑上一个陡坡,又经过一片废弃的旱厕,终于找到一片围栏,刚刚翻过围栏,狗就追过来,一只狗撞在围栏上,凶猛异常，另两只死命地吠叫。黑黝黝的厂房因狗的咆哮显得更加阴森可怖。

马前方回头看看继续吠叫的狗，不知道现在是什么人在看厂子，难道还是十年前的那个满脸横肉的壮汉吗？如果是他，现在也应该老了吧。三只狗倒是很健壮，从吠叫的声音就可听出其凶狠程度不一般。

马前方心里感觉有些不对劲，但也说不出哪里不对劲。这么一跑，他突出的椎间盘有些受不了，腿部一阵阵刺痛。他扶着腰，跟在邵丁后面。

邵丁也不比马前方好到哪去，虽说他比马前方年轻，但这么多年第一次遇到这种案子，让他有些束手无策，刚刚跑的时候还差点崴了脚。幸好两人跑得够快，那三只狗是真凶猛，真要被追上，不被撕掉几块肉是不可能的。这么想着，他不禁有些后怕。

好不容易离开了厂区，邵丁把车停在凤阳街，离刘敏租的厂房不远。马前方没开车来，骑了个电瓶车，现在去取有点麻烦，遂打算先跟邵丁车回去，明天再来取。

两人上了车，正巧看到远处刘敏的车停在出租的厂房门口。刘敏正跟什么人争执着，不料对方狠狠推了她一下，刘敏一屁股坐在了地上，立刻就大哭起来。

马前方和邵丁对视一眼，两人忙下车向刘敏这边走来。

"哎，哎，怎么回事？"邵丁冲刘敏喊道。

马前方这才看清推刘敏的是干装修的马师傅，刚刚是被厂房门口的一堆木材给挡住了。这马师傅在县里干装修很多年了，很多商铺都是他给装修的，手艺好，加上人又老实，算得上县里的"名人"。他跟刘敏这是闹哪出？

"嗨，是马师傅啊。"马前方跟马师傅打了个招呼。

马师傅气得脸通红。

刘敏看到邵丁和马前方,觉得有人能给自己撑腰了,于是哭得更大声了。

"好了,别号了,歇一歇,吵得头疼。"邵丁看出刘敏的意图。

刘敏只好不哭了。

"说说吧,怎么回事?"马前方递了一支烟给马师傅。

"他打人。"刘敏还坐在地上,指着马师傅,一脸怒容。

"我什么时候打你了?"马师傅急了。

"你还说你没打人?"刘敏不依不饶。

"好了,别吵,说事。"邵丁皱着眉,心想可能还是为了钱吧。

事情果然和邵丁猜得一样,刘敏和马师傅说好了一笔装修款,马师傅同意了。但马师傅来到现场以后发现厂房比刘敏告诉他的要大很多,主要房梁太高,装修成本一下就上去了。两人就为这个事情吵了快一个月了。马师傅今天来是想和刘敏好好商量一下,告诉她装修的实际成本,然后把价格重新算一下,哪晓得刘敏以签了合同为由,不同意增加装修费用。马师傅确实是老实人,毕竟刘敏家几个超市都是他装修的,也没仔细算成本就先签了合同。主要签合同那天他还有事,匆匆忙忙就签了。刘敏以合同要挟马师傅,马师傅一下就火了,推了刘敏一把,这就是刚刚马前方和邵丁看到的那一幕。

"要我说,这事是你不厚道了。"邵丁有些看不上刘敏,觉得她赚了点钱,有点嘚瑟。刘敏心里不这么想,毕竟她的钱也是辛苦赚来的,做超市零售是很琐碎的,赚的都是小钱,积少成多。

刘敏一听邵丁这么说就不乐意了,号啕着说邵丁跟马师傅是一伙的,合伙欺负她一个女流之辈。

马前方吼了一声,刘敏停止了号啕。

马前方说:"你们要不去派出所协商,要不现在两人都冷静一下,再好好商议个结果。"

马师傅点头说:"马队长,我听你的。"

刘敏心里也知道自己这回是有点无理取闹了,但装修费一涨,也确实有点吃不消。

刘敏叹口气,站起身,拍了拍身上的灰。

马师傅先开口说道:"这样吧,都是老熟人了,你也让一让,我也让一让,咱也别撕破脸,低头不见抬头见的。"

刘敏拢了拢头发,掏出纸巾擦了擦眼睛,然后说:"行,马大队长都发话了,就这么办吧,我加钱。"说完她头也不回地走进厂房里去了。

马师傅对马前方说:"谢谢啊。"

马前方拍拍马师傅肩膀。

马师傅正要跟进厂房里,马前方忽然说道:"对了,马师傅,最近有没有见过什么可疑的人?"

马前方也不知道自己为什么问这一句,也许是下意识的吧。

马师傅站住了,回头看着马前方,思索了一下。

"可疑的人……"他微微摇头,"是你们查的那个案子吧?要说可疑的人,我是真没见到过。"

马前方正要说打扰了,马师傅忽然抬头盯着马前方,说:"对了,对了,我见到那谁了。"

"谁?"马前方和邵丁异口同声。

"杨建国。"

二

2010年春节后的第一个工作日,杨彩旗的方案终于通过了。

上海浦东金融中心。杨彩旗目前就职的广告公司离东方明珠不远,从办公室的窗户就可以看见。杨彩旗有时候透过窗户看到东方明珠时,不由得想起紫芦县的那座无名塔,仿佛自己又回到了初中,趴在教室的窗户上向外眺望，这种感觉让她有一丝恍惚。

紫芦，这个熟悉得不能再熟悉的名字，这个无时无刻不想忘记的名字。没办法，杨彩旗摆脱不掉这个名字，就像她摆脱不掉自己的身份——一个职高毕业的人。这个身份一直困扰着她，时刻令她难堪，令她无奈，令她恨不能重新活一次。但真正让她痛苦的，是她自己的名字。很多次她想要去改掉自己的名字，每每走进派出所，她又退缩了，像有一根线牵引着她，让她无法自拔。她知道这辈子只能守着这个名字了。

这个名字仿佛藏了很多不为人知的秘密，压得杨彩旗喘不过气。

她确实喘不过气，上班的压力实在太大。她来这个公司不过一年时间，从试用期开始就使出全力，她渴望证明自己，证明自己是一个有用的人。她努力干所有分内和分外之事，其目的就是要留下来。她也如愿地留下来了，然后跟着师傅开始了自己的广告工作。师傅常说，做广告的都不是人，她狠狠地体会到了这句话。无数个写方案想创意的不眠之夜；无数个绞尽脑汁和甲方沟通无果的白天和夜晚；无数个头脑一片空白对着电脑枯坐的下午，夕阳斜射进办公室洒落在身上的瞬间，这一切构成了杨彩旗目前的生活。

她忙到自己忘记了自己，忘记了有一个来自紫芦的叫杨彩旗的女孩。在公司里，她的英文名叫 Emily。

"Emily，"对面桌的 Jake 喊杨彩旗，"总监找你。"

杨彩旗走进总监室，总监正在和 CEO 马总争吵，好像是为了某一笔投资。杨彩旗就职的这家广告公司因连续中了几个大标，这几年赚了不少钱。最近几个风投公司对他们公司有兴趣，希望他们进军互联网广告，答应给他们几笔风投，做得好的话，还可能上市。2010 年的上海，"风投""上市"，这些都是人们口中的常用词。杨彩旗耳濡目染，对这些也再熟悉不过。

总监 Alma 看到杨彩旗进来，停止了和 CEO 马总的争吵。马总看都没看杨彩旗,转身出去了。Alma看着杨彩旗笑着说:"Emily,你的方案我看了,非常好,我这次想让你独立完成。"

杨彩旗有些愕然。这个方案是她和师父一起完成的,为什么总监要她独立完成?难道……

"你有信心吗?"Alma没等杨彩旗回答,继续说道,"我对你很有信心哦。"说着她展露出一个甜美的微笑。

Alma是土生土长的上海人,本硕都毕业于名牌大学,还去英国读了一个什么设计学的学位。杨彩旗对Alma谈不上喜欢不喜欢,Alma是领导,是上级,自己只有服从,这方面杨彩旗想得很简单。她对权力没有欲望,她只想在这个城市里立足。

杨彩旗还没有来得及回答,Alma的手机响了,她看了一下手机,是一个重要的电话,遂向杨彩旗挥挥手,示意她先出去。Alma拿起电话,但还是冲杨彩旗展露一个甜美的微笑,说了一句:"看好你哦。"然后接起电话,"Hi,Lisa,你回上海了?"

杨彩旗识趣地离开办公室并轻轻关上玻璃门。她回到自己的工位上,心里犯嘀咕,师父和总监到底怎么了?闹矛盾了?自己这样算是撬了师父的项目吗?一连串的问题让她心乱如麻,索性去找师父问个清楚吧。

她看了一眼师父的工位,师父不在位子上。

办公室里除了电脑键盘发出的噼啪声,同事偶然发出的咳嗽声,显得很安静。杨彩旗可以听到空调通风口细微的呼呼声,像一个女人小声地喘息。

杨彩旗并不喜欢办公室里这种压抑的氛围,从工作第一天就不喜欢。她喜不喜欢并不重要,重要的是她需要这份工作,这份目前好不容易才拥有的体面工作。

是的,体面。这一点是她尤为看重的。为什么拼命要留下来,不就是为了这两个字吗?

体面。

人要想活得体面,可真难啊!

女人要获得体面,好像更难啊!

杨彩旗在心里叹了口气,继续埋头写方案。

中午,杨彩旗离开公司,来到楼下商场。她很少来商场里吃饭,大多是步行十几分钟,去海兴路那边。那里有几家便宜的小馆子。有一家面馆,分量足,价格还便宜。老板腿脚不太好,五十多岁。一个人守着一个店。去吃饭的人多,每每去晚就没了。有一次杨彩旗开完会都快两点了,猜到老板已打烊,但下意识地还是走到那里,老板坐门口抽烟,看到杨彩旗挥挥手说,没了,打烊了。杨彩旗肚子此时恰好咕噜叫了很大一声,老板听见了,杨彩旗自己也听见了。老板笑了笑,说,你等着,然后给杨彩旗下了一碗馄饨。杨彩旗吃完跟老板说,这是自己吃过的最好吃的馄饨。老板居然还不收她的钱,说一碗馄饨而已,阿拉请客,阿拉请客。杨彩旗很感动,在异乡感受到久违的人情温暖。之后杨彩旗每天都会来吃午饭,加班没时间也会预订一份,晚点再去吃。

今天中午杨彩旗要跟师父吃饭,师父约在商场里的萨莉亚。这是一家平价西餐厅,师父很爱吃这家店的菜,带着杨彩旗吃过好几次了。

杨彩旗赶到饭店的时候师父已经来了,坐在那里点菜。

"师父你都到啦。"杨彩旗边说边在师父对面坐下。

师父丁玲只比杨彩旗大三岁,今年二十九,上海"土著",中央美术学院设计专业毕业后回到上海就进了这家公司,从菜鸟做到设计部副总监,一路走来,也吃了很多苦。丁玲很喜欢杨彩旗,在她眼中,杨彩旗要强上进,活泼开朗,身上好像有使不完的劲。杨彩旗对这个小师父也非常喜欢。师父睿智、热情、理性,也不失善良和温柔。杨彩旗刚来公司就跟在丁玲后面学习,一口一个师父地叫着。丁玲经常说，彩旗小嘴真甜，天天给我吃糖衣炮弹，迷惑我。杨彩旗纠正她说，师父，不是糖衣炮弹，是奶油方糕加海棠糕，把师父甜到腻。她说完嘻嘻地笑。丁玲白了她一眼说，你这个嘴啊，天天跟抹了蜜一样。奶油方糕和海棠糕都是上海经典糕点，丁玲喜欢吃甜食，每次买都会给杨彩旗带上几块尝尝。杨彩旗对上海糕点的认识，全部来自师父。

丁玲点好了菜，把菜单递给服务员，然后看着杨彩旗。

"我给你点了肉酱意面。"丁玲知道杨彩旗喜欢吃这个。

"好。"杨彩旗点点头，拿起水杯，喝了一口水。她和丁玲都有话要说，但都不知道如何开口。上午丁玲打电话约她中午吃饭的时候，她就知道肯定出事了，因为师父这几天都没来公司，也没给她任何消息，QQ也不回复，加上上午总监提出让她独自完成方案，这一切迹象表明……

"彩旗。"丁玲打断杨彩旗的思绪。

"嗯？"

这时服务员端来了比萨和意面。比萨是十二寸的，香肠比萨，也是杨彩旗最爱吃的。

服务员走后，丁玲说："我要走了。"

杨彩旗刚刚送一叉子意面入口，听到丁玲的话，嘴巴包住那口面，皱起眉头，含糊不清地说："师父，你要去哪？"

丁玲笑了笑，拿了一块比萨放到自己面前的碟子里，没有吃，而是抬起头盯着杨彩旗，表情变得有那么点严肃。

"这个事情，我还没跟任何人提过。"丁玲看着杨彩旗的眼睛。杨彩旗有些紧张，放下叉子。丁玲笑了，说："你不要那么紧张，我只是……"师父带着不无骄傲的口气，"只是要自己开一家广告公司。"

杨彩旗瞪大眼睛："什么？师父，你要自己开公司?!"

丁玲紧张地一把拉住杨彩旗的手，另一只手去捂她的嘴，杨彩旗也自知失言，也伸手捂自己的嘴，没承想弄了一脸的番茄汁。丁玲哈哈大笑起来，杨彩旗也呵呵地笑起来。

丁玲告诉杨彩旗，自己在公司很受排挤，其实总监的位子本来应该由她来坐，但 Alma 捷足先登，用两个大案子赢得了 CEO 的信任。其实那两个案子的原始创意来自丁玲，办公室斗争就是如此，没办法。丁玲试图找 CEO 理论，未果，看来老板对 Alma 还是很器重，这也说明 Alma 城府很深。丁玲也因此生出退意，在这个公司工作快十年，也做到头了，正好前段时间参加同学会，一个学长打算创业，也拿到了一笔投资，学长很看重丁玲的能力，两人一拍即合。但丁玲想走也不是那么容易的事，毕竟她在公司这么多年，论资历人脉都不比 Alma 差，老板没有批准她辞职。丁玲心想，我只是给你打工，又没跟你签卖身契，索性不来了。这些事她以前没跟杨彩旗说过，杨彩旗听完觉得像在听故事。

"好精彩，真的，师父，我什么时候能像你一样啊？"杨彩旗满脸崇拜地看着丁玲。

丁玲笑眯眯地说："嘴巴又抹蜜了。"

"真的，师父，你就是我的偶像，我发誓。"杨彩旗举起一只手，做发誓状。丁玲又被她逗得哈哈大笑。

"你好好工作，等我的公司做好了，高薪把你挖过来。"

"真的吗？师父，你说话要算话。"杨彩旗拉住丁玲的手，摇摆起来，"师父，你能告诉我高薪是多少钱吗？"

丁玲挣脱杨彩旗拉着她的手，用右手食指刮了她鼻子一下说："小财迷，快吃你的饭吧。"

杨彩旗咧嘴露出大白牙嘿嘿一笑，低头吃起意大利面来。

"这件事，你千万不要跟任何人说。"丁玲叮嘱她。

"嗯，放心吧。"杨彩旗嘴里包着一大堆食物，边咀嚼边说。

丁玲要创业的消息还是传了出去。谁传的？杨彩旗肯定没说过，但公司的人都知道了。丁玲打电话给杨彩旗问她是不是说出去了。杨彩旗说绝对不可能。丁玲叹了口气把电话挂了,杨彩旗心里咯噔一下。

杨彩旗打师父手机,师父不接。杨彩旗的心不断往下沉,像海上沉船,一点点,缓慢地,沉向冰冷的海底。

师父是不相信自己了吗?

那天和丁玲吃过饭回到公司,杨彩旗心情不错。既然丁玲都告诉她事情缘由,那么她就可以大胆地接受 Alma 指派给她的任务了。这件事她也告诉了丁玲。丁玲让她放手去做,好好搏一搏,这个案子做好了,她在公司就站稳脚跟了。当然,Alma 不是省油的灯,杨彩旗要睁大眼睛,要时刻警惕,要千万小心,要处处提防,要口是心非,要口蜜腹剑;不要太相信别人,不要太善良,不要太过天真,不要太计较,不要什么话都跟同事说,也不要跟领导多说,包括大老板,也包括丁玲。这些都是职场生存法则,杨彩旗只能靠自己了。

杨彩旗想到师父的叮嘱忍不住想哭,她告诉自己不能哭,必须坚强,像师父一样坚强。

但究竟是谁散布了师父要离开的消息的?

杨彩旗看着办公室里的人,一一对照:这个,不像;那个,也不是。最后还是毫无头绪。

这天晚上下班,她最后一个离开。

她晃晃悠悠又走到面馆,发现灯居然还亮着。

面馆居然还没打烊。

杨彩旗走进面馆,老板不在,一个年轻的女孩坐在柜台后面,看到杨彩旗,说:"不好意思,我们已经打烊了。"

"哦,我不是来吃面的。"杨彩旗也不知道为什么会说这句话。

女孩愣住了,随即笑了。

"不来吃面,你来组撒(上海方言,做什么)?"

杨彩旗自知口误,也笑了。

"我找老板。"

"你找我爸啊,他暂时不在,你要不等一会儿吧,他一会儿就回来,他去按摩了。"女孩指了指自己的腰,表示老板去按摩腰了。女孩带着一丝羞涩,看起来也不过十八九岁,个子很高,不太像上海姑娘,有种江南女孩的秀美。

杨彩旗哦了一声,在凳子上坐下。她也不知道自己为何要来,为何来了还坐下了,坐下了还居然真的等起老板来了。她甚至连老板姓什么都不知道,他们之间的关系只是食客和厨子之间的关系。要说更进一步,也就是那碗馄饨拉近了彼此的距离,但仅限于此。杨彩旗有些后悔进来,更后悔坐下来等老板了。她局促不安起来,想站起身离开,又不知道该如何说,内心像是被什么东西封印住了,手脚也不能动似的。

"那什么……"杨彩旗终于鼓起勇气开口。

"我爸回来了。"女孩的声音洋溢着喜悦,站起身向门口迎去。

"哦,小囡囡来了啊,没吃吧?"老板看到杨彩旗,笑眯眯地说道。

"还没……"杨彩旗显得有点无措。

"我来给你煮面。"老板让女儿去把灶上的火打着,他从冰箱里拿出面条、豆芽、青菜。

火燃了,水开了。

老板抖开面条,撒进滚水里,很快,面条漂浮起来。再撒进青菜,然后用竹篾一兜,滤掉水,放入碗中。

接着给炒锅里倒油,等油温上来,放入肉丝炒香,再撒一把豆芽,爆炒,放盐和酱油调味,盛出,扣入面碗。一碗豆芽肉丝浇头面就做好了。

这是杨彩旗最爱吃的面。

老板记着呢。

女孩说:"好香,我也想吃。"

"早说，我炒两碗。"老板说着又开了火。女儿看着杨彩旗笑，露出洁白的牙齿。

两个女孩一起吃面，稀里呼噜，这声音在小小面馆里，显得温馨可爱。老板打开电视，点了支烟，开始看球赛。

"老板，给支烟。"杨彩旗吃完面，抹抹嘴巴，一扫刚才的窘迫。

老板笑了笑，抽出一支烟扔给杨彩旗。她接过烟，从兜里掏出打火机，点燃，吸一口，喷出烟雾，脸上露出满足的神情。

"我的抽完了。"她对老板说。

"小囡囡挺潇洒啊，吃完面还要来支烟。"老板调侃她。

"饭后一支烟，赛过活神仙。"杨彩旗配合老板调侃道。

"看，这个囡囡，在大公司上班，一看就很能干，你要学着点。"老板指指杨彩旗对自己女儿说，又转头对杨彩旗说，"我闺女，学习不好，现在读了技校，唉，也不知道毕业出来能干什么。"

"女儿这么好看，去演电影呀。"杨彩旗喜欢老板女儿，文文静静，笑起来隐约有个梨涡，甜美可爱。

"哦哟，演什么电影啊，不行的，那个圈子乱得哟。"老板连连摇头。

杨彩旗和老板女儿都笑起来。

夜深了，面馆门口的梧桐树在昏黄的路灯下显得影影绰绰。面馆不时传出笑声来，宁静的夜充满了温馨。

杨彩旗离开面馆时已经错过了末班地铁，她在闵行租了一个两居室的次卧。想来想去，她决定回办公室凑合一晚。以前赶项目的时候，没少在办公室过夜，这对她来说，不过是家常便饭。

出了电梯，杨彩旗发现公司的门没锁，里面好像还有人。难道是有人在加班？但最近没啥大项目啊，没听说谁要通宵加班。她走进公司，走过前台，开间大办公室没人，只有走廊尽头总监室的灯光透过毛玻璃照出来，形成一个方形的光亮区域。

总监还没走？

杨彩旗悄悄走到门边，透过玻璃门的一角向里张望。总监 Alma 和同事 Jake 正在聊天。Alma 坐在办公桌后面，双脚跷在桌子上，手里夹着烟。Jake 坐在客座沙发上，双腿并拢，身子笔挺，手里也拿着烟，但一副毕恭毕敬的姿态。杨彩旗本没想听他们说话，但 Jake 提到了她师父，这引起杨彩旗注意。听下去，明白了，原来那天她和师父吃饭被 Jake 看见，Jake 躲在一旁听她们说话，把听到的也都告诉了 Alma。杨彩旗又气又委屈，几次想冲进去跟 Jake 理论，但她忍住了，师父说了，遇事不能冲动。她这个冲动的毛病要改，这是职场大忌。她听他们聊完，然后悄悄后退，藏进会议室，等他们走了，才拿出折叠床躺下。她睡不着，夜晚的办公室里有奇怪声响，水声、电流声、通风管风流动声混合在一起，像都市白领夜的交响曲。杨彩旗的目标就是成为这个城市的白领，这个目标她好像实现了，又好像没实现，说不清。窗外的霓虹灯光透过窗子洒进来，像月光。可月光没有这么亮、这么五颜六色。这是不夜城，和小县城不一样。她终于离开了紫芦，本以为生活会展开一幅美好的画卷，却和她想的太不一样，她有太多这样睡不着的夜晚。不知为何就会想到家，想到母亲，想到姐姐，她已经有半个月没和家里联系了。自从姐姐嫁给王子风，她就像是恨起姐姐来了，心里堵堵的，有种热辣辣、滚烫烫的东西泼洒在心上，叫她难受。怎么就摆脱不了这家人呢？她愤怒起来，就这样迁怒了姐姐，姐姐的婚礼她是没去的，婚后的大半年，她没给姐姐打过一次电话，姐姐打来她会接，敷衍几句。姐姐也看出她的愤怒，知道都是因为王子风。两人心照不宣，也不戳破。时间总能冲淡一切，包括愤怒，她也这么想。慢慢地，两人又开始像以往一样聊天，只是她还是过不了心里的坎。那愤怒没有消失，而是被掩藏了，藏在心里的不知什么角落，落了灰，像一幢老房子，不会凭空消失，只会老旧衰败，因此，这愤怒除了时间的沉淀，剩下的都是钢筋轮廓，是愤怒的根本了。姐妹俩都不知道，尤其是杨彩旗，以为自己释然了，却不知道这愤怒会再次侵袭，每一次都在失眠的夜晚。每一次侵袭，都是一次愤怒的重生，添砖加瓦，让那钢筋轮廓更清晰了。

天快亮她才昏昏睡去，醒来时天已经大亮，同事陆续来上班了，还好早上没人来会议室。她赶紧起来，收拾好折叠床，去卫生间洗漱，她在办公室备有洗漱用具。收拾停当，Alma 正好找她。她心有戚戚，难道昨晚偷听被发现了？其实是她想多了，Alma 无非要她好好做那个案子，这是今年的重点案子之一，让她独立完成，不光是信任她，也是提携她。公司很快有大变动，扩张是必然的，现在环境好，资本到处找项目，是广告人的黄金时代。这些话说得杨彩旗心里也蠢蠢欲动——如果这个案子做好了，奖金自不必说，级别上还能提高一级，待遇也会涨，那就不用再住在闵行了，可以搬到市区，住"老破小"也无妨，至少上班近，不用挤地铁公交，不用花一个半小时通勤。

走出总监室，她去开水间给自己冲了一包速溶咖啡，她最近爱上咖啡，纯咖啡，什么都不加。苦味浓郁，让她清醒，是心理上的清醒，当然也包括生理上的清醒。

喝完咖啡，果然清醒过来，她想到师父，给师父发去短信，告诉她是 Jake 捣的鬼。没一会儿师父回短信来，表示心里有数。她很高兴，师父还是相信她的。

三

2010 年春节的时候，杨彩旗又没回家，而是一个人窝在出租屋。年三十那天，给母亲和姐姐打完电话后，她走上阳台，上海飘了点小雪花，空气清冷，看到万家灯火，不由得有些心酸，眼泪不知不觉流了出来。

杨彩旗一晚没合眼，第二天大年初一，她早早被敲门声吵醒。杨彩旗裹着棉睡衣走到门口问是谁。听到门外的声音，她吓了一跳。这个声音她再熟悉不过了，就算多年没听到，也是忘不掉的。

是父亲杨建国的声音。

杨彩旗心里一惊，为了躲避杨建国，她悄悄搬到现在住的出租屋，没想到杨建国还是找到了她。

杨彩旗还记得去年夏天，她下班回出租屋，刚走进楼道，就看到一个中年男人的背影，在昏暗的楼道里寻找着什么。男人一回头，两人目光相撞。杨彩旗心里咚的一声，像落进一个巨大的石头。杨建国看着杨彩旗露出笑脸："闺女，你长大了。"

杨彩旗来上海打工后，杨建国来找过她几次，每次都是要钱。杨彩旗给他钱，让他走。他也识相，拿了钱就走了。

去年夏天，距离他俩上一次见面，有近一年了。他告诉杨彩旗，自己找过她几次，都没找到，不是地址不对就是她正好搬家。杨彩旗问他从哪弄的地址。杨建国笑了，说："你是我女儿，我还能找不到你吗？"

杨彩旗一开始以为是母亲给的，便去问母亲，母亲却说没有。问姐姐，也说没有。最后嫌疑落在王子风头上，王子风有杨彩旗的地址。但杨建国会去找王子风吗？她觉得不可能，王子风恨死了杨建国，他不可能去找王子风要地址的。在王子风眼里，杨建国是一个"失踪"的人。

杨建国找她的目的就是要钱。

杨建国没钱花了，女儿孝敬父亲，理所应当。那次杨彩旗把自己仅有的五千块都给了杨建国，然后找房子，搬家。

这才不过半年，杨建国又找到了她。

"你是怎么找到这里的？"杨彩旗抵着门，没让他进来。

"你让我进去。"杨建国脸上阴沉沉的,好像刚喝了酒,一身的酒气,大着嗓门。杨彩旗不想吵到邻居,只好开门放杨建国进屋。

幸好合租的室友回老家过年了,屋里只有杨彩旗。

杨建国倒在沙发上,听不清嘴里说着什么。杨彩旗无奈地看着他,小心地关上大门。杨建国喝多了,没一会儿便睡着了。杨彩旗坐在客厅的角落,裹着羽绒服,屋里冷冷的。她就这样看着杨建国,看着他打呼噜、磨牙、放屁、翻身,一直看到他慢慢醒过来。

"几点了?"杨建国伸了个懒腰。

"一点半。"杨彩旗冷冷地说。

"昨晚喝多了。"杨建国坐了起来,比上一次见,他胖了、老了,面堂发黑,眼袋很重。他以前还是很帅气的,早年和母亲的照片上,他看上去有那么些威武,毕竟当过兵。现在判若两人了,上一次见还没这么胖,现在胖得有点不正常,人像是浮肿了。

"给我点钱。"他开口,很随意,像是说一件再正常不过的事情。

"我没钱。"杨彩旗继续冷冷地说。

他愣了一下,抬头看女儿。

"我有糖尿病,给我钱看病。"他的口气一如既往,那么平静。

这个男人,杨彩旗觉得这个被自己称为父亲的男人如此陌生。她像看一个动物一样看他,看他身上灰色的棉服,领口处破损了,裤子上有油渍,皮鞋还是夏天的款式,鞋跟磨破了。他的手因抽烟变得蜡黄,他又抽出烟,从口袋里摸出打火机点燃,吸了一口。他看看杨彩旗,把烟盒递给她,杨彩旗摇摇头。

"不抽?"他问。

杨彩旗继续摇摇头。

"你搬家也不告诉我,我不是把电话号码给你了吗?"他又躺下,扭动了身体,把双腿跷在沙发扶手上。

"你是怎么找到我的?"这是杨彩旗最关心的问题。

他笑了。

"你想知道?"他有种欲擒故纵的意味。

杨彩旗没说话。

"毕竟我是你爸,找你的地址,很容易。"他抽了口烟,吐出烟雾,然后说,"从中介那弄来的。"

她这才知道父亲的能力,不容小觑的。

"饿了,给我弄点吃的。"杨建国一副高高在上的姿态。

杨彩旗只好站起身,腿有些酸麻,坐久了,她活动一下,让血液循环,然后走进厨房,翻找一通,找出两包方便面。

从杨建国的角度能看到她拿方便面,他说:"给我打两个鸡蛋。"

杨彩旗叹口气,打开冰箱,鸡蛋还有,她拿出两个。

煮面间隙,杨建国说:"对了,我得在你这儿住几天,大过年的,没地方去,我还得躲躲债,年后再回深圳。"

杨彩旗看着翻滚的热水,心是冰冷的。

窗外又飘起了雪花,细细的,一片一片。上海的雪下不大,也存不住,像这个城市一样,悠悠然然,杨彩旗却感到无限悲凉。

一九九九年　悬案

一

1999年，杨彩旗十七岁，读职高二年级，在省卫校学护理。学校地处省城郊区，离紫芦县很近，坐小面包车五块钱可以到县城电影院，然后走回家，全部路程用不到一小时。她一个月回一次家，母亲李兰凤给她两百块生活费，紧紧巴巴。姐姐读大学，每月比她多一百。有时候姐姐还会偷偷塞给她五十、一百的，说是自己省下的，或是勤工俭学得来的。她总是拒绝，姐姐却不许她拒绝，硬塞给她。她不怎么花钱，姐姐在省城教育学院读会计，教育学院在市区，卫校在郊区，两所学校之间十几公里的距离，比回紫芦还远。她没去过姐姐学校，姐姐也没来过她的学校，好像是某种默契一样。她在学校是不快乐的，但她能看出姐姐是快乐的。那时候她并没有嫉妒心，她只希望姐姐快乐。父亲失踪后，母亲持家，家里有种衰颓的气氛。母亲下岗了，到处打零工，或者去别人家当帮佣，赚的都是辛苦钱。她记得母亲去刘敏家，给她带孩子，洗衣做饭，能做的都做，一个月八百块钱，包吃住。她和姐姐不在家，母亲一个人也难免寂寞。

她去过刘敏家，刘敏让她喊自己敏姐。刘敏很客气，常带她出去吃饭，她很喜欢这个姐姐。刘敏家在矿上也有股份，听说最近都在争执这个，也不知具体情况，她对矿厂没什么好感。刘敏说她要开一个连锁小超市，这种连锁小超市在省城特别火，可以加盟，也可以自己做，她听着觉得新鲜。刘敏还带她听各种流行音乐，她喜欢朴树、谢霆锋，刘敏喜欢张学友，便给她听张学友的磁带。她觉得好听，但更爱听朴树。她觉得朴树和自己很像，喜欢用头发遮着脸。在卫校两年，她养了很长的头发，披散着，风风火火的，有些古怪，看上去有些不好惹。

她听朴树的《妈妈，我……》，听得热泪盈眶，她觉得唱出了她的内心世界。

> 不知道为什么不走
> 说不清留恋些什么
> 在这儿每天我除了衰老以外无事可做
> 昨晚我喝了许多酒
> 听见我的生命烧着了
> 就这么滋滋地烧着了
> 就像要烧光了
> 在这个世界
> 我做什么
> 我问我自己到底能做些什么
> ……

她无数遍地哼唱着这首歌，这是她在卫校唯一的精神寄托。

她还参加学校的校园歌手大赛，唱了朴树的两首歌——《妈妈，我……》和《NEW BOY》，获得二等奖，吸引了几个男生的注意。其中一个家在省城的男生追求她，让她无措。男生叫李涛，个子不高，微微有点胖，圆脸，小眼睛，很爱笑，说话轻声轻语，像个白面馒头。李涛父母在省立医院工作，他从小学习就不好，不得已到卫校读书，说是以后还要读大专，学医学影像技术，然后进医院，工作也差不多都安排好了。她很怵这样的人。李涛相较于她就是另一个世界的人，这样的人闯进她的世界，令她无措和难堪。她拒绝了李涛的表白，那是毕业前的一个夜晚，五月的晚风带着某种惆怅，李涛约她在操场见面，手里拿着一束花和一大袋零食。见到她出来，他把花和零食递给她。面对她的错愕，李涛表现出一种难言的震惊，好像她没有接过花和零食对他来说是一种冒犯。对，她感觉出来他的某种愤怒，压抑在他带着笑容的脸上。他让她拿着花和零食，她摇头，再次拒绝，能看出他内心的愤怒一点点爬上脸颊。她懂了，这是一个自以为是的天真男孩，优渥的家庭环境让他觉得爱情和女人是某种唾手可得之物，他可能也没有尝过被拒绝的滋味。很好，杨彩旗心想，那就尝一尝吧。他最后是把花和零食摔在她身上的，气急败坏离开的同时还骂道："婊子。"这让她火冒三丈，拿起拖鞋就向跑远的他砸过去。自此，李涛在校园里逢人就说，杨彩旗是一个婊子。

卫校的生活乏味至极，杨彩旗没有朋友。卫校的男女生比例是一比十，女生不是恋爱就是逃课睡觉，无所事事，像歌中所唱："每天我除了衰老以外无事可做。"她急于毕业，想离开这里去上海，从小就听说上海，梦一样的城市，带着无限遐想，上海滩是可以闯荡一番的。从小听来的话，扎根在她的内心，她一次也没有去过上海。杨建国失踪以前，带姐姐去过一次，那次带回来很多糕点，还有大白兔奶糖。甜是她对上海唯一的印象，这转化成了另一种美好想象——甜蜜的生活。

毕业前已经没有去学校的必要，杨彩旗收拾好了东西，准备回家。这天晚上，天气开始热起来，操场里散步的女生和她们的男友，三三两两，卿卿我我，空气中充满荷尔蒙的酸甜。杨彩旗收拾好行李箱，约好了最后回紫芦的面包车，其间还有一个小时的空余时间，她走出宿舍，提着一根铁棍，经过水房，跨过铁门，来到男生宿舍。杨彩旗的铁棍在地上拖拽，发出刺耳的响声。同学们诧异地看着杨彩旗一步步走进男生宿舍，走进李涛住的房间，然后里面传来李涛的惨叫。

杨彩旗把李涛脑袋打破了。她问李涛："我是婊子吗？"李涛摇摇头说："不是，不是。"她点点头："那就好。"然后她拿着铁棍走出男生宿舍，回到自己宿舍，拖着行李箱，在五月迷离的夜色里离开了学校。据说她一直拿着那根铁棍,直到回到紫芦。

后来这件事在卫校流传了一届又一届,杨彩旗成了传奇,虽然她很不想当这个传奇的主角。

杨彩旗连毕业照都没回学校拍,毕业证也没去拿。自从离开学校,她就决定再也不回来。本来读卫校就是母亲的意思,不外乎是为了毕业后可以进医院当个护士。杨彩旗才不愿意当护士,她没想好以后要干什么,但她知道自己要去哪。

去上海。

1999年的圣诞节,杨彩旗一个人拖着行李箱来到上海。这是她第一次来上海。从火车站出来,她深深吸了一口潮湿的空气,却感到沁人心脾。很多年后再回忆这段往事,她固执地认为上海冬天的空气就是沁凉的,无论多少人和她说上海冬天有多么潮湿,她也不为所动。

她找到母亲的表妹,芳姨妈,在她家借宿。芳姨妈在一家包子铺上班,早出晚归,女儿在上海读技校。芳姨妈早年来上海,嫁了个崇明岛的老公,在上海开出租车。表姨夫家里在老城区有套小房子,女儿去读书,房子就多出一小块空间。杨彩旗住了不到半个月,便在食品厂找到了工作,搬了出去。

杨彩旗的打工人生,自此开启。

她回忆起自己的打工人生,不外乎找工作、吵架、搬家、学手艺,拉拉杂杂,不成体系,混混沌沌的,一步步,一点点,跟着这个城市的节奏,往前,往前。

杨彩旗知道自己不能只是打工,她要在这个城市落脚,这是她来上海之前就想好的。她已经下定决心,要立足于这个城市,让小小的自己有一个安身之所。

其实李兰凤并不希望杨彩旗去上海,刘敏大伯在县医院当领导,她想拜托刘敏帮杨彩旗在县医院找一份差事。为此李兰凤拿出五千块钱，准备找关系用。可是钱并没有送出去，杨彩旗没跟她打招呼就买了去上海的火车票。等李兰凤追到火车站，杨彩旗已经上车了。李兰凤站在候车室里，满脸愁容，她只是心疼这个小女儿。她一直觉得杨彩旗像爸爸杨建国更多一些，不仅是长相，更多的是性格，她固执，脾气大，不爱说话，还有些要面子。

刘敏劝李兰凤，女儿大了，让她自己去闯吧。李兰凤脸上露出一丝尴尬的表情，摸不清女儿心里在想什么。她不是不希望女儿能在大城市闯荡出自己的事业，她只是……

刘敏觉得一提到女儿，李兰凤就显得有些闪躲，似乎在逃避着什么，有点神经质，紧张兮兮的。

李兰凤不愿意跟别人多聊女儿。

但马前方找到她的时候，她不得不聊。

李兰凤还记得马前方找她的那天是1999年紫芦县最冷的一天。那是个周日，天蒙蒙亮的时候李兰凤就醒了，拉开窗帘，天空开始飘落雪花。下雪了，李兰凤在心里说。

周日是李兰凤的休息日，一般她会收拾一下屋子。有时候大女儿会回家，小女儿去了上海，看样子一时半会儿是不会回来了。她吃完早饭，打算收拾屋子的时候，敲门声响了。

李兰凤去开门，看到门外站着马前方。

"李兰凤，你好。"马前方说。

住这一片的没几个人不认识马前方。大家伙儿都喊他老马或马队长，马前方显老。李兰凤对马前方蛮有好感的，可能是因为他长得老，看起来人很可靠。

"马警官。"李兰凤没有像别人一样喊他马前方，马前方比李兰凤大不了几岁，李兰凤一直都喊他马警官。

"在家啊？"马前方有点没话找话的意思。李兰凤一听就知道他来并非执行公务，那么肯定又是为了王聚德和杨建国失踪的事情来的。王聚德和杨建国失踪的这两年里，马前方来找过李兰凤好几次，都是程序式的调查，问问杨建国的个人情况、社会关系等。但今天马前方看起来有点奇怪，是李兰凤想多了？她自己也不清楚，只觉得心里隐隐有些莫名的紧张。

"在家，今天休息。马警官有事？"李兰凤有些装傻的意味。

"哦，也没什么事。"马前方的目光穿过李兰凤看向屋里，李兰凤捕捉到了他的目光。

"哦，没事的话，我可能要出去一趟。"李兰凤等于下逐客令，马前方不傻，不可能看不出来，李兰凤并不欢迎他。

"哦，那个，你丈夫杨建国有什么消息吗？"马前方没绷住。

李兰凤愣了一下，也不过短短的几秒。

"没有啊，你们不是在找吗？"李兰凤似乎有点紧张。

"嗯，我们也没一点消息。"马前方心里隐隐觉得有什么不对。

"你们都没有，我哪里有呢？"李兰凤苦笑。

"我在想，他会不会突然跟你联系，或者……"

马前方的话未说完，李兰凤抬头看着他说："你们还觉得是他绑架了王聚德？这都两年了，如果是他绑架的，为什么两年都没有任何消息？"

李兰凤冷冷的目光让马前方有些无措起来。

"我们是觉得，也许他俩都遇害了。"马前方话一出口就有些后悔，毕竟对面是一个"失去"丈夫的女人。

李兰凤缄默了。

马前方也不知道该说什么："行，不耽误你时间了，我先走了。"他转身走了没两步又回过头说，"对了，如果，我是说如果杨建国跟你联系，你一定要告诉我。"

"我会的。"李兰凤说完把门关上了。

马前方转身离开了。

邵丁把车停在家属院门口，马前方跳上车。

"怎么样？"邵丁问。

马前方摇摇头："啥信息都没问出来。"

邵丁拍了拍方向盘："要我说，肯定是杨建国把王聚德绑架了，然后失手杀了，钱没拿到，人也死了，干脆跑路。"

"你有什么证据？"马前方并不认同邵丁的说法。

"我对那个杨建国就没什么好感，自从给王聚德开车以后，他那个眼睛就长在了头顶上。"

"你这是成见。"

"哎对，我就是对他有成见。我对那个王聚德更有成见，他就是一个人渣。"邵丁越说越气。

"好了，开车，我们回去。"马前方靠在椅背上，点了支烟，回想刚才和李兰凤那短短的对话，总觉得哪里有点不对。

邵丁发动汽车，车子离开家属院。

李兰凤透过窗子看到车子离开，攥着的拳头松开了。

二

杨建国和王聚德失踪已经两年了。除了马前方，再也没有人关心这个案子，这已经是一个悬案了。各种传闻、八卦、小道消息，经过两年的传播沉淀，像落在地上的小雪花，渐渐消失于无形。马前方答应了赵美凤会找到王聚德。虽然当时马前方是为了安抚赵美凤，让她不要再去骚扰李兰凤一家，毕竟杨建国也下落不明。但马前方心里一直有个念头，这个案子，背后一定有不可告人的秘密。但这个秘密究竟是什么？他不知道。但他晓得肯定有人知道，因为他一直怀疑李兰凤是知情人。这两年他走访了很多人，几乎摸清了杨建国和王聚德所有的社会关系。相比之下，杨建国的社会关系非常简单。他是本地人，父母早逝，自己当过兵，有一个姐姐，已经很多年不来往了。在给王聚德开车之前，他在县供电局保卫科上班。这个工作是他一个战友帮他联系的。在供电局期间，他生了两个孩子，就是杨一梅和杨彩旗。他风评不好，爱喝点小酒，爱打老婆，爱打麻将（其实算是赌博那种）。打老婆据说是因为他一直想要儿子，没想到连生两个女儿。小女儿的出生是一个意外。他给做 B 超的大夫塞了红包，想看看男女，大夫说是男的，他很高兴。没想到生出来还是女孩，于是他去找那个大夫算账，想把钱要回来。后来他把对方打了，可钱没要回来，还赔了医药费，工作也丢了。之后他自己做了各种小买卖，也不怎么赚钱，直到开始给王聚德开车，家里生活条件才算改善。两个女儿，他更喜欢大女儿，很多人说是因为大女儿比小女儿好看。

在走访过程中，马前方听到过这么一件事。

那时王聚德买了一辆宝马汽车，杨建国开回县里，好多人跑去看热闹。杨建国让他家杨一梅坐上副驾，带着兜了一大圈，小女儿杨彩旗却连车都没摸过，所以大家都说杨建国太偏心了。

马前方在自己的记录本上写了"偏心"二字。

王聚德是怎么认识杨建国的？马前方从王家打听到的消息，说是杨建国救过王聚德，王聚德出于感谢，请他当司机。

当时杨建国在打零工，偶然遇到了被人劫持的王聚德，杨建国认识王聚德。紫芦有谁不认识王聚德呢？当时王聚德开着他的桑塔纳回紫芦，路上车胎爆了，他下车查看，这时路边蹿出两个人，拿着刀直接劫住王聚德，让他拿钱。王聚德吓得尿了裤子，正巧这个时候杨建国路过。毕竟杨建国当过兵，也练过拳脚，三下五除二就把劫道的给干趴下，救下了王聚德。关于杨建国是怎么遇到王聚德的，有两个说法，一个是杨建国骑车路过，另一个是他坐夜车回紫芦。但马前方调查的结果是，那时候回紫芦的车基本上晚上七点之后就没了。王聚德被劫是在晚上九点之后发生的，这个时间就对不上。当然，还有另一种说法，劫道的和杨建国是一伙的，但那两人不是紫芦的，跟杨建国只是打工认识的。仨人本来想劫点钱，没想到劫的人是王聚德。杨建国认识王聚德，知道他很有钱，就动了别的念头："救下"王聚德，把那两人干掉。这个说法也有漏洞，如果杨建国干掉了那两人，尸体呢？如果杨建国并没有杀掉那两人，他们后来不会找他麻烦吗？所以杨建国为什么能给王聚德当司机，马前方调查来调查去，也没有一个准确的结论。唯一能确定的是杨建国给王聚德当司机是在1996年初，农历新年前的某一天。根据马前方的调查，在这之前，王聚德和杨建国似乎没有什么交集。

马前方在笔记本上两人的名字之间画了一条连接线，写上"交集"两字，再打了一个大问号。

杨建国给王聚德当司机，满打满算也就一年时间，之后两人双双失踪。如果说两人失踪后，杨家的日子越来越好，那么很有可能是杨建国绑架了王聚德，从他那里获得金钱。但现在杨家的日子是越来越难，李兰凤带着两个女儿生活，自己还下岗了，实属不易。

说到杨家的两个女儿，马前方对杨一梅印象很深。他女儿和杨一梅算是同学，都在县一中上学，比杨一梅大一届。女儿跟他提到过杨一梅，杨一梅是个漂亮的姑娘，学习很不错，本是考名牌大学的料。但在王聚德和杨建国失踪后，她就没来学校上课，说是在家复习，虽然也参加了高考，但只考了省教育学院。马前方对杨一梅印象也不错，她不像她父亲杨建国那么阴郁，看起来蛮开朗。她妹妹杨彩旗就显得阴郁，整天低着头，看人的眼神里透出一股莫名的怒气。

马前方站起身，走到窗口。他已经从派出所调进县公安局了，下个月将去北京公安大学进修。他看着窗外阴沉的天空，星星点点的雪花轻轻飘落，一种无奈的怅惘袭击了他。

"哟，马前方，一个人在这干吗呢？"

马前方回头，看到是同事王民。

"看看外面的雪。"马前方说。

王民看了眼窗外，说："下雪了？哎，马前方，你进修手续还没办，局长让你快去办手续。"

"好，我这就去。"马前方说。

王民冲他点点头，关上门。

马前方把桌上摊开的笔记本合上，走出办公室。

三

省教育学院的占地面积很小，但坐落在省城中心区，离步行街不过二十分钟脚程。杨一梅第一次去步行街，是和三个室友一起。四个女生在人行道上走成一排，有点不管不顾、爱谁谁的架势，是青春的天真，也是游戏的姿态。迎面有匆匆的行人，她们会侧身让开，然后嘻嘻哈哈一阵笑，也不知有什么可乐的，就是快乐，这是杨一梅最美好的日子。秋阳洒在身上，步行街的行人摩肩接踵，处处洋溢着喜悦和欢乐的气氛，十一假期即将到了。还有，这是本世纪的最后一年，接下来，即将迎来新千年，人们为此带着憧憬和希望。这在学校里也可以感受出来。

杨一梅以为自己的人生从此可以改变，但没想到的是，王子风的出现，让一切成了梦幻泡影。

厂子基本上被王家族人瓜分殆尽，工也停了。王子风作为傀儡董事长，没有任何权力，也没有任何能力去管理厂子。他选择离开，第一站是深圳，舅舅赵大义在深圳。王子风去投奔他，其实有点逃避的意思。父亲失踪，母亲昏迷不醒，他内心是痛苦异常的。这个时候不逃避，他怕自己会疯掉。

在深圳他找到舅舅赵大义，舅舅说帮不了他，而是一心要找到王聚财。王子风很失望,毕竟王聚财是他叔叔,他会天真地觉得,如果舅舅找到了叔叔,他从中间斡旋,是不是就能缓和两者的矛盾?可惜叔叔和舅舅并没给他这个机会,据说叔叔在深圳没多久便又去了湖南。赵大义就要追去湖南,临走前给王子风留了点钱。王子风用这些钱在深圳过了几个月,本想找工作,可他能干什么呢?实在没办法,他只好回到紫芦,一个亲戚提议让他自己开公司,做建材,王子风拿了家里的钱去省城开了一家建材公司,好在还有人愿意帮他,父母积下来的人脉还能用上。王子风终于开始了自己的新生活。

他和杨一梅的偶遇确实出乎他的意料。他听说杨一梅在省教育学院读书,但没想过去找她。直到有天他开车路过步行街,看到一群女生走过,其中一个让他心里猛然一惊。这一惊并非爱情,他已经谈不上喜欢杨一梅了。这一惊是那些往事一股脑就钻进脑海,海啸一般,脑袋里轰隆隆一阵响。他停下车握着方向盘,大口喘息,像溺水的人,眼泪也流了出来。他再扭头,人已经远去,只留下一个朦胧的背影,若隐若现。背影也够了,能让他辨识。他眼里仿佛渗出血,内心带着复杂的愤怒,为自己的命叹息似的。他要做一件事,一件大事,来证明自己。他想清楚后,发动汽车,嘴角带着一抹不易察觉的笑意。

王子风来到省教育学院找杨一梅的那天,正是杨彩旗去上海的那天,二十一世纪来临前的最后一个圣诞节。那天天公作美,居然出了一天太阳。中午的时候,杨一梅和几个同学约好下午去逛街。吃完午饭回宿舍的路上,有人拦住了杨一梅。杨一梅看了一眼,心里咯噔一下,她好似听到脑海里一个声音说:不好。她不知道为何脑海里会闪现出这么一句。站在面前的正是两年多未见的王子风。他穿着一件黑色大衣,浅蓝牛仔裤,脚上是耐克运动鞋,手里拿着一束花。王子风开口道:"好久不见。"杨一梅彻底傻了眼,这是要演哪出?

"你、你好。"出于礼貌,她也开口道。

"送给你的。"王子风把花递到她跟前,杨一梅紧张地后撤一步。

这一步在王子风的眼里仿佛是在两人之间拉开一条沟壑，他的眼里透露出某种色厉。虽一转即逝，却被杨一梅捕捉到了，她不受控制地接过了花，有点不知所措。王子风笑笑说："没想到你也在省城，我现在开了一家公司，有空一起吃饭啊。"杨一梅紧张到无法支配自己身体似的，僵硬地点了点头："好、好啊。"王子风说："今晚有空吗？"杨一梅也不知是听清了还是没听清，表情依旧僵硬，只说了一声好。王子风笑着说："那晚上来接你。"说完他就转身走了。杨一梅拿着花站在那里，木木的。室友小张凑过来，笑眯眯地说："哟，男朋友啊？你都不告诉我们。"杨一梅紧张得手足无措，说："不不，不是男朋友，高中同学。"小张嘻嘻一笑："还蛮帅。"杨一梅木然地说："我、我先走了。"小张看着她走远的背影，撇了撇嘴："怎么神经兮兮的？"

王子风就这样成了杨一梅的男朋友。但在学校里杨一梅从不谈论王子风，她身边的同学都知道杨一梅有一个开公司的男朋友，总是在周末的下午来接她出去吃饭，然后送她回来。杨一梅和王子风每次也都是出去吃饭或看电影，只有一次王子风带她去见了自己的几个朋友，一起去 KTV 唱歌。其中一个人也是紫芦一中的，见过杨一梅。他小声地对王子风说："她爸是不是跟你爸爸一起失踪了？"王子风听完直接将拳头砸到他的脸上，很快两人扭打在一起。KTV 工作人员报了警，两人被带到派出所。王子风脸上也挨了几拳，眼眶都肿了。调解完，王子风赔了医药费，和杨一梅从警察局出来。杨一梅看他脸肿得像猪头，不禁有点心疼。她问王子风疼吗。王子风说没事。两人忽然没话了，顺着派出所外面的马路一直走，也不知道走了多久，走到一条河边。王子风说这条河跟紫芦的浑河连着。杨一梅看着夜里的河面，黑黢黢的，有些害怕。王子风说，杨一梅，我从初中就喜欢你了。杨一梅有些错愕。没想到他现在会说这个。杨一梅低头说，我知道。王子风很诧异，说，你怎么知道？杨一梅说，大家都这么传啊。王子风笑了笑,说,那时候大家都好傻。杨一梅忽然哭了起来。这回轮到王子风错愕了。你怎么了?他问杨一梅。杨一梅摇头。王子风站在她边上,杨一梅靠着他的肩膀,就这么哭了起来。

之后杨一梅想起那天晚上,心里感到一种复杂的隐痛,她说不清那晚到底为什么会这样哭。自从父亲失踪后,她的生活发生了巨大的变化,这个变化不仅仅在物质上,更多在精神上。人们发现杨一梅变得沉默寡言了。她知道自己心里压抑,莫名地压抑。她想逃离,却不知该如何逃离,好像有个影子一直尾随着她。她其实很想放弃高考,离开家乡,走得远远的。可她不能,她也说不清为什么不能,她像被那个影子牢牢地束缚了。她感到身心分裂开来,是两个杨一梅,一个在紫芦,在家里,复习高考;另一个远走他乡,闯荡一番,成就事业,哪怕是最不起眼的事业。另一个杨一梅,在她的梦里。现实中,她还是需要考试的,一步一步向前走的,不知最终能走到哪里的杨一梅。她想过考到上海或者北京,但某种压力让她喘不过气来。父亲失踪后,周围的人都在议论着她们,各种声音不断涌入脑海,躲不开,逃不掉。她还有母亲,还有妹妹,她只能慢慢向前走着。没想到,最终还是逃不掉。王子风的出现让她明白,这就是命运吧,逃不掉。真的逃不掉吗?还是不想逃?逃是需要付出代价的,代价太沉重了,杨一梅没有能力或者说没有底气去付出这份代价。她觉得自己好像潜在水中,迎着水流,就这样漂着。就像那天晚上,她看到那条河,她觉得河里有一个自己,潜在那儿,孤零零的,无力挣扎,漂回了紫芦。

王子风也是她的那条河吧?她颓然地想。

三

马前方去北京进修前,去了一趟省城。他打算走之前去见见杨家姐妹,结果只见到了杨彩旗。两人约在学校的食堂,杨彩旗看到马前方,居然露出笑脸:"马叔叔,您好。"马前方觉得杨彩旗比之前他见到的时候要显得开朗了很多。马前方先是寒暄了一番,问问她在学校的生活和学习情况。杨彩旗一点不遮掩地说:"卫校的环境马叔叔应该很了解,能健健康康走出学校,就是成功。马叔叔,有什么事直接说吧。"马前方没想到杨彩旗现在变得这么成熟,或许生活的磨砺让她快速成长了吧。马前方便开诚布公地问她有没有见过杨建国。杨彩旗摇头说没有。马前方看着杨彩旗说:"但我听说县里有人见过杨建国。"杨彩旗嘴角抽动了一下,说:"您要是见到了他,让他赶紧给我点生活费。"

马前方并没有从杨彩旗那里得到什么信息,他给杨彩旗丢下两百块钱被杨彩旗拒绝了,杨彩旗把他送到学校大门口。马前方说:"有什么难处,可以跟我说。"杨彩旗摇摇头,说:"再见,马叔叔。"说完她转身回学校了。

马前方看着她走远,叹了口气。

他说县里有人见到杨建国并非瞎说,确实有人说,有天晚上好像看到了杨建国。马前方调查过,县主干道上的几个监控也看了,其中一个坏了,其他几个能用的并没有拍到杨建国。有人说见到杨建国也可能是看错了。小城里的各种风言风语,肯定禁不住查的,但马前方还是觉得杨建国应该还活着。之前的调查,却也没有什么线索。王聚德失踪的第二天,他们去过李兰凤家,李兰凤说杨建国一晚没回,可能去赌博了。马前方他们找了杨建国常去赌博的几个地方,没找到人。马前方把杨建国可能出没地方前前后后摸遍了,还是没人。王聚德那边也是,能找的地方都找了。可紫芦就这么大,人能去哪呢?

很快矿难的事情省里派了专家组来处理,要抓安全生产,一来二去,耽误了调查王聚德和杨建国失踪的事情。矿的事情比失踪两个人重要。马前方也被抽调去矿里调查矿难事故,不查不要紧,一查好多地方不合格,矿厂停业整顿了一个月。马前方觉得,要不是耽误了这一个月，他肯定能找到王聚德和杨建国失踪的线索。

马前方也想过他俩是不是半路遇到劫道的了。但一直也没有尸体出现。之后马前方还让县公安局刑侦大队参与调查，他和刑侦大队队长老杨是铁哥们儿，查了一圈，什么都没找到。人没有，线索也没有，两人就像人间蒸发了。

马前方无法接受这个结果。

那又如何？

事情只能这样搁置下来了。

很快，没人再查这个案子，这件案子就成了悬案。

二〇一〇年　调查

一

马小橘走进县公安局刑侦大队会议室，被一屋子的烟雾呛得喘不过气，猛烈地咳嗽起来，只好走出会议室，在门口大声地咳嗽一阵，然后深吸一口气，鼓足勇气般再次走进会议室。

局长坐在靠门的位置，马前方和邵丁坐在会议室最里面，边上还有几名干警，杨乐在投影仪边上，一边放映投影一边解说。

"根据装修马师傅提供的线索，我们调取了全县的监控设备。在县电影院的十字路口，交通摄像头拍到了疑似杨建国的人，但此人戴着帽子，不是很容易辨别。还有在家里福超市门口，超市的摄像头也拍到了疑似杨建国的人，他进去买了一包烟。但当时超市老板刘敏不在，店员是个九〇后女生，她不认识杨建国，她说自己当时在看电视剧《美人心计》，看得很投入，只记得收了钱，人长什么样没有注意，我们给她看了照片，她觉得有点像。所以现在根据我们掌握的资料，无法确定这个人就是杨建国。"

杨乐说完坐下了。马前方看了看烟雾里的局长，局长没说话。马前方说："我来说两句吧，目前我认为杨建国和这起案子关系很大，我已经拜托省公安厅鉴定科去比对碎尸的DNA和王聚德的DNA是否一致，如果一致，那么，很有可能是杨建国杀害了王聚德，我让杨乐去找王聚德儿子要他的遗物，用以提取DNA……"

马前方没说完，局长开口道："王聚德失踪案是十年前的事了吧。"

马前方说："十三年前。"

局长点点头说："他俩失踪了十三年，如果按你说的，是杨建国杀了王聚德，那这十三年他俩在哪？为什么要等到今天才动手？"

马前方手里捏着钢笔，笔头不停地敲击着笔记本，发出啪嗒啪嗒的声响。

"现在首要的任务,是确认嫌疑人是不是杨建国,碎尸身份你们去比对吧。还有,马前方,省里通知我们可以调查矿厂了,你准备好带队吧。"

"好的,局长。"

"行吧,剩下的事情就交给你了。"局长说完起身走了。

大伙儿看着马前方。

马前方看看大伙儿。

马小橘不禁笑出声。

杨乐瞪了她一眼:"笑什么笑!"马小橘收起笑容,正襟危坐。

马前方笑着说:"查案归查案,不用这么严肃。接下来我们先找到这个人。"马前方指着投影上那个戴帽子的模糊身影,"看看这个人到底是不是杨建国。还有,杨乐,王聚德儿子那边你跑一趟,看看能不能拿到什么可以提取DNA的东西,省鉴定科你也要盯一下。"

"是,马队。"杨乐应道。

"行吧,散会吧。"马前方收拾笔记本。大家也收拾东西,走出会议室。马小橘打开窗户,散去屋里弥漫的烟雾。她一边挥舞手掌扇风,一边小声咳嗽。

邵丁跟在马前方后面走出会议室。

马前方说:"杨家那边,你最近要盯紧点,如果真是杨建国,他一定会回家的。"

邵丁点了点头。

马前方看了下手表,说:"走吧,跟我去矿里。"

邵丁说:"我去集合队伍。"

三辆警车开进矿厂的时候已经过了晌午,看矿的老丁头和他的三只大狼狗在矿厂破败的大门口等着警察的到来。

马前方下车走到他身边,三只大狼狗冲着马前方吠叫起来,马前方知道三只狗闻出了自己的味道。

老丁头拉了一下牵狗绳，三只狗乖巧地停止了吠叫。"我是县公安局的马前方。"马前方伸出手，和老丁头礼节性地握了握手。

"你们要看什么地方？这里我都很熟。"老丁头一只眼睛瞎了，眼球被摘除了，形成一个空洞，他也不戴眼罩遮挡，看起来让人感到有些毛骨悚然。

"只要是隐蔽的地方，我们都要看一看。"马前方对老丁头说。

"我懂，能藏尸体的地方呗。"老丁头牵着狗，开始带大家朝矿厂里走去。

"我给你们一个厂子的地形图，我把能藏尸体的地方做了标记，你们可以自己去找。"老丁头从一个废旧的安保室里拿出一张半新不旧的地图来，递给马前方。

"太好了，非常感谢。"马前方说。

"不用客气。"老丁头用一只眼睛打量马前方，"前几天我们是不是见过？"

马前方心里一愣，表情还是很自然地说："没有，我第一次来。"

"是吧，看着眼熟。"老丁头咧嘴笑了笑，那个空洞的眼眶显得越发瘆人。

马前方让邵丁和杨乐各带一队，自己带一队，进矿厂勘查。

"已经好几天了，尸块应该已经腐烂，注意有异常气味的地方。"马前方提醒他们。

交代了各项事宜，警察们四散开来，进入矿厂里勘查。老丁头看着他们的身影，脸上没有任何表情，那只空洞的眼眶里仿佛藏着什么秘密。三只狼狗蹲在地上，虎视眈眈地盯着进入矿厂的警察，气氛有些紧张。

马前方带队在矿厂东区勘查，邵丁在西边，杨乐在北边。大门朝南,他们从南边进入。一直到天色渐暗,他们也没有找出尸块,也没有发现什么可疑之处。夕阳收起最后一丝光线的时候,马前方他们从矿厂里走出来。老丁头带着三只狼狗站在门口,似乎在等他们。

"找到什么了吗?"老丁头问。

邵丁耸耸肩,表示没有。

"您之前发现什么人来过吗?"马前方问老丁头。

"几天前好像是有人来过。"老丁头眨巴着那只独眼,感觉话里有话。

马前方摸了摸头发,说:"前段时间下大雨,那几天有人来过吗?"

"不知道,我晚上一般都睡觉,它们看厂子。"老丁头指了指那三只大狼狗,三只狼狗盯着马前方,吐着舌头,像是盯着猎物一般。"只要来过的人,它们都认识。"老丁头补充了一句,脸上露出笑意,独眼让他看起来更可怖了。

"行,那先这样。"马前方招呼大家收队,"可能过几天还要过来打扰。"

"哎呀,配合警察工作是人民的义务。"老丁头有点阴阳怪气。

马前方点点头,和邵丁他们上车离开。

在车上,邵丁问马前方:"那个老丁头是不是有点可疑?"

马前方说:"我一直在想,这个老丁头好像在哪里见过。想起来了。"他一拍大腿,"你记得1996年,我们抓过一个小偷吗?"

邵丁想想,摇头说:"我们抓的小偷多呢。"

"当时我们还在王回岭镇派出所,抓了一个专门偷电缆的小偷,差点没看住他,他戴着手铐要跑,跟所长撞了个满怀,把所长撞翻了。"马前方语速有点快。

邵丁眼睛一亮:"啊,这么说,我想起来了。怎么,他就是老丁头?"

"对,就是他,虽然样子变得厉害,还瞎了一只眼,但整体模样还在那里。"

"这人怎么跑这来了？"

"应该是王聚德当年雇了他，王聚德当时雇了很多社会闲散人员。"马前方思索着什么。

"你觉得这人可疑？"

"那倒不是。"马前方转动了一下僵硬的脖子，"只是感叹一下时光飞逝。"

邵丁笑起来："马队，你怎么矫情起来了？"马前方瞪了他一眼，邵丁哈哈大笑。

车子驶回公安局，马前方和邵丁去向局长汇报情况，杨乐回了办公室。马小橘凑过来："怎么样？找到什么线索没？"

杨乐叹口气，瘫在椅子上，从口袋里掏出一个盒子。

盒子里是王聚德的头发。

原来当年王聚德有留自己头发的习惯。王聚德办厂子前找过一个道士占卜，道士让他每次理发都要把头发留着——留着就是财。所以每次理完发的头发他都会留下，只有一次没有留，就是他失踪前那一次。那次理发的师傅不是之前常用的那位，理完发把王聚德的头发扫了。王聚德赶着要去省城会客，看到头发被扫，大发雷霆，差点把那个小师傅打死。王聚德命令小师傅在他回来之前把头发收集好，没想到王聚德再也没回来。

马小橘看杨乐有些不快，调侃道："哟，杨大警官，怎么这么忧郁了？不像你的风格啊。"

杨乐皱了皱眉，说："王聚德那个儿子，一看就不是什么好人，真不懂，杨一梅怎么会嫁给他？"

马小橘不太知道杨一梅和王子风的事情，杨乐拉了椅子，让她坐下,一五一十地跟她说了。

马小橘听完感叹道:"也许他们很早就相爱了吧。"

"相爱?狗屁!"杨乐恨恨地道,"杨一梅也是不争气,我觉得她就是为了钱。"

"你别这么说,你又不是当事人,你知道他们是怎么想的?人和人的距离是两个宇宙之间的距离,人心是猜不透的。"马小橘说道。

"哎哟,我们小马警官这么通透啊,真没看出来。"轮到杨乐调侃马小橘了。

马小橘用文件夹打了他一下,说了声:"烦人。"她拿着文件夹走出办公室。

QQ这个时候响了,一个头像在闪烁。杨乐点击那个叫子夜未眠的头像,子夜未眠给他发来一个吃饭的表情。子夜未眠就是杨彩旗,杨乐的网名叫在天之翼。杨乐知道子夜未眠是杨彩旗,同样,子夜未眠也知道在天之翼是杨乐。他俩是初中同学,初中毕业后几乎就没见过面了,却是很好的网友。初中毕业后杨乐读了高中,之后又考上警校,两人一直有联系。

杨乐露出笑脸,发了一个苦恼的表情。没一会儿,子夜未眠就回复了:有心事?杨乐回:工作上的事。子夜未眠回复:我最近工作也不顺。杨乐回:怎么了?子夜未眠回复:唉,一言难尽。杨乐回:我也是,感觉压力好大。子夜未眠回复:你站起来。杨乐回:站起来?干什么?子夜未眠回复:闭眼睛,深呼吸,你会感到轻松一些。杨乐又笑了,回复了一个微笑的表情。

对面回了一个可爱卡通表情。杨乐看着显示器,双手停在键盘上空,皱起眉,沉吟了一会儿,然后双手敲击键盘,打出一行字:想问你一件事。

没一会儿,对面回了个"说"字。杨乐看着那个"说"字,抿了抿嘴唇,下定决心打出一行字:你最近见过你爸吗?

杨乐看着那行字，食指放在回车键上，停了有那么几秒钟，点击，发送。那行字在 QQ 的显示栏里出现，让杨乐有种如释重负的感觉。他等着对方回复，似乎又不希望对方回复，有点后悔这么问了。其实大家都认为杨建国凶多吉少，这件事杨乐一直都知道。他心里的判断也是凶多吉少。现在出现的所谓杨建国线索，让他非常诧异，是超乎了他的判断的。但他知道马队长一直不相信杨建国和王聚德死了，邵队长觉得不可能，一定是死了。两三年前吧，有次他们聚餐还谈过这件事。马队长的意思是，活要见人，死要见尸。邵队长表示不同意，世界这么大，那么多悬案和疑案都是怎么来的？事情这么久了，没个下落，人肯定没了。马队长一直想继续调查杨建国和王聚德失踪案，可惜局里人手不够，再说这个案子之前也没引起过局里重视，当时有矿难，还有洪水，各种事情层出不穷。那时候紫芦公安局的警力还不如现在呢。

杨乐思绪飞扬，等了好几分钟也没等来回复，这才发现子夜未眠下线了，也没跟他打招呼，那个头像就变灰了。杨乐陷入沉思。不一会儿，他起身出了办公室，来到技侦科。

"发现疑似杨建国的那个监控内容再调出来给我看看。"他对技侦科的王静说。

二

杨彩旗看着 QQ 对话框里的话，陷入沉思。她正坐在办公隔断后面，双手放在电脑键盘上，手指微微地颤抖。

你最近见过你爸吗？

白底黑字，在电脑屏幕上微微闪动，杨彩旗不知道该如何回答这个问题。因为她不知道对方，也就是杨乐和警察究竟知道些什么。她知道碎尸案，并且主动和杨乐聊过，杨乐什么都没跟她说。她也明白，朋友归朋友，工作上的事情，杨乐基本上都闭口不谈，这是规矩。她和杨乐是什么时候成为朋友的？初中二年级？应该是的，还记得是在操场，他俩配合做仰卧起坐，她之前的搭档生病，换了杨乐跟她配合。杨乐个子高，可惜光长个子，体质很差。杨乐说自己小时候总生病，他妈妈都担心他活不到成年。仰卧起坐杨乐一分钟只能做六七个，男生的达标成绩是十九个，杨彩旗一分钟能做五十个。杨乐对杨彩旗充满敬佩，他央求杨彩旗做自己的教练，帮自己练体育项目。杨彩旗和杨乐的友谊建立在仰卧起坐、引体向上、铅球和八百米跑上。整个初二的每个周六下午，杨彩旗都会和杨乐一起练铅球、仰卧起坐、引体向上和八百米跑。杨乐说自己体育能达标，多亏了杨彩旗。杨彩旗很高兴，整个初中，她只有两个朋友——杨乐和毛岚。而杨乐也是她唯一的男性朋友。

杨彩旗不喜欢交朋友是出了名的，大家不以为意，但在杨建国和王聚德失踪后，杨彩旗成了众人的谈资。大家窃窃私语，许多传言甚嚣尘上。一时间杨彩旗成为众矢之的，只有杨乐还愿意跟她说说话，陪她一起放学回家。想到那段岁月，她心里不禁泛出一股暖意。也许她是有点喜欢杨乐的吧。这个当年孱弱的傻大个儿，怎么就当了警察呢？她还记得初中毕业后她去读职高，杨乐考上了县一中，她有些不好意思见他。他倒无所谓，还是大大咧咧地来找她玩。她有些避着他的意思，见到他心里会颤抖，像美梦惊醒的瞬间。她知道自己和他已经是两条平行线，不会再相交了，那不如各走各的路吧，她在心里叹息。之后他们没怎么见过面，倒是杨乐常在QQ上给她留言。

他考上警校的时候，杨彩旗正在食品厂上班。他给她留言，告诉她自己被警校录取了。她看着QQ对话框里微微闪烁的字体，泪水不知不觉涌出来，如河岸决堤。她回复他：祝贺你！他又回复了一个快乐的表情。她的眼泪更汹涌了，眼泪是祝福他，也是同情自己。她面对自己的命运只能叹息。

杨彩旗将自己从回忆中拉回，最后还是回复了杨乐。此刻已是深夜，出租屋里，只剩笔记本电脑的光。她盯着显示器，敲下两个字发过去：没有。然后她赶紧关闭电脑，做贼心虚似的。她的窗外是漆黑的夜，春天来了，空气里一股暖暖的花香，动物们也开始蠢蠢欲动了。小区里的野猫不时发出叫声，如婴儿哭泣。她站起身，走到窗边，打开窗户，窗外的微风带着春的气息、夜的气息，扑面而来。她闭上眼睛，感受着风的抚摸，她不知道眼泪从眼角无声滑落，顺着脸颊流到下巴颏儿，形成一条曲线，风一点点吹干了泪水。她累了，转身回到床上，没一会儿就睡着了。

杨乐看到QQ上子夜未眠的头像在动，他赶忙点开，看到子夜未眠只发来了两个字：没有。然后她就下线了。杨乐靠在椅背上，陷入沉思。他花了一个下午重新查看了监控资料，将疑似杨建国身影的影像画面复制下来，用比对软件和杨建国的照片再次进行比对。因为监控拍的时候是夜晚，路灯的光照不足，加上监控的像素不高，比对结果只有50%的相似度，这无法说明监控里的人就是杨建国。

马小橘推门探头，看到杨乐紧盯着电脑屏幕，说："乐哥，马队喊开会。"

杨乐头也不抬，只应了声："来了。"

他走进会议室，里面只有马前方、邵丁以及马小橘。邵丁看到杨乐进来，向他招手："快点，坐下，马队要布置任务。"杨乐拉过一把椅子，在马小橘身边坐下。

马前方手里拿着资料，眼睛透过老花镜上方看了一下他们几个人，说："齐了哈。"邵丁说："齐了。"马前方摘掉老花镜，点了支烟，看着杨乐说："比对得如何？"杨乐一副心思很重的样子，马小橘拿笔戳了戳他。

"嗯?"杨乐抬头。

"想什么呢?"马前方吐出口烟雾,"我问你比对得如何?"

杨乐摇头:"50%的相似度,没法证明是杨建国。"

马前方点头说:"跟我想的差不多,如果这个人是杨建国,他一定会伪装,他当过兵,有一定的反侦查能力,但大致的样子改变不了。所以我们现在不能确定他是不是杨建国,没关系,这给了我们一个启示,或者说一个思路,就是杨建国很可能没死,那么和他一起失踪的王聚德人在哪?等于把我们拉回到十三年前的案子上去了,杨建国和王聚德到底为什么失踪?这件事情和现在的碎尸案是否有联系?"

马前方这问题似乎是在问在座的所有人。

"我认为没有。"杨乐说。

"你认为没有?"马前方盯着杨乐,"理由呢?"

杨乐摇摇头:"我……我不知道。"

"你不知道?"邵丁绷不住了,"啥叫你不知道!我们是警察,查案子说的每一句话,都要负责,要有理有据!"

"我……我直觉上……"杨乐嗫嚅着。

"直觉?哎,杨乐,你警校是不是白读了?"邵丁心中一股无名火噌一下上来,最近查案压力大,他内心也不太好受。

"好了,好了。"马前方有点打圆场的意思,"杨乐,你为什么会这么想?"

杨乐想了想,开口道:"我跟杨彩旗是初中同学,我也见过杨建国,听过他们家的故事,我知道杨建国有家暴行为,但我,嗯,怎么说呢?我觉得他不像能杀人的人。"

"哦,杀人犯都在脑门上写着'我能杀人'几个字?"邵丁挤对他。

马前方把香烟在烟灰缸里捻灭:"有时候警察办案,有直觉不是坏事,但我们靠的是证据,这点你要明确。"杨乐点点头。马前方继续说道:"我们现在人手很紧张,省厅很重视这个案子,尸块的 DNA 他们派人送来了,不是王聚德!所以现在王聚德是死是活,尚未可知。"马前方敲了敲桌上他刚才看的文件。

"我把接下来的任务安排一下,你们几个现在单独成立一个小组,调查一下杨建国失踪案。小马,你负责调查李兰凤,也就是杨建国的妻子;邵丁,你跟一下王聚德那边,如果杨建国出现了,难保王聚德不会出现;杨乐你呢,继续调取监控,如果杨建国出现,我不信他能躲开监控。"

他看了眼杨乐:"杨彩旗你还有联系吧?"杨乐心里一震,心想他怎么知道?"杨彩旗那边,你继续保持联系,还有杨一梅,你也要盯一下。这个小组,调查时间总共就一个星期,看看能发现什么吧。同时,碎尸案也要继续调查。碎尸案呢,邵丁,你带其他队员继续查,他俩这个星期主要调查失踪案。刚刚杨乐你说你有直觉,我呢,也有我的直觉,我的直觉告诉我,这两个看似八竿子打不着的案子非常有关联。好了,都干活去吧。"

马前方拿起文件,端着茶杯,和邵丁一起出门。杨乐坐在椅子上发愣,马小橘拍了拍他:"你咋了?"杨乐抹了一把脸说:"没啥,累了。"说完他起身出门,马小橘耸了耸肩。

邵丁和马前方走进办公室。

邵丁说:"杨乐这小子,真让人生气。"

马前方笑着说:"你当年不比他好多少。"

邵丁挠挠头发,有点害羞地笑道:"啊?是吗?我都不记得了。"

马前方说:"让他们锻炼锻炼。"他沉吟了一下,"是这样,局长那边给了我一个信息,矿厂今年下半年会收回国有,然后沿着浑河北岸的高架桥马上就动工了,所以……局长下了死命令,三个月必须破案。"

"三个月?可能吗?现在一点线索都没有。"

"我倒是隐隐觉得能。"

"怎么?"

"就是杨乐说的直觉。"马前方笑了起来。

"嗨,你又拿我开涮。"邵丁一副不高兴的表情,他从马前方桌子上抄起一包烟,"这算是精神损失费。"

邵丁准备离开,走到门口又回头问马前方:"马队,你真觉得这两个案子有联系?"

马前方抬起头,思索了一下,说:"我之前怀疑那个碎尸是王聚德,现在证明不是,但我还是感觉这两个案子,总像是有点什么关系,说不清。"

邵丁什么也没说,挥了挥手,转身出门。

三

杨乐陷入一种奇怪的感觉里。他无法相信杨建国是杀人凶手,但在内心深处,他又觉得马队说的是对的,这两个案子有联系。他对紫芦太了解了,这个小城曾经是单纯的、纯粹的,人和人的关系也是简单而美好的。他不相信这个小城会出这么大的案子。之前他本不想回紫芦,是父亲让他一定要回来。父亲说只有他这一个孩子,要留在身边。杨乐很顺从父亲,但他内心一直涌动着什么。这种感觉是在小城有了矿厂以后,是在小城的高楼越来越多以后,是在小城人们变得越来越有钱以后产生的。他喜欢以前的小城,那个宁静的、纯粹的小城。他和小伙伴们在浑河里游泳,在夕阳下爬上无名塔,看着夕阳一点点落下山。他后来再没有上过无名塔。他知道杨彩旗经常上去,他也想过上去,但他不敢。不是害怕出事,而是父亲不让。他是听话的孩子,一直都是。但他恨"听话"这个词。他心里恨,嘴上不说,他一直是大人眼中的"好孩子",他听话、学习好、孝敬老人。杨乐父亲做矿工之前是农民,杨家祖辈都是农民,杨乐是唯一的大学生,是他们杨家的骄傲。杨乐得意于这份骄傲,又羞愧于这份骄傲。他感觉到这份骄傲"绑架"了他,让他不能成为自己。但他不知道要做什么样子的"自己"。读高中的时候,他住校,远离了父母,开始思考自我。高中三年,他没想明白,还是认真学习,还是听话,还是孝敬老人,成了校"三好学生"。读警校也是父亲的意思,母亲那边有远亲是警察,说警校好,不用花钱,不愁工作。父亲本想让他读师范,对比了一下,还是警校省钱,前途不比当老师差,还是公务员,遂让他选择警校。他没意见,选了。在警校里,他也还是以前的他,认真学习,听话变成守纪律,但内心隐隐有声音叩问他,自己是什么?他思考,没有结果;去读书,哲学和小说,看了一大堆,还是没有结果。他依然过自己的生活。后来他想明白了,可能这就是他,一个听话的人。如果去找所谓的自我,那就不是他了。想法有点绕,但能明白。他开始不再纠结,那个隐隐的声音渐渐消失。

是什么时候再次考虑关于"自我"的呢?

杨乐想起来,是和子夜未眠——也就是杨彩旗在QQ上聊天,那是今年三月份的事情。子夜未眠问他:对自己的人生满意吗?他迟迟没有回答,最后回了:满意。子夜未眠追问:真的满意吗?他想了想回:差不多吧。子夜未眠不满意,继续追问:什么叫差不多?满意就满意,不满意就不满意。他回:人生有什么满意不满意的?不都这样吗?子夜未眠说:人生各不相同,我很羡慕你的人生。他有些愕然,怎么居然会有人羡慕自己?他回:别逗了,开什么玩笑?你现在可是上海小白领。子夜未眠发了一个苦笑的表情,说:上学那会儿我就羡慕你,聪明好学,成绩那么好,爸妈对你也好。他回:你爸妈对你不好吗?他说完有些后悔,他知道杨彩旗的父亲对母亲家暴,好像也对她们姐妹动过手。子夜未眠似乎不是很在意他的话,继续说:我爸妈,呵呵,应该早点离婚,也许。也许什么她没说,沉寂了好一会儿。轮到他追问：也许什么？子夜未眠停了一会儿回复道：没什么，唉，陈年往事了。对了，跟你说一件事，你千万别跟别人说。他说：好，我守口如瓶。子夜未眠说：我爸当年在部队差点打死一个人。子夜未眠又说：唉，他脾气太糟糕了，人家跟他发生冲突，他差点把对方打死，要不然也不至于回了紫芦，起码在市里有个工作。咦，我为什么跟你说这些？好了，不说了，下线了，拜拜。

那天聊完之后，那个声音隐隐地又在杨乐脑海里蹦跶，轻微地、不断地蹦跶。像楼上跳绳的孩子，你似乎能听到那个声音，不很真切，但真实。他被困扰了，他在想自己究竟要做什么。警察真的是他想做的工作吗？他给不出答案。他有些苦恼，不知跟谁说，跟父亲是不可能提的。父亲最近让母亲给他安排相亲，又是一个苦恼的事情。他以要办案为由推掉了，最近也一直没回家，住在单位集体宿舍。一个人的时候，更是会胡思乱想了。他决定不再想，也不能再想了，眼下的案子要紧。

杨乐坐在车里，紧盯李兰凤的家——那幢老宅院。从院子望进去，宅院有些旧，但收拾得干净整齐。院子左边是鸡笼，养了十几只鸡鸭，之前有一条黄狗，据说老死了，现在没养狗了。院子右边辟出一块地，种了各种家常蔬菜，黄瓜和丝瓜已经结果，藤蔓挂在架子上。菜地后面搭了一个储物间，应该是放各种工具的，不算大，也不算小，空间看上去能容纳两三个人。

杨乐已经这样盯了快一整天了，他早上天没亮就来了，现在太阳已快落山。一天下来，李兰凤除了来菜地摘了几根黄瓜、几个西红柿，就再没出过屋。他有点不相信杨建国会回来，就算杨建国活着，他也不可能这样明目张胆地回来。杨乐有点想不通这个事情的逻辑，现在不是需要继续调查碎尸案吗？他不理解为何马队认定杨建国和碎尸案有关系。

马前方这些年无法忘记杨建国和王聚德失踪的事情。这件事情是他的心病，他一直在调查，却没有任何线索，或者说，所有的线索都中断了。从那年冬天杨建国开车带王聚德去省城吃饭开始，然后一起开车回来，接着两人失踪，其间发生了什么，没有人知道。这些细节都被矿难这件事情给掩盖了。如果是杨建国杀了王聚德，那么他选择的时间真是刚刚好，他不可能未卜先知地算出会发生矿难，所以说，如果真的是杨建国杀了王聚德，或者什么人把他们两个都杀了，那也是命中注定了，只是正好赶上这么一个时刻，是老天爷要让他们俩失踪。有时候你不得不感叹命运的无常和巧合，人和命运之间的关系，人常常只能是被动接受。

马前方不想接受，但又不得不接受。

他站在电影院附近的十字路口，观察那里的监控摄像头，他已经沿着这条路来回走了十几趟了。

然后他去了家里福超市，想再了解些情况，正巧刘敏在，就拉着她聊起来。

刘敏认为自己见到的肯定是杨建国，这也是一种直觉。那天马师傅说自己好像见过杨建国之后，刘敏从厂房里跳了出来，说："对，我也见到过他，还不止一次。"

刘敏说她见过两次杨建国，第一次好像是2003年左右，那次不敢确认，只觉得像，又觉得是自己看花了眼。

关于这一次，刘敏说："我那天看到他，就是在电影院门口，我带我家毛毛，我闺女，你见过。"刘敏笑眯眯地说着，她有点话痨，说起来有点没完没了，马前方习以为常，也不打断，带着微笑听她说。"我跟我闺女刚看完电影，看的是什么片子？对了，《大兵小将》，成龙演的，说实在的不好看，我家毛毛喜欢看。我们看完电影从停车场开车出来，我看到一个人，感觉有点眼熟，一时半会想不起来是谁，就是很眼熟，我一直在想，这人到底是谁呢？到家以后我才想起来，可能是杨建国，我自己都吓了一跳，他不是失踪了吗？跟那个王……王聚德一起，都传言他跟那个老王，就是王聚德，都死了。我还问我家毛毛，她也说像，她跟杨建国家老二是同学，毛毛比她小一届。"

"你为什么觉得那个人是杨建国？"马前方问道。

"就是感觉啊，杨建国那个人跟我们家那口子以前都在厂子里，都蛮熟的，我想我不会看错的。哦对了，杨建国有个毛病，走路斜着背，他右肩好像受过伤，具体是什么情况我也不知道。所以他走路跟一般人不太一样，一边肩高，一边肩低。我喜欢看人，没事我就坐在超市门口看走来走去的人，所以我对我的眼睛，可以说很自信，我几乎就没看走眼过。"刘敏言之凿凿地说。

马前方点点头。

"马队长，我还特地问了那天晚上在超市当班的小刘，她看了照片也觉得像。马队长，这里面是不是有大案子？"刘敏小心翼翼问道。

"没什么大案子，人失踪了，虽然这么多年一直没找到，但我们肯定要找到他，你说是吧？"马前方说。

刘敏点头："对对，是的，是的。"

这个时候马前方的手机响了，邵丁告诉他监控调查有进展了。

"好了，耽误你时间了，有什么情况及时跟我说。"马前方跟刘敏握了握手。

"哎，不客气，举手之劳，有什么新发现，我会第一时间报告的，放心吧，马队长。"刘敏对自己能帮助警察办案感到很自豪。

马前方回到局里，邵丁已经开始召集人手鉴别调取的监控，并有了一些发现。在电影院十字路口向南，也就是长江街南口那边的监控在3月20日那天拍到了疑似杨建国的人。

"长江街南口，那不是长途汽车总站吗？"马前方看着视频的截图，一个戴着帽子，穿着黑色羽绒服的男人站在街角点烟，他的位置正好处在监控拍摄范围的最边缘。"他可能知道哪里有摄像头,但点烟的行为让他暴露了自己的行踪。"

"这说明他具有反侦查能力。"邵丁说道。

"对,图片能再弄清楚点吗?"马前方问技侦人员。对方说,目前是最大清晰度了。

"我也觉得他就是杨建国,太像了。"邵丁紧盯着视频,开口道。

"他在长途汽车总站,那说明他是乘坐长途汽车回紫芦的,老邵,咱得去一趟长途汽车总站,看看有没有什么线索。"马前方拉起邵丁走出技侦科,"你去开车,我拿张照片马上下来。"

马前方跑回自己办公室,打开抽屉,一顿翻找,什么也没找到。他想了想,又转身打开文件柜,找出一个文件袋,打开,一张张纸摸过去,终于看到一张照片,这是杨建国的全身照,还是十三年前照的,是当年杨建国失踪后他找李兰凤要来的。他把照片装进口袋,把文件袋放回文件柜,没来得及关柜门,就闪身出了办公室。

局长正在走廊上,马前方跑向电梯,差点跟局长撞了个满怀。

"马前方,慢点。"局长应该刚开完会,手里端着茶杯,差点被撞脱手。

"局长,等我回来跟你汇报。"电梯门正好关上,"汇报"两个字被电梯门夹住,隐约传来。

局长摇摇头,咕哝了一句:"都快六十的人了,办起案子跟小年轻似的,唉。"说着他向自己办公室走去。

马前方和邵丁来到长途汽车总站。

3月20日晚上7点10分进站的客车共有三辆,分别从南京、上海和常州驶入紫芦。马前方和邵丁联系上三辆车的驾驶员,其中南京和常州班次的驾驶员就在汽车站内,他们看完照片和通过监控打印的图片,均表示没见过这个人。那么就剩下上海的了,这趟车目前不在紫芦，两天后才能回来。

马前方和邵丁又调取了长途汽车总站的监控，可惜出站口的两个监控坏了一个。他们把另一个监控的素材带回局里，和技侦队员一起查看。

整整一个晚上，没找到任何线索，没有杨建国的身影。邵丁说："这个监控只能拍到一半，但如果杨建国有意识地躲避监控，那么就算另一个监控是好的，也照样拍不到他。"马前方表示同意。那么现在只剩下一个线索，就是上海那趟班次的司机了。

马前方不想等下去，但他看到邵丁熬了一宿，眼睛通红。他自己估计也好不到哪去。

"先回去睡一觉吧，中午再看看小杨和小马那边有没有什么发现。"马前方拍拍邵丁。

邵丁困得直打哈欠，摇摇晃晃地回宿舍去了。

杨乐盯了李兰凤两天，什么也没发现。他有些倦了，这时候马前方给他打来电话，让他先撤回来。

回到局里，马前方问杨乐，李兰凤有没有什么异常。杨乐表示没有，不过，他觉得李兰凤似乎知道他们在监视她。马前方觉得这个细节很重要。杨乐说："我觉得她可能是那种比较敏感的人吧。"

马前方对杨乐的想法不置可否。但他内心一直觉得李兰凤对他们，也就是警察，很警惕。这不是现在才有的感觉，而是从一开始调查失踪案的时候就有了。李兰凤看他们的眼神里总是有一种欲言又止的畏惧。马前方想起前段时间去找李兰凤，问她有没有见过杨建国，她眼神里闪过的惊恐和紧张。马前方现在可以肯定李兰凤知道些什么，如果不是因为杨建国再次出现（虽然现在不能确定那个人就是杨建国），马前方还无法肯定李兰凤的眼神到底意味着什么。但现在他知道了，那是一种无法伪装的惊恐，一个内心藏了秘密的人才会有的惊恐，她害怕秘密暴露。这些都只是马前方内心的猜想，他觉得这些事情好像都有着不可描述的关联。他不确定自己内心的这些想法的可靠性，暂不去管它们吧，他对自己说，先查案子要紧。

他让杨乐去一趟上海，找一下 20 日上海至紫芦那趟车的客运司机，问问他有没有见过杨建国。

杨乐拿了照片连夜赶往上海。

上海公安局配合杨乐找到了客运司机。司机看了照片，说："对，我见过这个人。他在车上也一直戴着帽子，低着头，看起来很神秘的样子。"

杨乐打电话给马前方，告诉了他这个消息。

马前方说："知道了，辛苦了，你住一晚再回来吧。"杨乐执意连夜赶回紫芦，马前方让他开车注意安全。

马前方很兴奋，既然能确定那个人就是杨建国，那么十三年前的失踪案现在可以重启了。那杨建国和碎尸案之间，有什么联系呢？如果两者之间根本没有联系，他现在苦苦寻找杨建国是为了什么呢？难道只是为了十三年前的那个承诺？马前方在心里苦笑，他可没这么执着。虽然他一直在调查失踪案，但放弃碎尸案，一味地去查失踪案，他不会这么做的。作为老警察，孰轻孰重，他还是有分寸的。那为什么认定这两个案子有一定关系呢？也许就像杨乐他们所想的，这本就是两个毫无关系的案子。马前方陷入内心的煎熬，仿佛科学家看到了揭示某种科学规律的希望就在眼前，但实验的结果总是让人不满意，令人想不通。马前方目前就是这样的感觉。剩下的碎尸会在哪里？那天晚上的大雨，冲刷了所有可用的证据，监控摄像也没有捕捉到任何有用的图像，像极了十三年前的矿难。十三年前，也是一场大雨，冲刷了一切证据。对，这是马前方心里疑虑的根源，这两个案子有某种说不清道不明的相似性。或者，是他自认为的相似性吧。

他苦思冥想。

此刻杨乐正开车赶回紫芦。

马前方来到技侦科，邵丁还在监控视频里寻找新的线索。不仅是杨建国，还有杨建国回来之后那些天的监控内容。

但这部分的内容太多了，一时半会儿很难看完，别说还要比对嫌疑人，杨建国既然回来的时候躲避着监控，说明他有反侦查意识，也说明他心里有鬼。

要尽快找到他才行啊。

马前方看着他们在快进监控视频画面，心里有点焦躁。

他既然回来了，就不可能一直不出去，他要不就是回家了，要不就是找地方住下了。他回来之后没多久，就发生了碎尸案。现在碎尸又不是王聚德，那会是谁呢？

马前方忽然心里一震。

他似乎想到了什么！

二〇〇〇年　姐妹

一

杨一梅怀孕了。

她发现自己没来"姨妈"已经三个月了。她有点慌乱,心里想着不可能,不会的,只有那么两次,难道就中了?她越想越是惊慌失措起来,课也上不安稳,吃不下睡不着。室友看她的样子,以为她生病了,她看起来真像是生病了,脸色苍白,眼神忧郁。

"一梅,你怎么了?不舒服?"室友关心道。

"没什么,有点累,可能感冒了。"她心里紧张,额头汗水涔涔分明。

"要不要去校医院看看,开点药?"

"没事,不用,我睡一觉就好了。"

但杨一梅睡不着,辗转反侧。她一连几天都是盯着天花板直到天亮,脑袋里过电影似的,一会儿想这个,一会儿想那个。天亮的时候她才有了点困意,沉沉睡去,却噩梦不断。梦里王子风拿着铁锹,咬牙切齿地说要杀了她们全家。她爸杨建国也在现场,站在一边抽烟,脸上挂着诡异的微笑,不知怎么,杨建国的脸一下子扭曲了,成了另一个人,居然是王聚德。她一下子惊醒,浑身大汗。

最终,她还是跟王子风说了没来"姨妈"的事。王子风也很紧张,买了验孕棒一测,确实怀孕了。两人都傻眼了,杨一梅捂着脸哭,王子风说:"你哭什么,大不了咱俩结婚。"

"你脑子坏了啊,我还在念书,怎么结婚?"杨一梅吼道。

最后,王子风找了医院的熟人,陪杨一梅去做人工流产。手术顺利,护士扶着杨一梅走出手术室。王子风迎上去,杨一梅看见他,哇一声哭了,王子风心里也像针扎了一样难受。

杨一梅在王子风那里住了一个星期,王子风对她关怀备至。她觉得,以后嫁给这个男人,应该不错吧。

一周后,她重回学校,忽然觉得自己像变了个人,内心隐约有什么断裂了。很久之后,才明白,那是纯真消失了的隐痛,是跨过了青春和成人之间的鸿沟,是不再天真的开始,猝不及防就成了大人了。自此,她在学校开始独来独往,不再跟室友同学一起玩耍,很快便搬离学校,住到王子风那里。

李兰风得知杨一梅和王子风在一起,气得要昏过去。她拉着杨一梅的手不停地晃动着,可就是说不出话来。杨一梅把另一只手搭在母亲手上,笑道:"妈,你说的,是命躲不过。王子风对我还是很好的,再说,他也有钱,跟他在一起,日子不会难过。"

杨一梅心里打了两个算盘,一来是瘦死的骆驼比马大,王子风确实有钱,嫁给他的确如众人所说,可以少奋斗二十年;二来,跟王子风在一起,王聚德和父亲的失踪这件事将不会再干扰她们一家的生活了,妹妹杨彩旗可以继续在上海过她想过的生活。

想到妹妹,杨一梅心里泛起异样的感觉。她跟妹妹的联系不多,虽说两人感情一直不错,但联系变少也让两人之间的情感变得疏离了许多。其实失踪案算是两人的黏合剂,是在心理上彼此黏合。她还记得杨彩旗从上海第一次回家的情形,也不过就是两个月前的事情。杨彩旗给她和母亲带了上海的各色糕点,还有衣服和几瓶香水。母亲是高兴的,喜悦的。她一面高兴,一面却有些嫉妒的心。她向往着未来的生活,人总是要向前看,过去就把它埋葬掉,像无名坟冢一样,静默在过去的记忆中。她也是不愿意触碰回忆的,那些疼痛是如此具体。现实又无法让她真的彻底忘记那些疼痛,她只能刻意选择遗忘。人不都是如此生活的吗?她对自己说,哪个人没有伤心的过往呢?就连王子风也有属于他的痛苦回忆。王子风不止一次跟她提过自己的母亲,那个打过她的女人。有段时间，她觉得自己和王子风有同样的痛苦，让她产生"同是天涯沦落人"的忧伤。可能是这个忧伤，让她愿意跟王子风在一起，直到结婚吧。

杨彩旗对姐姐杨一梅和王子风谈恋爱很震惊，也很愤怒，她有一种被亲人背叛的感觉。她是通过母亲知道这件事的，李兰凤和她打电话，先说了一些有的没的，她一一敷衍，在快要挂电话的时候，母亲说，你姐跟那个人的儿子好了。她停住了手里的动作，愣了一下，反应了几秒钟，然后才想起来那个人的儿子是谁。"那个人"是她们对王聚德的称呼，像个暗号，会触及某种回忆。她突然不知道该说什么，心里忽然一下子被堵住了似的，还带着轰隆一声巨响。她只是淡淡地对母亲说，好，我知道了。母亲在电话那边似乎有些欲言又止，最终什么也没说，挂了电话。她呆呆地坐在出租屋里，隔壁的小两口儿又发出了令她感到羞涩的声音。她浑身战栗起来，感觉自己就像森林里发力狂奔逃避猎人追杀的野鹿。猎人太过狡猾，她感到极度的脱力，似乎怎么也逃不脱猎人的追捕。她捂住脸，发出哭泣的声音，但并没有流下眼泪。隔壁的声音更响了，是欢愉到顶点的叫喊。杨彩旗忍不住了，突然张开嘴尖叫起来，声音像是刀片，要割破一切。隔壁立刻安静下来，楼上楼下也骚动了，有人骂道："神经病啊！"有人喊道："要死了啊！"隔壁的人猛捶了一下墙壁，咚的一声，是愤怒的发泄。杨彩旗忽然笑了，她捂着嘴，坐在床上，咯咯咯地笑了，像个恶作剧成功的孩子。

二

也就在杨彩旗得知姐姐和王子风恋爱的第二天，杨建国第一次找到了她。晚上十二点，她刚从包子铺下班回家。这是她的第三份工作，其实是个兼职,是找下一个工作之前的过渡。包子铺是老乡开的,只做早餐,她每天晚上去包包子,一般干六七个小时,一个月就赚两千元,管两顿饭。她跟包子铺老板女儿玲玲关系处得不错,两人商量着批发一些衣服,去襄阳路卖。玲玲有个朋友在襄阳路那里租了个摊位,据说生意好到难以想象。她想着如果存下一笔钱作为本金,就可以去进货了。

杨建国的出现打碎了她的美梦。

当她看到那个身影出现在出租屋门口的时候,心里像是忽然着了火,愤怒和恐惧一下子袭遍全身。杨建国回头看到杨彩旗,笑了笑,像什么事情都没有发生过似的笑着说:"我闺女长大了。"

杨彩旗不知道该说什么,转身就下楼,杨建国赶紧跟了上来。

"哎,你去哪?我好不容易找到这地方。"

杨彩旗走出小区,杨建国一直跟在后面。

闵行区此时还没有很繁华,到处是在建的楼盘,像一个巨大的工地。杨彩旗租住的是一个老旧机关单位小区,周围一片荒凉,但是租金便宜。

杨建国快走两步拦住了杨彩旗。

"我跟你说话呢,你听到没有?"

杨彩旗瞪着他,没有吭声。

"见到爸爸你不高兴啊?"杨建国有些明知故问,看女儿的脸色,他心里也有些发毛,这个小女儿一直都不太好对付,脾气倔得像头牛。他讪讪地说:"我没钱了,你给我点钱吧。"

"我为什么要给你钱?"杨彩旗的眼泪迸出眼眶,后来她觉得自己真是不争气,关键时刻怎么哭了。

"哼,哭什么呀?你不是挺厉害的吗?怎么这会儿怂了?我没钱花了,你妈也没钱,你姐傻不愣登地跟那个什么狗屁王家小子好了,我不能找她要钱吧?我找她也不是不行,对吧,就是我出现了,王家小子不得问我他爸的下落吗?"杨建国的话语里充斥着挖苦和讽刺。

"你滚!滚!"杨彩旗大嚷起来。

"好,好,你给我钱,我立马就走,不然我找警察,把事情都说了。"杨建国威胁她。

杨彩旗抹了抹眼泪,冷静下来,她想了想,让杨建国在小区门口等她,自己回去取了银行卡,里面是她为数不多的积蓄。她拿着银行卡和杨建国一起走到路口的银行ATM机,取了五千块钱之后,卡里只剩下五百多了。

杨建国说话算数,拿了钱,笑眯眯地说:"行,你们好好生活,不打扰你们。"说完他招了一辆出租车,扬长而去。

杨彩旗坐在银行大门前,双臂环抱着,把头深深埋在里面,呜呜地哭。

杨彩旗决定换房子。

房东以杨彩旗违约为由,拒退押金,因为当时签的是一年租约,这才住了半年。杨彩旗心里愤怒又无奈。她打电话给母亲,问是不是她给杨建国提供了自己地址,这个地址她只告诉过母亲,母亲承认了,杨彩旗没说什么。她知道母亲一定也是被杨建国勒索了,他不是第一次勒索母亲了,自从失踪案的风声消停之后,杨建国的胆子是越来越大了。

"好吧,我知道了。"杨彩旗挂断电话,她没有理由埋怨母亲,母亲也不容易,要怪只能怪她有一个这样无耻的父亲吧。她莫名地被气笑了,还能怎么样呢?认命吧,她对自己说。

包子铺老板的女儿玲玲给了她很大的帮助,不仅帮她要回了押金(老板女儿和房东很熟),还借给她一笔钱。这是杨彩旗第一次被人帮助,或许可以这么说,这是杨彩旗第一次与别人走近,并接受对方的帮助。

玲玲比杨彩旗大五岁，杨彩旗和玲玲的生活轨迹完全不同，但两人就是很聊得来。杨彩旗是在找房子的过程中认识她的，玲玲给她提供了很多帮助，两人有点相见恨晚的意思。玲玲让她想到了毛岚。她和毛岚的友谊在那晚的一个巴掌后就结束了。不是她们想结束，而是不得不结束，外部的某种力量干扰了她们的友谊。她在内心一直守护着这段友谊，这似乎是她从小到大唯一的友谊。友谊虽然结束了，但回忆仍旧在心里。

找好新住址后，杨彩旗决定新地址谁也不说，当然，她能告诉的人只有母亲和姐姐。她只是对母亲说自己搬家了，母亲也没有问具体情况，只问钱够不够用。两人其实是心照不宣，母亲知道她为何搬家。她说自己还剩了点钱。母亲好像在电话里哭了，听得并不清楚。母亲也没多说什么，挂了电话，她再次陷入一种惆怅里。

玲玲要拉着杨彩旗一起做服装生意。她对杨彩旗说，本钱不需要你出，我来出，我们一起进货，一起卖，卖掉后三七分成。杨彩旗不太理解。玲玲说，我一个人干不过来。杨彩旗很感动，同意了。

进货地不在上海，在浙江。

两人一大早起床，去长途汽车站坐车去义乌。这次不是去进货，是去考察。玲玲说，先去走一圈，毕竟咱俩都没做过服装生意。杨彩旗表示同意。店铺她俩已经跟朋友商量好了，就在人民广场地下商城。六月份要开通地铁二号线，届时人流量肯定更大。

长途车晃晃悠悠开出上海市区。杨彩旗看着车窗外的风景，远处低矮的房屋，大片大片的油菜地，快要开花了，油菜一簇簇的，像争先恐后产卵的鱼群，她感到一种生命的力量蔓延开来。空气是腥甜的，带着泥土的芬芳。毕竟是离开上海，车子在国道上奔驰着，人和景都变了，连带着杨彩旗的心情也愉快起来，像孩童时候的出游。她和玲玲一路上有说有笑，玲玲也感觉出她的变化，很为她高兴。

她们一路谈笑着,时间仿佛变快了,很快就到中午了。中午在一个休息站,两人只有自带的面包。玲玲去了趟厕所,杨彩旗连车都没下。她喜欢在车上的感觉,可以逃离一切,车成了隔离现实的工具,或者她自己是逃离本身。很多年后回想起这一幕,她才发现,自己一直是逃离的,逃离家乡,逃离家庭,逃离一切。她不像姐姐杨一梅,逃无可逃,最后选择妥协,或者那是一种回归,很多人的人生都是如此,逃离或者回归。但她觉得逃离比回归更勇敢,也许这是给自己的一个借口。

车子到义乌时已是下午,两人紧赶慢赶进了批发市场。偌大的市场人山人海,嘈杂,喧闹,蒸腾着一股向上的活力。杨彩旗再次感受到某种生命的力量,她说不清这是一种什么样的力量。总之,是向上的,振奋的,让人心潮澎湃的。她受到了感染,觉得自己的生活也即将发生翻天覆地的变化,她可以逃离以往的一切,开始新的生活。车上的喜悦之情不仅延续下来,还更猛烈了。她跟着玲玲在批发市场里穿梭,一家家看,一家家选,一家家问,最后,敲定了两家,决定就以这两家为货源。其中一家的货深得两人喜欢,但需要自己来提货,不负责运输,价格可以再降两成。她和玲玲算了算,觉得合适,便先定下了两百条牛仔裤和一百件T恤,板型款式都是眼下最流行的,也是两人在上海就研究好的,肯定好卖。

老板是个四十岁左右的光头男人,戴个黑框眼镜,看起来很憨厚,一边吃面一边跟她们瞎聊。老板女儿靠在边上的茶几上睡觉,四仰八叉的,看起来蛮可爱。许是老板的憨厚,或是老板女儿的可爱打动了她俩,当然衣服的质量还是关键,玲玲付了定金,商量好发货时间,如何包车运输,两人便往回赶。

路上玲玲说:"没想到这么顺利,以往只是来看看,谁知道就订了。"

杨彩旗听出她口气里的担忧,安慰道:"也是因为便宜,比王姐告诉我们的价格要便宜不少。"

王姐是玲玲的朋友，店铺就是她的。

"是啊，不然我们也不会定，就是不知道整体质量如何。"玲玲还是不安心。

"老板人看着还行，憨憨的。"

"主要他女儿可爱，睡觉像小猫那样。"

两人都笑了，其实心里都没底，带着不确定的心情回到上海，接下来就是联系运输的车。

一切办妥，她们给憨憨老板打了电话，把车牌、上货时间沟通好了。接下来，她们只剩等待了。

等待难熬。

杨彩旗这辈子最恨的事情就是等待，但人生偏偏充满了等待。时间仿佛变成无数只蚂蚁，在她身上、心里，爬啊爬。她感到身上和心里都发痒，没有目标的痒，坐立难安的痒，却又不是焦躁的感觉，是放不下心来。那颗心悬在半空，晃晃悠悠，人也晃晃悠悠，不清醒的感觉。有事情的时候还好，能忘掉这种感觉。没事情的时候最要命，尤其是夜晚，万籁俱寂，万物归一。但她杨彩旗不能归一，只能看着天色一点点亮起来。她也知道这样的等待没有意义，但她控制不住。她把坏的情况都想了一遍，狠狠想了一遍，然后告诉自己，没什么大不了的。她不能想到老家，不能想到母亲和姐姐，更不能想到父亲。天快亮的时候她会迷糊，在蒙眬中睡过去，睡眠很浅，像人趴在浅水里，无法游泳。她会梦到父亲，那扭曲狰狞的脸。梦里的父亲会抓住玲玲，好像要抢走玲玲，她就号啕大哭，她哭喊着让父亲不要再抢走自己唯一的朋友。她醒来的时候，脸上还挂着泪痕。

货很顺利地运到了，放在王姐提供的仓库。她们去点货，不多不少，抽检的货品质量也很不错。她们很高兴，晚上两人一起吃了一顿小火锅,算是庆祝小服装摊开张。第二天,玲玲借了一辆三轮车,两人轮骑,把货拉去人民广场。

衣服卖得出奇地好,第一批货不到一周全部出完,超出两人想象。玲玲想趁热打铁,再多进一批货,杨彩旗有些保守,但架不住势头火热,不由得她保守。加上玲玲撺掇,那就激进一把。两人跟老板那边要了五百条牛仔裤,三百件T恤。她们把挣的钱和借来的钱全部投进去,这回还雇了一辆大货车。

货车来的时候杨彩旗已经快两天没合眼了,她是打着哈欠去接货的。这里是她和玲玲全部的家底,如果砸了,她也不知道该怎么办了。

这批货再次超乎两人的想象,一个多月的时间,全部卖光。她和玲玲高兴坏了。清完货的那天晚上,玲玲把她叫到一边,拿出一个信封递给她。她一看就知道是钱,接过,捏了捏,硬邦邦的。她好像还是第一次见到这么多钱。玲玲笑着说,拿着吧,你应得的。

按照三七分成,两批货,她一共赚了一万多。她一把抱住玲玲,抱得紧紧的。眼泪在眼眶里转,她努力不让眼泪流出来,可惜没能成功。

玲玲喊上王姐,她们三个人在南京路找了一家饭店,点了七八个菜,还有啤酒。杨彩旗从没有这么高兴过。

三个人有说有笑。

杨彩旗举起酒杯对玲玲和王姐说:"谢谢姐姐们!"

玲玲摸摸杨彩旗的头说:"谢个大头鬼啊,一起赚钱,一起发财。"

王姐也端起举杯说:"对,一起发财。"

三个啤酒杯碰在一起,撞击了杨彩旗的心。她兴奋极了,高兴极了。

南京路的夜,迷离多情,充满了特有的情调。街上满是逛街的游客和下班匆匆而行的白领。这是夜的交响曲。

杨彩旗夹了一块糖醋排骨放进嘴里,酸甜可口。她觉得像极了人生,是酸涩和甜蜜交加,总有苦尽甘来的时候啊!她看着窗外的霓虹灯,露出笑脸。她在心里默默地说,我的人生,要自己做主。

三

王子风打开保险柜,将房产证、期权交易证明拿出来时,将一封信给带了出来。信掉在地上,蓝色的信封,略显陈旧,那是好几年前自己写给杨一梅的情书。自从那次从杨一梅家狼狈逃走后,他再也没有打开过这封信。他的心头掠过一丝异样的感觉。他把情书拿起来,手有点颤抖。需要打开看一看吗?他这样想着。还是算了吧。他颤抖着手,再次把情书放进保险柜。他都已经忘记它的存在了,现在回想起来,恍如隔世。都说时间是治愈伤口最好的药,王子风却不这么看。时间也许能治愈很多伤痕,但有些东西是时间无法冲刷的。恨就是如此,没有什么能让恨消失。并且恨能幻化成其他你想象不到的情感,潜藏在内心深处。

王子风把信放好,关上了保险柜的门。

咔嗒一响,好像连同那些情感和回忆一并锁在了保险柜里。

王子风起身,离开办公室。

他最近资金周转有点问题,有一笔工程款没有收回来,只好拿了房产证去抵押,套一笔钱出来,先把公司账面平了。

杨一梅对他做的事情基本上都不了解,她也不愿意管这些事情。王家毕竟曾经家大业大,现在也算不上家道中落,只能说是大难临头各自飞吧。当年王聚德失踪,跑路,加上矿厂出了矿难,一系列事件,像滚雪球一样越滚越大,最终落了片白茫茫大地真干净。回想起来,这些事情好像很久远了,其实也没过几年。杨一梅从不愿意回忆,王子风也不提。其实也不是不提,是没法提,两人的话题都是避免往这些事情上去的。杨一梅和王子风说好,毕业后在市里找工作,两人把家也安在市里。但最近王子风的公司出了点问题,市里有几家做工程的公司和王子风他们业务差不多。对方约了王子风一起坐下来吃吃饭,聊一聊。他知道对方什么意思,无非自己动了对方蛋糕,他来市里创业也不到两年,靠的是之前家里的关系。那个关系现在走了,不在市里了,没有人照应着,很多事情就不好往下进行了,被拖欠工程款就是个例子。后面还会出什么事情,他也说不清。看样子公司可能还要搬回紫芦,毕竟关系网都在那边。

他也不想回紫芦,但现实有时候就是比理想残酷。回去,就意味着要面对太多的回忆,这是他不想面对的。

能不回最好,他对自己说。

谈判并不顺利,对方是诚心要逼走他。他前前后后打点一圈,该跑的关系也跑了,似乎没什么用。还是欺负他年轻,没有深厚的根基,也没有什么资源。如果父亲在,情况肯定不一样了。他能怎么办呢?或许母亲在,情况也不一样。他不由得在心里笑起来,是嘲笑,亦是苦笑。这些年来,他学会了自嘲。生活需要自嘲,这是我们活下去的最好办法。每个人都活得尴尬而局促,谁也不能免俗。

他的生存之道是在历练中建立的,实在不行就回紫芦吧。

这些事情他没有告诉杨一梅,不是不信任她,而是不愿意提。她也帮不了什么。他俩的感情于他好像是一幅久远的画,画上是动人的色彩,却尘封着太多时间留下的残骸。那些残骸是不能触碰的,会引发刻骨铭心的疼痛。他有时候会问自己是否爱杨一梅,他回答不出来。但他又不能失去她,那是更加痛苦的选择。她像是一个梦,他年轻时候的梦。他需要这个梦,让他安宁的梦。除此之外,她变得一无是处了。

所以,渐渐地,他有了别的女人。这些事情,都是杨一梅不知道的。单纯的杨一梅将永远活在自己的单纯里。或许在他看来,这是对她最好的保护,就让她这样单纯下去吧。

自从和王子风在一起后,杨一梅不仅生活发生了巨大的变化,她的性格也发生了变化。最明显的是她变得着急起来,常常显得急不可待,在生活上尤为明显。她要穿最新款的衣服,用最新款的化妆品,她的欲望和这个时代一样,以肉眼可见的速度在向前发展,呈现一种井喷的状态。王子风可以满足她的这些欲望。但她似乎觉得不够,她常常觉得自己的内心变得非常焦虑,像是有人站在身后用鞭子驱赶着她。

她变得更孤僻了,甚至不常去学校了,能不上的课就不上,考试就是糊弄,及格就行。王子风请她的辅导员吃过一次饭,送了一条烟、两瓶酒,辅导员自此便睁一只眼闭一只眼,她乐得一个逍遥自在。

快到年底的时候,有一天她突发奇想要去上海玩,也没有告诉任何人,买了火车票就去了。

到了上海,她给妹妹杨彩旗打电话,告诉妹妹自己在上海了。杨彩旗吓了一跳,然后告诉她自己家的地址,让姐姐坐车去。她没坐公交车,而是打了一辆出租车,直接开到襄阳路。这段时间杨彩旗一直在忙服装生意,根本没有时间顾姐姐。她让妹妹不用管自己,她就是来上海散散心。她一直心情不好,说不上为什么。其实这段时间她已经开始生病了,只是自己不知道而已。她失眠、烦躁、焦虑,这些问题都被王子风用钱给掩盖了,她也用钱来麻痹自己。她觉得自己的生活好像走到了一个节点,一切都是平静而美好的。她什么都不缺,什么都可以买到,她比她的同学们的生活要好太多了,她用的化妆品她们可能连听都没听过。这是属于她的新生活,她的同学们是不会懂的。有一天晚上,她梦到多年前父亲带自己乘坐紫芦的第一辆宝马车,很多人围着他俩,她就在众人艳羡的目光中上了车。可当她坐进车里时,父亲居然不在,王聚德坐在驾驶座上,笑眯眯地看着她,她忽然惊醒了。宝马车给她带来的某种刺激,让她对人生有了新的认识。当年这个认识是模糊的,很多年后,她才知道,那是一种奇怪的虚荣。她渴望那种虚荣,让她摆脱身上的自卑感,那是她深入骨髓的自卑感。当年她从人群中走出来,像公主一样走向自己的座驾,众人的目光紧随着她,让她浑身战栗。她在人群中看到了妹妹杨彩旗,妹妹的目光是冰冷的,她读不出那目光里的内容,她不知道妹妹会怎么想,会不会嫉妒她。她不希望妹妹嫉妒她,她是一个软弱的人,她爱妹妹,希望妹妹也能和她一样享受众人艳羡的目光,但妹妹并不喜欢被人关注,这一点和她不一样。

杨一梅拎着大包小包来到妹妹的出租屋。

杨彩旗也刚到家。

杨一梅给杨彩旗买了好几件衣服,还有两双鞋和一些化妆品。杨彩旗不要,杨一梅不同意,姐妹俩有一段时间没见了,彼此间有些羞涩,还有一丝不易察觉的尴尬。

杨彩旗拗不过姐姐,羞赧地收下,她居然红了脸,她知道姐姐疼她,但也知道姐姐的钱来自王子风,这是她不愿意收的原因。或许也是因为很久不见,这种疏远中的熟悉感,让她收下了姐姐的礼物。两姐妹间的确少了以往的亲密,彼此有了轻微的隔阂。或许彼此都成长了,便也远离了彼此的内心。杨一梅看妹妹收下了东西,心里是高兴的。她也不知道该如何表达自己对妹妹的情感,发生的很多事情让姐妹俩变得生分了,生分里还有着关心和爱意,和宿命里的血缘关系夹杂在一起,淋淋漓漓的,说不清道不明。

杨一梅觉得妹妹租的房子又破又小,虽然地处市中心,但采光不行,屋里很潮湿,散发着一股霉味。杨一梅不禁皱起眉头。

"上海太潮了。"杨彩旗看出了姐姐在想什么。

"我是受不了这么潮湿。"杨一梅顺着妹妹的话说,"咱家也潮,但没有这么潮,空气里都是发霉的味道。"

"习惯了也还行。走,咱们吃饭去。"杨彩旗挽住杨一梅的胳膊。

"我打算回去了。"杨一梅说。

"你不在我这住两天吗?"杨彩旗有些诧异。

"我就来看看你,这不看过了吗?"杨一梅笑着说,其实她也不知道自己为什么来上海。

"开什么玩笑?我不能让你来了饭都不吃啊。"杨彩旗拽着姐姐的胳膊,两人出门。

杨一梅几乎是被杨彩旗拖进饭店的。杨彩旗不管不顾地点了好几个菜,她知道姐姐爱吃什么,点的都是杨一梅爱吃的菜。

"喝不喝酒?"杨彩旗问。

"你现在还喝酒啊?"杨一梅姐姐的姿态拿出来了。

"啤酒不算酒,喝点?"杨彩旗看着姐姐。

"行啊,喝点。"杨一梅同意。

杨彩旗要了两瓶啤酒。

菜上来了,有糖醋排骨、猪油渣青菜、草头圆子和三黄鸡。杨一梅最喜欢吃糖醋排骨,小时候经常缠着母亲给她做。

杨彩旗夹了一块排骨给杨一梅。

"你爱吃的糖醋排骨,他家做的糖醋排骨特别好,跟妈做的很像。"

杨一梅吃了一口,忽然有种情绪涌上心头,眼眶一下子红了。

"好吃。"她说了一声,拿起酒杯,"干一个。"

杨彩旗也端起酒杯,和杨一梅碰杯。杨一梅一口喝干。杨彩旗看着她,感觉姐姐好似有满腹心事。

杨一梅说:"这排骨口味太像妈做的了,吃了一口有些绷不住,想到太多小时候的事情。"

杨彩旗说:"我就知道你爱吃。我第一次来吃,就觉得很像妈做的味道。"停了一下,她问道,"姐,你过得还好吗?"

137

杨一梅听了，愣了一下，放下了筷子。

"什么叫好？什么叫坏？我现在什么都不缺。"她微微叹口气，"等毕业，我就要结婚了。"

"姐，你可要想清楚啊。"杨彩旗意味深长地说。

"嗯，想得很清楚。"杨一梅给杨彩旗倒酒，给自己也倒满，"来，再喝一杯，咱俩多久没见了？"

"半年了吧。"杨彩旗举杯。

"七个月零十天。"杨一梅笑着说。

两人又喝干杯中酒。

杨一梅又给杨彩旗倒满。

很快，两瓶酒喝尽，杨一梅又要了两瓶。这天晚上，她俩一共喝了六瓶酒。

晚上，姐妹俩睡一张床。床不大，两人挤在一起，像回到了小时候。杨一梅心里再次涌起一种感动，眼眶又红了。

两人躺在床上聊天，大多是杨彩旗在说。从杨建国来找她开始，一直说到卖衣服赚了钱。杨一梅似乎有点羡慕起妹妹了，但她没有表现出来，只是不停地说，真不错，真不错。她确实为妹妹高兴。她想起那天她坐进宝马车，看向人群中的杨彩旗。她很害怕妹妹嫉妒她，她只有这么一个妹妹。

借着酒劲，两人聊到很晚才睡。

第二天杨彩旗醒来，发现姐姐已经走了，还给她留了字条，说赶早班火车回学校，有事情要处理。她看着姐姐娟秀的字迹，鼻子有些发酸。她都记不清昨晚聊了什么，只记得姐姐说要结婚了，王子风对她很好。杨彩旗心里隐隐不放心。杨一梅和王子风在一起，本就是一件混乱的事情。对，她用混乱来形容。她有些不明白姐姐为什么会跟王子风结婚，难道真的是命中注定？

二〇一〇年　住院

一

李兰凤这段时间心里总是感觉不安，慌乱得很。上次马前方来找她，让她有些乱了手脚。她本想给大女儿打电话，但想想又没打。杨一梅最近病情不稳定，李兰凤不想打扰她。二女儿呢，她想到杨彩旗，心里有些惊恐，不知道该不该给她打电话。隐隐地，她感觉自己是不敢，像是怕火的小动物，看到火便要逃跑似的。杨彩旗是她内心的小火苗，蹿起来能燃烧一切。更深层的原因是她不想打扰杨彩旗，她希望杨彩旗能过得自在舒适，这是她唯一的心愿了。

李兰凤这样提心吊胆地过了好几天。她是紧张的，怀疑的。这份怀疑让她看起来总显得忧心忡忡，她怀疑警察是不是在盯着她。出门的时候她左顾右盼，哪怕倒个垃圾，也是紧张兮兮。她看到院子外面不远处停着一辆车，车里好像有人。车子停了一天了，她担心那车里是警察。她感觉自己喘不过气，一个人在家里坐立难安。不行，她决定出去，不能这样在家里待着，否则她会疯的。她已经好几天没睡过一个安稳觉了。其实自从碎尸案以来，她几乎就没怎么睡过一个好觉。夜晚于她是漫长的，恐怖的。闭上眼睛，她就想到了杨建国，他的那张脸，她是怎么也忘不掉的。早年的时候，那张脸看起来还有点英俊，后来就扭曲了。尤其是在他打她的时候，无名的怒火让他的脸丑陋狰狞。他用皮带抽打她，一下，又一下，她不出声，只流泪。那时候大女儿还小，也就四五岁吧，光着小脚丫，跑过来，抱住杨建国的腿，哭喊着："爸爸，爸爸，不打妈妈，不打妈妈。"她眼泪流得更厉害了。杨建国有时候会停下手，有时候不会。他把女儿推开，继续打她。一下，又一下。打得她身上一道道血印子，但她还是不出声。女儿哇哇地哭，声音在她心上抽动，她咬紧牙，嘴唇渗出血来。后来二女儿出生,他打得少了——不是他脾气变好了,是二女儿会跟他闹,用头撞他,用手挠他,用牙咬他。有一次从他腿上生生咬下一小块肉,他吃痛,干号起来,回首给了二女儿一巴掌。二女儿小小的身子飞了出去,摔在地上,趴着一动不动。李兰凤吓坏了,爬过去看,还好,还活着。二女儿拿眼睛剜着杨建国,脸已经肿了起来,却不哭不闹,就拿眼睛剜他。杨建国怒了,要用皮带抽她。李兰凤趴在二女儿身上,帮她挡着如疾风骤雨般的抽打,然后李兰凤忽然号啕大哭起来。杨建国打她的那些年,她只哭出声了这一次,他见状收了手,只说了句:"两个疯子。"

因此,她对二女儿的感情是超越老大的,她希望杨彩旗能幸福。虽然她也不知道怎样才能幸福,这个词在她的认知里,是如此的陌生。她本以为老大杨一梅或许会幸福,至少在杨一梅刚结婚的那段时间里,在她看来是幸福的,不愁吃穿,工作也轻松。那次流产,对杨一梅身体伤害很大,让她无法生育,这或许是后来一切事情的根源,李兰凤觉得或许就是命中注定。她信命,是不得不信,事情一件接一件,每一件彼此都有关联。她说不清,也想不明白,这让她急剧地衰老了。她不过才五十岁,看起来像是六十多了,头发差不多都白了,只好染发。她不想染,但不染又不敢出门,内心是怯的,害怕别人的目光。她以前心理还蛮强大的,在失踪案之后就变胆小了,一天比一天胆小,像是心里藏了太多的事情,怕被人发现似的。

她决定离开家,再这样下去,她真的会疯。

李兰凤挎着一个包走出家门。她左右看看,那辆车已经不在了,周围也没有什么可疑的人。很好,看来没有人跟着她,她感觉松了口气。

阳光灿烂,照在身上暖暖的,天气开始一点点暖和起来。她在家里一直感到浑身冰冷。出来是对的,阳光可以晒掉一切不好的东西,包括霉运。她心里涌上一丝暖意，不再感到那么恐惧和紧张。她走向公交站，准备去找一个老姐妹，让她帮自己找份事情做。她有段时间没有打工了，人还是不能歇下来，要用工作来充实，忘掉那些不愉快。她这样想着，感觉自己轻松了不少，压在心头的石头也似乎被抬了起来，但石头还在，她是知道的。

　　她上了公交车。
　　马小橘跟在她身后也上了公交车。
　　她在车前排找了位子坐下，马小橘在车后排坐下，时不时看她一眼。她并没有觉得有什么异样，甚至没有发现马小橘的存在。
　　马小橘一直盯着她，她下车，马小橘也下车。她走进一栋居民楼，马小橘拿出手机拍下了照片。半小时后，她走了出来。马小橘已经摸清她进了哪一户人家，便派了人上去调查。
　　马小橘继续跟着她。
　　让马小橘没想到的是，她接下来去的地方居然是县精神病院。
　　她是去看望杨一梅的。
　　她在老姐妹家里就接到医院的电话，告知她杨一梅住院了，并且不配合治疗。于是她从老姐妹家离开后，直接来到精神病院。
　　她从护士那里得知，是王子风送杨一梅来医院的。他晚上应酬完回到家，发现杨一梅在家里自残，手腕都割烂了，血肉模糊，就赶紧把她送到医院急诊。处理好伤口，医生指指脑子说，送精神病院吧，在这里治标不治本，她最需要治疗的是脑子。
　　王子风把她送到精神病院就走了，也没有联系李兰凤。
　　上一次住院，王子风还给她打了电话。
　　李兰凤知道王子风不想管杨一梅了，但她不能不管，杨一梅是她的女儿。
　　主治大夫是熟人，姓陈，一个四十多岁的女医生，看起来很和蔼，脸上总是挂着一抹淡淡的微笑,上次杨一梅住院的主治大夫就是她。

熟悉的好处是减少了很多沟通成本。

陈大夫说:"上一次出院之后,杨一梅也没有定时复诊。"

李兰凤说:"这个我不是很清楚,她不跟我在一起生活。"

陈大夫叹口气问:"送她来的是她丈夫?"

李兰凤低着头说:"对。"

陈大夫说:"这次复发更严重一些,你们做家属的,需要配合她治疗,她这个病,治疗效果中家属的配合占的比重很大。"

李兰凤点头:"我知道,我知道。"

陈大夫再次叹气:"我们给她打了镇静剂,后续还要观察,再决定是送普通病房还是封闭病房。"

听到"封闭病房",李兰凤抬起头,看着陈大夫,说:"会送封闭病房?"

陈大夫说:"现在还不确定,看看后面她情绪能不能稳定下来。"

李兰凤眼圈红了,点点头说:"麻烦你了,陈大夫。"

陈大夫说:"应该的。"停顿了一下,她继续说,"这次你们家属一定要好好配合了。"

李兰凤点头:"一定配合。"

陈大夫看着李兰凤,一副欲言又止的表情,最后还是说了。

"你女儿是不是遭受了家暴?"

家暴这两个字,如同晴天霹雳,让李兰凤一阵战栗。

"什么?"她有点茫然。

"我是说,你女婿是不是动手打你女儿了?"

李兰凤盯着陈大夫,半晌才摇头:"我、我不知道啊。"

陈大夫说:"我们发现她身上有多处瘀青,怀疑是被人打伤的。"

"不、不可能的。"李兰凤不相信王子风敢动手,他是一个胆小的人。这一点李兰凤和杨一梅都知道,不然杨一梅也不会嫁给他。但是,

143

人都是会变的。也许他变了？变得像他父亲一样？李兰凤不敢想下去。

"如果需要司法介入，我们可以帮你们联系，当然，我们尊重你们家属的意见。"陈大夫说。

"好的，好的。"李兰凤还沉浸在自己的思绪里，"我、我不是很了解一梅现在的情况，等我回去了解一下。"

"好的，一梅妈妈，有什么需要可以跟我说。接下来的治疗，可能需要你陪同一梅一段时间。"

"可以的，我现在也没有事情做。"李兰凤有些语无伦次起来。

"你也不用过于紧张，一梅最近肯定是遇到什么事，刺激了她，病又复发了，是可以治好的。"陈大夫看出李兰凤的混乱和紧张。

"明白，明白，谢谢陈医生。"李兰凤脑海一片空白。

杨一梅蜷缩在病床上。

镇静剂让她安静下来，陷入睡眠。

她睡得不踏实。

李兰凤看到眼珠在她紧闭的眼皮下转动，嘴里发出唔唔的声响。她在做梦。她会梦到什么呢？李兰凤想。

女儿的额头渗出汗水。

李兰凤拿出纸巾给她擦拭。

杨一梅就像婴儿似的蜷缩着。看着女儿的样子，李兰凤心里一悸，仿佛看到了女儿小时候的样子。那么小的人儿，软绵绵的，在自己怀抱里酣睡着。

你受苦了。李兰凤在心里对杨一梅说。

护士走了进来，拍了拍李兰凤，小声说："李阿姨，去办理一下陪床手续。"

李兰凤点点头，和护士走出病房。

杨一梅在病床上发出了浅浅的呻吟声，她的眼睛闭得紧紧的，脸上显现出痛苦的表情。

　　一抹夕阳从窗外洒进来，病房是陈旧的，墙壁有些发黄，两张单人床，雪白的床单，白色的床头柜。杨一梅睡在靠窗户的单人床上，床尾的栏杆上有一个病历卡，写着：杨一梅，重度抑郁。

二

　　马小橘向马前方汇报了李兰凤的情况。马前方坐在办公桌后面，用右手食指敲击着桌面，发出响声。

　　"精神病院？"马前方沉吟着。

　　"对。这是杨一梅第二次住院，上一次住院是两年前。"马小橘翻着手里的笔记本说。

　　"两年前，那就是2008年？"马前方回忆了一下两年前，那是奥运会时期，整个县城沉浸在观赏比赛的兴奋喜悦中。

　　"这样，你继续盯着李兰凤。"马前方对杨乐说，"小杨，你去调查一下……"话还没说完，门砰的一声被撞开，邵丁火急火燎地冲进来，说道："马队，出事了。"

　　这片空地以前属于棉纺厂，后来棉纺厂关门，这块地被周围居民种过油菜花、西瓜、黄瓜。这块地挨着国道，春天从国道开车经过，能看到一大片金黄的油菜花，在风里摇摆，把春天的气息带给你。

　　这块地现在是荒废了，只剩下土堆、杂草和臭气熏天的垃圾。这块地具体是何时荒废的，没人说得清。棉纺厂倒了以后，周围的居民就陆陆续续搬迁了。现在这周围已经没人居住，县政府一直说要开发这片，跟旧厂的关系还没理清楚，里面牵扯了很多人的利益。一拖再拖，这一大片地就荒了下来。现在从国道开车经过，再也看不到油菜花，只看到一大片像垃圾场的废地，夏天更是恶臭不已。

没人喜欢这里。

也没人会来这里。

这块地近期重新做了规划,要在这块建高架桥,和省际高速连通,打造紫芦和省城快速道路,以后从紫芦去省城,只需半小时。工地最近刚刚开工,工人从空地尽头的废弃旱厕里挖出了一具白骨。工人吓坏了,立刻报了警。

挖出白骨的工人正蹲在靠近公路的地方哇哇呕吐,想必这几天他是吃不了饭了。

马前方站在废弃旱厕前,看着省里借调来的技侦人员在对白骨进行初步检验。

邵丁用手捂着口鼻,还是无法阻挡刺鼻的臭味往鼻腔里钻。

旱厕本就臭气熏天,加上挖出来的白骨,还有被太阳炙晒过的垃圾,空气里混合了一股奇怪的恶臭。马小橘恶心得有些想吐,她吞咽了一口口水。杨乐递给她一个口罩,马小橘赶紧戴上。

"口罩还有吗?给我一个。"邵丁也忍受不住了。

"没了,最后一个。"杨乐耸耸肩。

邵丁忍不住要骂娘。

马前方递给邵丁一个口罩。

"马队,你戴,我还能扛得住。"邵丁把口罩推回去。

"戴着吧。"马前方把口罩塞在邵丁手里。

邵丁只好接过,戴上。

马前方看着技侦人员拍完照,做好标记,然后把白骨小心地装进保护袋。

省城技侦队的毛峰来到马前方身边,说:"马队,初步勘查完了,遗体我们需要送到省厅进一步勘验。"

马前方点点头:"辛苦了。"

毛峰笑笑："应该的，马队，剩下的事情就交给你们了。"

马前方和毛峰握了握手："报告请尽快。"

"放心吧，马队，我肯定第一时间向您报告。"

马前方："谢谢。"

马前方看着毛峰他们离开，然后招呼自己的队友，开始对旱厕以及周围进行勘查。虽然他知道找不出什么有用的信息，但这个过程是无法省略的，哪怕是一条再细小的线索，也不能错过。马前方从白骨的腐烂程度判断，死亡时间肯定在十年朝上了。他环顾四周，遍布荒草和垃圾的空地，成群的苍蝇绕着被挖开的旱厕飞舞，空气里弥漫着恶臭和死亡的气息。他眯着眼睛，远处的高楼在强烈的阳光折射下微微晃动。他心里的拼图似乎在一点点拼合，这是一种无意识的状态，是一种直觉。但他不能完全听凭直觉，他需要证据。他隐隐觉得碎尸案和目前的白骨有种说不清的联系。这种感觉挥之不去，在他头脑里盘旋。

"马队。"邵丁走过来，"差不多了，收队吧，大家都受不了了。"

马前方点点头："都勘验完了？"

"对，基本上有用的信息都采集了，唉，也没啥有用的信息，这白骨一看就至少死了十年以上。"

马前方认可邵丁的话，他让邵丁收队。走之前，他再次看了一眼挖开的旱厕，有种感觉在他心里潜滋暗长，他总是觉得有什么东西是之前没有想到的，近在咫尺的。是什么呢？他说不清。很熟悉的感觉。具体是什么感觉？他也说不清。总之，那像弥漫蒸腾的雾气，似有若无，在他身边缠绕，轻飘飘的，让他的人也轻飘飘起来，少了面对白骨的沉重。为何会有这样的感觉？他还是说不清。

马前方回到警局，局长一直在等着他汇报工作。局长脸色很差，手里夹着烟,桌前的烟灰缸已经装满了烟蒂。

"碎尸案还没完,又挖到白骨,这是不想让我安稳退休了。"局长发牢骚。

马前方坐在一角的单人沙发上抽烟。

"你倒是出个声啊,什么情况啊?"局长心里窝着火。

"不知道说啥。"马前方低头抽烟,烟雾将他包围。

"碎尸案什么时候能破案?"局长逼他。

"不知道。"马前方沉浸在飘然的思绪里。

"不知道?"局长有些诧异。

"我怀疑……"马前方欲言又止。

"说话说完整,说一半算怎么回事?"局长着急起来。

"……碎尸案和这个白骨案,有关联。"马前方说出自己想法。

"哦?"局长来了兴致,"你有把握?"

"不太多。"

"那就是有了。"

"只是直觉。"

"我不管你是直觉还是其他什么感觉,你必须给我查出个所以然,碎尸案也好,白骨案也好,最迟月底,给我一个交代,我去向省厅交代。"局长也无可奈何了,叹了口气,"走吧,查案去,别在这坐着,看着心烦。"

马前方起身走出局长办公室,关上门的时候,他似乎想跟局长说什么,看局长站在窗前看着外面,想了想又没有说。

马前方回到自己办公室,邵丁坐在沙发上,一脸惆怅。

"马队。"他一脸的疲惫和无奈。

马前方还沉浸在自己的思绪里。他看看邵丁,忽然开口道:"白骨和碎尸会不会是一起案子?"

"什么?"邵丁没听明白。

"我感觉白骨案和碎尸案,可能是一起案子,都是同一个人所为。"马前方解释道。

"有证据吗?"邵丁问道。

马前方摇摇头,一副欲言又止的样子。他挠了挠头发,一脸惆怅。邵丁知道马前方是个善于抽丝剥茧的人,他不是很愿意和人讨论案情,而是更爱自己独自冥想。马前方喜欢将事情的细节一一在脑海里复盘,像玩拼图游戏一样,把每一件事情放在它应该在的地方。

"咋办啊?"邵丁用求助的眼神看着马前方,他第一次看到马前方这么无助,这两个月马前方累得都苍老了许多,白发也在增多,眼泡肿起,脸颊上的肉也明显松弛了。

马前方坐在桌前,陷入沉思。邵丁识趣地坐在一边抽烟。

过了一会儿,邵丁面前的烟灰缸里已满是烟蒂了。

马前方盯着桌面上从窗外投射进来的光斑,说道:"把这两个案子放一起的话,你觉得我们该先查什么?"

邵丁抬头,想了想说:"杨建国?"

马前方笑了:"你为什么会想到杨建国?"

邵丁摇头:"不知道,我感觉杨建国此时的出现太奇怪了,太巧合了。"

马前方点头:"对,巧合,这就是我最想不通的地方。我不是不相信巧合,但案子里面的巧合一定有文章。这么多年,紫芦没出过什么大案子,如果说当年矿难和杨建国、王聚德失踪是紫芦发生的最大事情,那么现在这两个案件有过之而无不及。"

"所以你觉得,它们之间有联系?"

"对,那具白骨埋在旱厕这么多年,也没有人报失踪,我是从这个角度来考虑的。"

邵丁一拍大腿:"我懂了,所以你觉得白骨跟失踪案联系更紧密。"

"是的,也许白骨就是王聚德或者杨建国。"

"杨建国现在还活着。"

马前方笑了:"白骨是王聚德的可能性更大。"

邵丁起身:"我现在去一趟省厅。"

马前方喊道:"回来,让杨乐去,你留下。"

邵丁已经脱兔一样蹿出办公室,只听见他在外面喊了声:"知道了。"

杨彩旗知道了白骨案是在事发第二天下午,她在网上看到一则关于紫芦白骨案的报道,不过短短几百字,但杨彩旗看了足足有半个小时。她手里紧紧攥着手机,几次想给母亲打电话,手指好似不听使唤,迟迟没有拨号码,却不承想手机忽然响了,吓了她一跳。一看号码,是个陌生来电,她有点紧张,还是接了,小心翼翼地喂了一声,听出对方是母亲,这才松了口气。

"你看到报道了?"母亲的声音听起来很平静。

"嗯。"

"咋办呢?"

"我也不知道了。"

"你姐又住院了。"

"怎么回事?他对我姐做什么了?"

"是你姐的病又复发了,所以,这事不能让你姐知道。"

"你别给她看报道。"

"放心,她在住院,看不到报道的。"

"要不我回去一趟吧。"

"你别回来,后面我来处理,记住,你这段时间就待在上海,无论发生什么都别回来,知道了吗?"

"我知道了。"

"好了,不说了,挂了。"

杨彩旗拿着手机,里面传来电话挂断的嘟嘟声,她没有把手机放下,只是任由里面的嘟嘟声充斥着耳朵,好像那个声音可以排遣她内心的恐惧。

母亲的声音听起来是这么冷静,让她有些不太习惯了,母亲很少这么冷静的。在她的记忆里,只有那次母亲趴在自己身上忍受父亲的鞭打,一鞭又一鞭,母亲紧紧地抱住她,脸上是坚毅和果敢,但最后母亲还是哭了,没有眼泪,只是干号,声音凄厉,像一只受伤的小兽。还有一次,就是十三年前,母亲也是冷静的,她不愿意回想,这是要刻意抹去的记忆。记忆真的能抹去吗?

她不知道母亲会做什么,心里有种不好的感觉。

这感觉在一点点放大,令她坐立难安。

她起身,走到总监室门口,想了想,推门进去。

"Alma 姐,我想,请个假。"她带着怯意对总监说。

Alma 看着她,愣了愣,觉出她身上的异样。

"怎么,病了?"

"不是,家里……有点事情。"

Alma 叹了口气,有些不快。

"这段时间,最好不要请假,现在任务这么重,我对你委以重任,别让我失望啊。"

她想了想,在心里叹了口气,点点头说:"我知道了,不好意思,Alma 姐。"说完她退了出去,关上门。

回到工位,她还是静不下来,坐在椅子上,额头渗出细密的汗珠,心跳在加速。

怎么办?

她感到一筹莫展,上一次有这样的感觉,还是十三年前。

十三年前,她不敢想,不愿想,那是一场噩梦,缠绕了她那么久,以为自己会从噩梦中醒来,不承想,其实还在梦中,噩梦中。

她忽然苦笑了一下，起身离开公司。她要走一走，换换脑子，这样坐着，只会更加胡思乱想，会把自己逼疯。

她来到楼下的便利店，给自己要了一杯咖啡。不加奶，不加糖，纯黑咖啡，也没有加冰块，热气里透出苦味。她喜欢这种苦味，背后是回甘，她一直以为生活也能如此。可惜并不是，生活总是展露出让她意想不到的一面。

杨彩旗坐在便利店一角的休息区，手里的咖啡是黑色的，她盯着咖啡也不知道看了多久，忽然站起身走出便利店。

杨彩旗乘地铁来到医院。

医院坐落在上海市中心，繁华中取静，是一处难得的宝地。杨彩旗走进医院，人很多，却秩序井然，并没有闹哄哄的感觉。她熟门熟路地走进住院部。

上一次来还是半个月前，她有些心慌，不知道玲玲怎么样了。最近一直没有怎么联系，杨彩旗心里不禁有些愧疚。她和玲玲之间的感情，已经不仅是朋友了，她把玲玲看作自己的大姐，生活上，精神上，玲玲都是她重要的支柱。玲玲生病她是最后一个知道的，从另一个朋友口中得知，乳腺癌，晚期。她听到后一阵心悸，总以为自己听错了，仿佛生病的不是自己认识的这个玲玲。那段时间她和玲玲的联系相对较少，是因工作的繁忙和路程的遥远。生活在上海这么个大都市，人和人的物理距离是远的，也因此影响了彼此的心理距离。她给玲玲拨去电话，问清了情况，就赶到医院去看她。玲玲刚做了手术，人瘦得脱了相，但还嬉笑怒骂没个正经。她能读出玲玲嬉笑背后的怅惘和不甘，她陪着玲玲一起嬉笑，心里却是难受的。

杨彩旗来到病房，不知道玲玲是不是还在这里，会不会已经出院了？她胡乱地想着走到病区门口，询问护士。

护士说，你要找的人已经不在这里了，已经搬去了临终关怀医院。

听到"临终关怀医院"几个字，杨彩旗脑袋嗡地一响。

她定了定神，问清楚了临终关怀医院地址，直接赶了过去。

临终关怀医院在杨浦区，属公益医疗机构。玲玲能住进来，也是家里找人的。

医院不大，进门一个花园，绿树成荫，花团锦簇。花园中心有个小池塘，中间还有个喷泉，喷出细小水花。院内安静肃穆，只一栋住院楼，共六层，玲玲住在五层。杨彩旗坐电梯上到五层，这里均是癌症末期病人。不同于普通医院，这里的病房并非白墙，而是蓝色墙壁、绿色地板，透出一股生的希望。病人们也不穿病号服，而是各种服饰都有。整体感觉不像是传统的医院，杨彩旗内心的恐惧感也因此退去不少，她走进玲玲的房间。

这是一个三人间，玲玲住靠窗的病床。房间很大，每张床之间都有帘子相隔。

杨彩旗走到玲玲身边，她正闭着眼睛，脸瘦得只剩骨头，头发全没了，戴着一顶红色的针织帽子。病床前坐着一个女人，是玲玲的母亲，她认识杨彩旗。

"彩旗来了。"玲玲母亲给杨彩旗让座。

"嗯，我去了瑞金医院，她们说玲玲姐搬这边来了。"杨彩旗不知道该说什么。

"坐吧。"玲玲母亲让她坐下。

杨彩旗坐到椅子上。

玲玲忽然缓慢地睁开了眼睛，看到杨彩旗，勉强露出笑脸。

"彩旗。"玲玲声音细小微弱。

"玲玲姐。"杨彩旗忍不住了，眼泪啪嗒啪嗒地掉下来。

"哎，又没告诉你。你又是最后一个才知道。"玲玲开玩笑道。

杨彩旗不说话，只是流泪。玲玲母亲说要给她倒水，拎起开水瓶去打水。她知道玲玲母亲是想让她们单独在一起说说话，借故离开。

"玲玲姐。"杨彩旗吸了下鼻子，抹了抹眼泪。

"别哭，没事的。"玲玲目光温柔，用骨瘦如柴的手抓住了彩旗的手。彩旗紧紧握着她的手，玲玲姐的手暖暖的。

"你来看我，我好高兴。"玲玲说，"没想到你能找来。"

杨彩旗只是看着她，拉着她的手，不说话。

隔壁床的人发出剧烈的咳嗽声、吐痰声。护士进来又出去。她们俩没有话，一个坐着，一个躺着，安静得像一张照片。

走之前，杨彩旗说："玲玲姐，我可能不能常来看你了，我……家里出了点事。"

玲玲微微颔首："忙你的吧，别惦着我。"

杨彩旗又想哭，忍住眼泪。

"那我走了。"她说着却迟迟站不起身。

"走吧。"玲玲说。

"我、我其实有蛮多事情想跟你说的。"杨彩旗不知道自己为何冒出这么句话。

"懂，姐都懂，不用说。女人都挺不容易的，你要好好的，别难为自己。"玲玲捏了捏彩旗的手。

她有些绷不住了，跟玲玲和玲玲母亲告别，走出病房，冲进走廊尽头的卫生间，一头钻进隔间里呜呜大哭起来。

三

李兰凤从医院离开是晚上十点，杨一梅在安眠药作用下已睡着，仍旧像婴儿一样蜷缩起身子。离开医院前，李兰凤盯着杨一梅看了好一会儿，差不多有十分钟，就站在病床前看着，眼神灼灼，带着某种坚定,不知道她在想什么。没人知道,除了她自己。

她走的时候没有人看到她,她是躲着人走的,包括楼下的保安也没有注意到她的离开,只有监控拍到了她。

她佝偻着身子,慢慢地走出病房大楼,穿过医院花坛,从后门离开。

后门的保安正在看电视。她没有像往常一样跟他们打招呼,而是猫着身子从后门蹿了出去,还差点崴了脚。她站定了一会儿,喘了口气,然后便消失在迷离的夜色里。

没有人知道那晚的大火是何时起的。

那天晚上无风无月,连星星都看不见。有好事者称那天晚上的天象是不祥的,事后如此说,却不免显得牵强。

大火烧了足足有一个多小时才有人发现李兰凤家里着火了。

消防员赶到将火扑灭,发现了晕倒在厕所里的李兰凤,要不是厕所的水管在高温下爆开,李兰凤已经葬身火海了。

她被医护人员抬出来,东方正泛起鱼肚白。她的身体被白布盖着,脸上也已血肉模糊,焦黑一片,只有眼睛还露出眼白。她忽然醒了,迷茫中眼睛微微睁开一条缝隙,她看到了远处的天空,太阳即将升起。她感到那里是一片金光灿灿,脸上露出不易察觉的微笑,然后又晕厥了过去。

马前方得知李兰凤家着火,已经是大火被扑灭三四个小时之后了。

白骨案打乱了他的计划,他没有让马小橘继续盯着李兰凤,而是让队员们全力调查白骨案的线索,以及杨建国此刻的下落。恰恰在这个时候,李兰凤家里着火了。

他觉得这场火来得蹊跷。

马前方找到消防员了解失火原因。

消防队队长告诉他，李兰凤在家煮粥没有注意睡着了，粥烧干后引发火灾。一场意外，李兰凤也是受害者，全身烧伤面积达70%，属重度烧伤。

马前方询问消防队队长："你觉得失火是意外还是有人纵火？"

消防队队长沉吟了一下说："这个我目前说不好，需要进一步调查，但根据我的经验，不太像是意外。"

马前方懂了，他也觉得这场火不像是纯粹的意外。

马前方来到李兰凤烧毁的家，这里已经是一片废墟，空气中还残留着焦煳味。马前方站在废墟前，心里不由得叹息，他感觉自己的判断似乎是正确的。李兰凤心里像藏了什么秘密，把房子烧掉，就是为了掩盖这个秘密。

她要掩盖什么呢？

马前方不知道。

他让邵丁带人进入废墟寻找有用的线索。

邵丁问他什么是有用的线索？他回答不上来。

他也不知道该调查什么。

这让他陷入了某种自责，他感到后悔，如果能早一点调查一下李兰凤，或者搜查一下李兰凤的家，也许事情不会落到今天这样的地步。

邵丁带人寻找了一圈，并没有找到什么有用的线索。

大火吞噬了一切。

就算有线索，大火也将其销毁得干干净净。

马前方感到无奈，不是为没有线索而无奈，而是为李兰凤的行为而无奈。他想到了碎尸案时的大雨，还有这次的大火。

这两者之间好似有什么联系，但也许只是巧合？马前方并不相信巧合。在案件中，很多巧合都是故意为之。

一定是有人想通过火或者水掩藏什么。

马前方忽然有了个大胆的想法,难道碎尸案和李兰凤有关系?

这个想法在他心里扎根,久久不能消失。

如果李兰凤和杨建国一起杀人呢?

他不愿再想下去了。

这样凭空想象没有任何意义,他需要更多的线索,用以组成他要的证据。

他决定去见一见李兰凤。

省立医院烧伤科地处市郊,是一片三层砖混结构的楼房,看起来年代久远。进了病房,里面的陈设比外面看上去新很多。雪白的墙壁,笔直的过道,各类先进的治疗仪器,两人一间的病房,处处透露出专业和科技感。

马前方第一次来烧伤科病房,不时传来的惨叫声让他有些难以招架,这是病人换药发出的叫声,烧伤换药的疼痛都是一般人难以想象的。邵丁也被这个声音吓到。

中午的医院透出一种别样的安详,如果没有病人的惨叫声,这里真是一个让人放松身心的好地方。

经过一番寻找,马前方和邵丁龇牙咧嘴地走进了李兰凤住的病房。

李兰凤躺在病床上,身上缠满了绷带,两条腿还被架了起来,活像一个木乃伊。

她的鼻子上还插着氧气管,双眼紧闭,脸上烧伤的地方缠着绷带,从绷带的缝隙可以看到烧焦的皮肤组织。

马前方来到李兰凤身边。

李兰凤似乎感觉到有人到来,缓缓睁开了眼睛。

"李兰凤,我是县公安局的马前方。"马前方轻声说道。

李兰凤似乎想挤出一个微笑,但她从脖子以下基本上没有完好的皮肤，她已经做不出什么表情了。

"你好，马警官。"李兰凤有些艰难地吐出几个字。

"我们想问你件事。"马前方感觉李兰凤状态不太好，他不确定李兰凤是否能回答自己的问题。

"你，说。"李兰凤闭上了眼睛。

"杨建国在哪？"马前方决定单刀直入，他不想再拖泥带水。

李兰凤微抿了抿嘴唇。

"马警官，这……不应该……问你们吗？"李兰凤有气无力地说道。

马前方忽然弯下腰，将脑袋凑近李兰凤的耳朵，小声说："火灾真的是意外吗？"

李兰凤不说话，闭着眼睛，好像睡着了一样。

"哎，你们是什么人？病人在休息，现在不是探视时间。"护士走进来，看到两个陌生男人，感到惊讶。

"我们是紫芦县公安局的。"邵丁亮出警徽。

"公安局也不行，现在不是探视时间，请你们离开房间。"护士严肃地说。

"好的，不好意思，打扰你们了。"马前方带着邵丁离开病房。

两人找到了李兰凤的主治医生，想了解一下李兰凤的情况。

李兰凤的主治医生是一个五十多岁的女性，她告诉马前方，李兰凤目前的状况不容乐观，全身烧伤面积高达70%，这很可能会导致一系列严重的并发症。大量的皮肤损伤会导致身体无法正常调节体温，可能会导致低体温症。因为皮肤是人体的第一道防线，可以防止细菌和病毒的入侵，所以目前的风险很大，如果感染，能抢救下来的概率很小，并且患者目前还患有癌症。

"什么？癌症？"马前方很吃惊。

"对，肺癌，目前应该属于一期，具体情况需要咨询肿瘤科专家，但这对病人的烧伤治疗情况非常不利。"主治医生微微叹了口气。

这说明，李兰凤目前凶多吉少。

主治医生说："对了，这种面积的烧伤，还伴随吸入大量烟雾，患者一定是被困住了，不然不会这么严重。"

马前方点点头："谢谢医生，耽误您时间了。"

"没事，你们还有什么要问的吗？"

"没有了。哦，那个，李兰凤的病情有任何变化，麻烦您通知我们一下。"马前方给主治医生留了个电话号码。

他和邵丁离开医院。两人在医院附近找了一家小面馆，一人点了一大碗牛肉面。

牛肉面端上来前，马前方去面馆隔壁超市买了两瓶可乐。

"我以为你会买酒呢。"邵丁接过马前方递来的可乐。

"戒酒了。"马前方打开可乐，喝了一大口，打了一个长长的嗝。

"真的戒了？"邵丁有点好奇。

"对，滴酒不沾了。"马前方说得斩钉截铁。

邵丁睨着马前方："你不对劲。你为什么戒酒？"

马前方笑了："我没生病，哎，喝那么多酒干什么？这个烟我是戒不掉，不然早戒了。"

马前方酒量不行，在局里算不能喝的，但偶尔喜欢喝点酒助助兴，从没有听说他要戒酒，邵丁以为他是不是出了什么事情，马前方看出了邵丁的心思。

"我是为李兰凤不值啊。"马前方悠悠地说道。

"什么意思？"邵丁知道马前方肯定是分析出了什么。

面上来了，一人一大碗。邵丁能吃辣，加了两大勺辣椒。

"先吃，一会儿再说。"马前方低头开始吃面，邵丁被辣得满头是汗。吃完了面，两人坐在面馆门口餐桌边上抽烟。

"说说吧，马队。"邵丁吐出口烟雾。

"我怀疑这个火是李兰凤自己点的。"马前方看着远处阳光照耀的花坛和绿植，弹了弹烟灰。"她得病这件事，除了她自己肯定没人知道。我跟她打交道这么久，她是一个外柔内刚的人。你别看她衰老得厉害，其实心里比谁都坚强。她心里有个秘密，她要守护这个秘密。"

"这个秘密和碎尸案或者白骨案有关系？"邵丁顺着马前方的思路问道。

"我觉得是有的，不然很多事情说不通。从十三年前的失踪案开始，包括现在的碎尸案、白骨案，还有李兰凤家里失火，这些事情之间一定有着某种联系。"马前方的眼神显得迷离。"但我不知道能有什么事情，可以把这几件事联系起来。"

"也许不是事，是人。"邵丁猜测道。

"嗯，你说得对，或者并不是事，是人。那什么人能让这几件事情联系起来呢？"马前方手里的烟燃到了尽头，他把烟头丢在餐桌上的烟灰缸里。

"走吧，回去。看看杨乐那边有没有什么进展。"

马前方他们赶回局里的时候，杨乐正好拿着报告回来了。报告显示，白骨的 DNA 和王聚德的 DNA 是匹配的。也就是说，白骨就是王聚德。邵丁激动得直拍大腿："马队啊马队，还得是你，姜是老的辣啊，真给你说中了。"

杨乐在一边有点茫然，问道："什么说中了？"

"马队怀疑白骨是王聚德。"

杨乐崇拜地看着马前方："真的吗？太厉害了。"

"好了，马屁就别拍了。看来需要重新梳理一下案件了，你召集大家开会吧，我去跟局长汇报一下。"马前方拿着报告走出办公室。

二〇〇二年　结婚

一

婚礼现场一片混乱，新郎和新娘都喝多了，新郎吐了一地，新娘趴在餐桌上睡着了。

杨一梅和王子风的婚礼摆了三十桌，只来了二十多桌的客人，多是男方的亲友。杨一梅这边只有母亲和几个亲戚朋友，零零散散地坐了两三桌。杨彩旗没来，她不想见王子风，她不想见王家的任何人。

杨一梅喝多了之后，情绪不好，拿着话筒唱起歌来，边唱边哭。王子风一个劲儿跟人喝酒，最后躺在地上哇哇吐，像一个粗大的喷泉，只是喷出的都是秽物。

杨一梅唱完歌开始骂人，除了她妈妈，从小到大她认识的人都被她骂了个遍。李兰凤去拉她，她推开李兰凤，站上桌子，继续骂。她骂杨彩旗不是个东西，自己跑到上海去了，把她们娘儿俩丢下了，让她们承受了所有。她说杨彩旗运气真好，有这么好的母亲和姐姐。她边骂边笑边喝酒，喝一口酒骂一句再笑一声，周围的人们只当看笑话，嘻嘻哈哈看着她骂。李兰凤铁青着脸，终于把她从桌子上拽下来，她头上衣服上都是酒和菜。她说杨彩旗是她妹妹，也是她最亲的人，她会为了亲人牺牲自己。她说两个人成就了一个，就够了。李兰凤去捂她的嘴，她终于不骂了，最后趴在桌上睡着了。

马前方也来参加了婚礼，他看了杨一梅"出丑"的全过程，什么也没说，只是坐在一边抽烟。

客人陆续散去，马前方也起身离开。

走到路口，他听到有两个人在小声议论。一个说，杨一梅能嫁给王子风，还是图他家的钱。另一个人并不同意，认为其中的复杂程度是超乎想象的。说当年王聚德和杨建国一起失踪，这么多年过去，两家孩子居然能结婚，本身就令人惊异，这里面的事情不简单啊。

议论的人摇摇晃晃走远了。

马前方丢掉烟头，踩灭，摇了摇头，转身钻进那辆破旧的桑塔纳。他其实也不太能想明白为何杨一梅会和王子风结婚。当年王子风他妈还打了杨一梅，这件事情是他处理的。这两个家庭，本不应该有这样的交集的，不过生活总是出人意料，也是人性使然吧。

他想到自己的女儿，最近刚出国读书，他跟妻子的关系也变得微妙起来。之前有女儿在，两人还会说几句话，现在女儿不在身边，两人连话也不说了。

他叹口气，自嘲地笑了笑，发动了汽车。

第二天杨一梅酒醒后已经不记得自己头一天的丑态。王子风还依稀有些印象，但他不在乎。自从家里出事以来，他就不在乎外人的眼光了。他现在只想赚钱，什么都没有赚钱重要。

杨一梅从省师范大学毕业之后，王子风托人给她在银行找了工作。去上班之前，她给妹妹杨彩旗打了电话，那已经是婚礼后的一个月了。

此时杨彩旗正在美术学校上学，这件事情她谁都没说，和玲玲她们卖服装赚的一笔钱，正好够她在上海读美术学校第一年的学费和生活费。

去读书的事情还是玲玲给她的建议。

"你聪明，也愿意读书，干吗不去读？难道你想卖一辈子衣服啊？"

玲玲的话刺激了她，也启发了她。

是啊，干吗不再去读书？当年读中专她就后悔了，现在趁着自己还有精力，更重要的是手上有笔钱，可以再去学习。

她便开始挑选专业，经过一番慎重研究后，她决定去读广告美术。一来，这个专业考试简单，属于成人培训，结业后还可以申请大专学历，二来，她自己喜欢画画，小时候没机会学，现在有机会了，还是想捡拾一下儿时的梦想。三来,广告美术就业前景可观,这一点是她调研的结果。千禧年后,上海的广告公司如雨后春笋般涌现。看着那些公司的女白领,背着硕大的单肩包,踩着高跟鞋,打扮干练优雅,杨彩旗别提多羡慕了。她也想成为上海的白领。或许只有这样,她才能忘记曾经那个自己,在紫芦时的自己。

她毅然选择了广告美术专业。

杨一梅对杨彩旗没来参加自己的婚礼是生气的。

她没有表现出生气的一面,她不是个情感外露的人,但她还是无法忍受杨彩旗一直不联系自己。在内心深处,她总觉得杨彩旗看不起自己。人家在上海,见识大了,我算什么?姐姐算什么?亲人算什么?她越这样想,心里越像猫挠一样,刺痒难耐。她恨不能跟杨彩旗见面"对质",想问问杨彩旗,是不是没把自己这个姐姐放在心上,是不是看不起自己。她杨一梅当年也是有机会出去的,她不是一定要嫁给王子风,她嫁给王子风也是为了这个家……

她不再想下去了。

不能再想下去了。

那是她思想的禁区,是不能触碰的。

她感到痛苦,从没有过的痛苦,这份痛苦让她拨通了杨彩旗的电话。

她把电话打到杨彩旗之前住的地方的小卖部,公用电话,打电话收费,接电话也收费。小卖部阿姨告诉杨一梅,杨彩旗不住这里了,搬走了,至于搬到哪里去了,那就不知道了。

杨一梅放下电话,心突突地跳。

妹妹搬家了,也没有告诉我。

为什么?

她想不明白。

她忽然觉得周围的一切变得离自己很遥远，自己像一只漂在海上的小船，被海浪冲击，远离陆地，她想划桨，可两手空空，只能越漂越远，她感到绝望。

怎么会这样？

她倒在床上，床头挂着她和王子风的结婚照片。里面的两人一副惺惺作态的样子，她忽然觉得很恶心，但浑身无力。就这样躺在床上，渐渐地，那种绝望和恶心感减少了，她感觉自己好像重新活了过来。

可能妹妹也有她的不容易吧。

她这么对自己说，然后翻了个身，很快就睡着了。

二

杨一梅再一次见到杨建国是在自己婚礼后的一个月。

杨建国先是给她打了一个电话。

这个电话吓了杨一梅一跳。

电话里的那个声音既陌生又熟悉。

杨建国在电话里说："是我。"

杨一梅还没反应过来，对方又说："你结婚了？"杨一梅问道："你是谁？"对方笑了，嘿嘿嘿地笑，笑得杨一梅心底发毛，然后她想到了一个人——杨建国。

"我的声音你都听不出来啦？唉，真是白养你那么多年了。"

杨一梅听出了杨建国的声音，浑身战栗。

她说："你要干什么？"

杨建国说："你结婚，爸爸我也没能到场，真是说不过去啊。"

杨一梅根本没有听他说话，直接问："你要多少钱？"

对方没了声音，过了一会儿，又呵呵呵地笑起来。

"你看你，现在怎么变得跟你妹一样，说话这么直接？"

"你别说了,你要多少钱,你说吧。"

"嗯,好,你有多少钱?"

杨一梅冷静了一下,想了想说:"你给我一个账号,我给你钱,你别再给我打电话,也不要去找妈和彩旗。"

"行。"杨建国痛快地回答。

挂了电话,杨一梅按照杨建国提供的账号,给他打了一万块钱。

杨建国收到钱后,给杨一梅发了一条短信:钱到了。

杨一梅看着短信,站在马路上,身后呼啸而过的汽车吓得她一哆嗦。

这件事她没有告诉任何人,包括王子风。

可是她很想跟谁聊一聊这件事。

但不可能,这件事谁都不能说。

必须让这事烂在肚子里。

可没多久王子风发现了杨一梅账户里少了一万块钱,他问杨一梅用钱干什么了。杨一梅只好说是打给了妹妹杨彩旗,王子风没有继续追问。

杨一梅不知道王子风是否相信她,但她也管不了这么多了。她担心杨建国还会找她要钱,她也不能跟任何人提这件事。

她想跟母亲说,又怕她担心。

妹妹那边,她不知道如何开口。

她觉得自己和妹妹之间好似出现了某种鸿沟,她不知道这条鸿沟是否因为王子风,她没法问。

这些事情憋在心里,让她感觉自己像是在水中沉默的鱼。仰头看着波光粼粼的水面,感到自己浑身被万千吨的水包围着,压迫着。

她每天上班、下班,生活有了固定的节奏和模式。

王子风有时候回家,有时候不回家。

她也不多问。

不是不想问,是不知道该如何问。

她觉得自己和王子风之间也有着巨大的鸿沟,结婚之后两人的关系似乎发生了很大的变化。结婚前,恋爱阶段,她觉得王子风是关心她的,是爱她的;结婚后,她觉得王子风似乎没有那么在意她了,好像他们之间完成了某种约定。结婚是这个约定的起始,之后她和王子风的关系就变成了一种从属关系。对,她感觉到王子风没有那么把她放在心上,而是变成她是他的某个物品,就像家里那些他花了重金买回来的古董,是一种摆设。

她不喜欢这种感觉。

她要打破这种感觉。

这天下班回家,王子风也刚刚到家。他好像刚喝完酒,一身的酒气。

她决定找他谈一谈,可惜她没有注意到他那一身的酒气。

她问王子风最近在忙什么。

王子风没有回答,自顾自地打开电视,开了一瓶啤酒。

她感到有点不快,便追问道:"你最近忙什么呢?"

王子风眼皮都没抬,盯着电视,喝啤酒,就仿佛没有她这个人一般。

杨一梅愤怒了,怒火噌一下蹿上来。

"我问你话呢!"她大声说,近乎吼道。

王子风这才扭过头,好奇地看着她,然后说:"你管我呢。"

杨一梅愣住了。

这个回答让她无措,让她愕然。

"什么?"她下意识地继续追问,"我问你最近干什么呢!你什么意思?"

王子风冷笑了一声,说:"你管我干什么?"

"我怎么不能管你？我是你老婆。"

"你是不是有病？"王子风似乎急了，"我要你管了？你他×管好自己就行了！还有，以后你记得做饭，别我一回家就让我吃泡面，真烦人。"

王子风一口喝干了手中的啤酒。

杨一梅诧异了，愣在那里。

这不是自己想象的婚姻生活啊。

王子风这是怎么了？

她无法相信眼前的事实，她还要继续挣扎。她冲过去，坐在王子风身边，质问他到底什么意思。

王子风没有再继续跟她纠缠，而是甩手一个巴掌。杨一梅彻底崩溃了，号啕大哭。王子风根本没有理她哭不哭，抽出皮带，开始殴打她。

这是王子风第一次打她。

她绝望，恐惧，开始还和王子风扭打在一起，后来只剩挨打的份。

王子风问她："你爸把我爸弄哪去了？"

听到这句话，杨一梅傻了，然后她懂了。王子风不是像她想象的那样爱她，或者说他对她的感情并非建立在爱情上，他和王聚德、杨建国都是一类的人。她发现自己掉入了一个巨大的旋涡里。

沉沦了下去。

二〇一〇年　白骨

一

夜色下的紫芦是安静的、祥和的。浑河的水蜿蜒流淌，穿过紫芦，一路南下，和长江交汇。

马前方好像从没有感受过紫芦的夜色。

夏天来了，紫芦的春夏多雨，但今晚没有下雨，天空是清爽的，微风从五楼办公室的窗外吹进来。马前方站在窗前，双臂搭在窗台上，一只手里夹着烟。

凉爽的风让他感到舒适。

办公室没有亮灯。

他需要幽暗的环境，可以帮助他思考。

刚开完通气会，他们重新梳理了案件，他在会上提出了一个大胆的猜测，是关于杨建国的，他认为杨建国可能也已经遇害，而碎尸就是杨建国。邵丁不太能接受这个猜测。邵丁认为杀害王聚德的凶手是杨建国，现在应该全力找到杨建国。不过他尊重邵丁的意见，一方面派人继续追查杨建国的下落，另一方面让省厅技侦队比对一下碎尸和杨建国的 DNA。如果比对成功，那他的猜测就是对的。

现在他一边等着省厅的报告，一边思考着案件里的线索。他总觉得似乎哪里有什么东西被遗漏了，应该就是眼前的某条线索被他们忽视了，这种感觉一直缠绕着他。

烟头一明一灭。

黑暗中，他思绪活跃。

像水中遨游的鱼。

马前方思考着——白骨既然是王聚德，且他死于十年前，那么凶手会是杨建国吗？他为什么要杀王聚德？李兰凤知道这件事吗？如果李兰凤知道的话，那么她是不是帮凶？或许这就是她一直隐藏的秘密？

一系列问题在他的脑海里翻腾。

如果碎尸是杨建国，那凶手会是谁呢？我为什么会觉得碎尸是杨建国？是直觉吗？又是直觉。

马前方不禁感到好笑。他总是让手下不要相信直觉，要相信证据。但他办案总是依靠直觉，偏偏他的直觉又总是那么准。

他又想到了杨一梅结婚的时候，喝多了，又唱歌又骂人，那些话他至今还记得。或许是那些话吸引了他，这么多年他一直忘不掉失踪案，他总觉得其中有什么不可告人的秘密，一定牵扯了什么事情，或许就像邵丁说的，牵扯的不是事情，而是人。

如果是人，那会是谁呢？

香烟烧到了尽头，他的手指感觉到灼人的温度。他把烟蒂在烟灰缸里捻灭，又抽出一支烟，拿出打火机，啪嗒一声，火苗燃起，点燃香烟。

他深深吸了一口，继续思考。

为什么会认为杨建国已经死了？

如果碎尸是杨建国，那么他应该是才被人杀死的，那么王聚德是谁杀的？

十三年前那天晚上，究竟发生了什么？他们俩为何会消失这么久？

或许十三年前，杨建国就杀了王聚德，把他埋尸在旱厕。

旱厕？

等一会儿。

好像想到了什么。

旱厕。

马前方心里一惊，他想到了缠绕自己的那个感觉是什么了。味道，是一种味道。对，就是旱厕的那种臭味，那个味道他好像在哪里闻到过。他想起来了，是在矿厂里。那天晚上他只身一人去矿厂，还遇到了也是只身一人的邵丁，他们为了躲避恶犬追逐，逃出来的时候，路过了一个旱厕。他记得那个味道,那种臭味,和发现白骨的旱厕的臭味很像。当时他就觉得不对,但没有细想。

是的,就是那种味道。

那种臭味,不是正常的臭味,是尸体腐烂的臭味。

这种味道他闻过好几次,每次都令人作呕。

他忘不掉那种味道。

怎么当时没想到是尸体腐烂的臭味呢?!

马前方把没抽完的烟狠狠捻灭,冲出办公室。

"邵丁!"他大喊道。

"哎,哎。"邵丁答应着,从另一个办公室出来。

"走,带人,去矿厂。"

三辆警车鸣着警笛呼啸着驶近矿厂,在厂区大门口停下。看门的独眼老丁头从睡梦中惊醒,几只之前不知道跑到哪里去的狼狗此刻蹿了出来,隔着铁门冲警车狂吠。

老丁头揉着眼睛走出来,站在铁门前。

邵丁手里拿着搜查令严肃地说道:"开门,警察办案。"

老丁头似乎被眼前的阵仗吓到了。

"还有,把你的狗拖走。"邵丁狠狠瞪了几只狗一眼。

老丁头拴住狗,打开了大铁门。

三辆警车鸣着警笛驶入矿厂,一路驶向矿厂后门的旱厕。马前方、邵丁、杨乐和其他干警纷纷从车上下来。他们戴上手套、口罩,手里拿着铁锹,另有其他人手里拿着大手电,强烈的白光将周围照亮。马前方一声令下:"开挖。"十几个人走到旱厕里,开始挖掘起来,空气中立刻弥漫着一股浓郁的恶臭。马前方将口罩轻轻掀开一条缝,闻了一下,一阵反胃的恶心感包裹了他。

就是这种味道。

上一次也是闻到了这种味道。

是某种腐烂味道。

是尸体腐烂的味道。

马前方对味道很敏感，他知道自己不会闻错。上一次匆忙离开，他只在潜意识里记得这种味道，没有将这种味道和案件联系起来。

这种味道表明这里应该有腐烂的尸体，不管是不是人的尸体——大概率是人。

果然，没一会儿，有人喊道："找到了。"

五块碎尸，全部在废弃旱厕的粪坑底部。

抛尸人的想法很简单，旱厕的味道可以稍微掩盖腐尸的味道。加上矿厂已经被废弃，没有人会来这里。如果不是因为路上掉落了一个尸块，没有人会发现这里有尸体。

这的确是一个理想的弃尸之地。

"把尸块全部带回去。"邵丁忍着胃里翻江倒海的恶心感，指挥着队员。

马前方远远走开，但还是躲避不了空气中的恶臭。他摘下口罩，点了支烟，猛吸一口，呛人的烟雾似乎能微微驱散空气中的恶臭，他连续吸了好几口，脸上慢慢露出了微笑。

晚上，局里的会议室灯火通明。

局长和马前方等人都聚集在会议室里，投影仪投放出他们刚刚寻找到的尸块图片。

马前方向局长汇报了具体情况。

局长听完汇报，询问省厅的技侦队员毛峰，何时能出进一步的检验报告。

毛峰看看手里的资料，清了清嗓子说道："我们初步对比了一下，目前的尸块和上一次的尸块，确系同一个人，虽然尸体已经开始腐烂，但刀口切面是对得上的，并且组织完整。但是目前尸体的头部还没有找到,所以我们可能需要进一步做 DNA 的对比。"他侧过头,看着马前方,继续说道,"对了,马队,您想对比杨建国的 DNA,但我们需要他的 DNA 组织,比如头发、唾液或者血液。"

邵丁忽然笑了一声:"人都不见了,到哪给你搞血液?"

"严肃点。"局长训斥邵丁。

邵丁撇撇嘴,他总是有点玩世不恭的样子。

马前方说道:"按照目前我们所掌握的线索,碎尸只剩下头部没有找到,四肢、躯干均已经找到,然后白骨目前能确定是王聚德,按照我的猜想,碎尸应该是杨建国……"

"证据呢?"局长打断他的话。

"目前是没有证据能支持这个猜测。"

"如果碎尸是杨建国,那么是谁杀了他?"局长更看重结果,"还有白骨,既然现在确定是王聚德,那么又是谁杀了他呢?"

会场立刻陷入一片安静。

除了轻微的咳嗽声、吸烟声、白炽灯管发出的细微电流声,没有其他声音。

大家似乎连大气都不敢喘。

马前方的手指又敲击起桌面,发出笃笃笃的声音来。这声音在寂静里听起来像是被放大了。

"我有个想法。"马小橘忽然举起手。

"你说。"局长示意她。

大家的目光都聚焦在马小橘身上,她不禁感到紧张。

"说吧,没事。"马前方鼓励她。

马小橘清了清嗓子说道:"之前马队让我盯着李兰凤,看看杨建国会不会回家,那几天并没有找到什么有用的线索,之后我一直在调取监控,李兰凤住的那片区域没安装监控,但从她家出来一公里处的祁门路有一个监控，祁门路一直往南，走红星路和永红路可以到矿厂那片区域。你们还记得刘敏说她在21号晚上看到一个骑三轮车的人吧？我特意调查了那天晚上的监控，从祁门路开始，一路往南，有两个监控拍到了骑三轮车的人。第一个监控就是在离李兰凤家不远的祁门路口，另一个是在红星路上，所以我认为这个骑三轮车的人，跟李兰凤可能有一定的关系。如果碎尸不是杨建国，那么骑三轮车的人会不会就是杨建国呢？"

马小橘从手里的文件夹里拿出打印好的照片。

"这是我打印出来的监控照片，不是很清晰。"

她把照片递给局长和马前方。

马前方接过照片，上面是一个有些模糊的身影，穿着黑色雨衣，可以看出这人正在费力地蹬一辆三轮车。

"我们现在找到三轮车的话，是不是就能锁定嫌疑人了？"一名年轻干警说道。

马前方的手指还在敲击桌面，发出笃笃笃的声音。

"理论上是的。"马前方抬头看着天花板，大脑在高速运转，这几件事情之间的联系似乎一点点清晰起来了，像是有什么东西在慢慢浮出水面。

"这样，马前方，你带队，继续跟碎尸案。然后，小马，你跟王队他们去调查一下三轮车。白骨案那边让邵丁跟一下。"局长开始布置任务，"现在我们时间紧迫，大家辛苦一下，克服一下困难，抓紧破案。"

"是，局长。"大家纷纷接受任务，只有马前方没有说话，还盯着天花板发呆。

"马前方！"局长了解马前方的性格，但也忍不住有些不快。

"听到了。"马前方仍旧一动不动地盯着天花板。

局长摇摇头，对大家伙儿说道："行吧，会就先到这里，你们继续。"说完他起身走了。

"你们也去忙吧,别理我。"马前方说。

大家伙儿起身,收拾东西,各自出门。

马前方还坐在椅子上盯着天花板,也不知道在看什么。

三轮车?雨夜?碎尸?白骨?李兰凤?杨建国?王聚德?他在脑海里排列着这些词语,想弄明白它们之间到底有什么联系。

李兰凤为什么要设计那场火灾?

火灾?

如果是李兰凤设计了那场火灾的话,她一定在隐藏什么。

她在隐藏什么?

三轮车又在哪里?

如果她有三轮车,一定会想办法处理掉的。

马前方的眼睛忽然亮了。

二

李兰凤家成了一片断垣残壁,到处是烧焦的痕迹,陈旧的老宅院已经看不出完好的模样,呈现出废墟的样子。

天刚刚亮,马前方他们已经在寻找着什么。

火是从院子里的小厨房开始烧起来的,用的还是柴火灶。李兰凤家屋里还有一个厨房,用的是煤气罐。失火的那天晚上,她用柴火灶煮粥引发了火灾。火一点点蔓延开来,先是把院子里的储物棚点燃了,然后借着风势,一路烧进平房里,老旧的砖木结构平房禁不住大火的吞噬,很快就燃起熊熊火焰。当周围邻居发现李兰凤家着火时,天都快亮了,大火已经燃烧了一个多小时。

马前方蹲在院落里,看着烧毁的宅子,他不明白为什么李兰凤没有逃出来。火从院子里的小厨房一路烧进平房里,她本可以逃出来的,甚至逃出来之后还可以打119,火势会得到一定的控制。

她没有逃出来，只有一种可能。

她不想逃出来。

勘查一直持续到中午，大家发现在李兰凤家里居然找不到任何一件杨建国的物品，更别说他的头发了。不仅如此，院子里的厨房和储物棚可以说被烧得干干净净。消防那边给的意见是厨房和储物棚里有大量可燃物。马前方不这么想，他觉得大量可燃物就是李兰凤提前准备好的。

整个勘查工作可以说毫无收获。

马前方躲在院子的一角抽烟，邵丁他们准备收队回去，中午的阳光有些刺眼，焦黑的地面反射阳光，形成细腻的反光。马前方眯起眼睛，盯着地面。忽然，地面上的一处凸起吸引了他。

那块凸起不是很明显，但因为地面上散落的焦黑色的炭灰像是凹凸不平的纸面上撒的墨粉，让纸面的凹凸显现。

马前方丢掉烟，看看周围，从烧残的墙角拿起一柄铁锹，顺着阳光的反射，走到凸起处，开始挖掘。

邵丁看着马前方。

"马队，怎么了？"

马前方没有说话，一锹，再一锹。

地面的土松动了，露出里面埋藏的东西。

一个铁盒子。

邵丁他们围拢过来。

马前方用戴着白手套的手，轻轻拾起铁盒子。他看了看邵丁，邵丁眼里闪着兴奋的光芒。

"带回去打开。"马前方把铁盒子交给技侦科的人。"你们几个，把这个院子，包括厨房和储物棚的地面，都挖一挖，看看能挖出什么。"他指挥几名干警。

接到命令的干警拿起铁锹,开始挖掘起来。

"邵丁,你跟技侦科的人带着铁盒子先回局里,看看里面是什么。"马前方提着铁锹,一边走到平房门口,一边说道。

邵丁和技侦人员离开,返回局里。

马前方看着平房里烧得黑乎乎的墙面,不禁皱起眉头,他嘴里小声地嘟囔着:"别,千万别。"

没人知道他说的是什么意思。

警察离开了李兰凤的家,在周围围上了一圈警戒线。

围观的群众交头接耳,没有人看到杨彩旗正在人群中。她穿着黑色夹克、牛仔裤,戴了一顶棒球帽。

她远远看着警察们从她那烧焦的家里陆续出来,看到邵丁和几名干警先行离开,看到马前方最后走了出来,钻进警车。

她感觉自己的心脏快要从胸腔里跳出来。

刘敏也在人群里,她和自己的小姐妹们议论着案情。她转身看到不远处一个熟悉的身影,一时想不起是谁。当她想起来那是杨建国家二女儿的时候,杨彩旗已经不在人群中了。

刘敏看看四周,没有看到杨彩旗的身影。她心里有种说不出的怪异感,好像杨彩旗是凭空消失的,又好像是自己看花了眼。她只好和小姐妹聊天,以驱散这种怪异的感觉。

马前方回到警局,直奔技侦科。邵丁已经打开了铁盒,里面是几卷已经冲洗过的胶卷。技侦人员已经将胶卷内容冲洗了出来,一张张照片被摆放在技侦科最大的桌子上,摆成一排。

马前方看着照片,面无表情。

邵丁环抱双臂,盯着照片,眉头紧锁。

最后邵丁打破沉默。

"马队，案子是不是能破了？"

马前方仿佛如梦初醒，嗯了一声，然后说道："你怎么看？"

邵丁叹口气说："很明显，王聚德是杨建国杀的。"

马前方忽然摇头："不，不对。"

"不对？"邵丁感到惊讶，"这很明显啊。"他指了指桌上的照片。

桌上洗印出来的照片，全是年少的杨一梅和杨彩旗两姐妹，有人趁她们换衣服、洗澡，甚至上厕所的时候偷拍了大量的照片。照片的拍摄时序从1995年开始，一直持续到1997年。有的照片的角度非常刁钻，有的照片尺度很大。所有照片透出某种变态的色情，可以看出拍照的人心理是扭曲的、变态的。

"不，我不认为王聚德是杨建国杀的。"

"为什么？"邵丁不理解。"王聚德偷拍了杨家两姐妹，然后杨建国一怒之下杀了他。"

马前方抬起头看着邵丁。

"如果是这样，那么，是谁杀了杨建国？"

邵丁陷入沉思。

"会不会是王家的人发现王聚德已经被杨建国所杀害，然后雇凶杀了他？"

"你的猜测逻辑上成立，但事实不会这么简单。"马前方开始阐述自己的想法，"如果像你说的，杨建国发现王聚德偷拍了自己女儿，他一可以报警，二可以用这件事情要挟王聚德以谋求好处。但这两件事都没有发生，反而是两人双双失踪。当然，你可以认为杨建国杀了王聚德后，为了掩盖事情真相躲藏了起来，如果是这样的话，对于杨家两姐妹来说，自己的父亲在她们眼中应该是一个'英雄'，在李兰凤的眼里，也是一个敢作敢为的汉子，但我们在跟李兰凤的接触中并没有发现她对自己的丈夫有多么强烈的好感，甚至是厌恶的。之前我们调查失踪案的时候你还记不记得,杨建国是有家暴行为的。他对李兰凤和两个女儿都实施过家暴。所以,杨建国为了保护女儿杀死王聚德的可能性不大,倒是他通过这个要挟王聚德的可能性更大。"

"那会不会是杨建国要挟王聚德未果,两人发生了争执,杨建国失手杀了他?"

"这个倒是很有可能。但那样的话杨建国没必要玩失踪,毕竟他还是'正义'这一方的,他还是可以选择报警。他有一定的文化,不会对法律一点不了解,其中的利害关系,我相信他肯定明白,所以我觉得他并非凶手。"

"那你觉得凶手会是谁?"

马前方忽然沉默了。

沉默了好一会儿。

马前方看着邵丁说:"我最不希望她们是凶手。"

"她们?"

"杨家两姐妹。"

邵丁愣住了,他看着马前方,有些不敢相信自己的耳朵,一些东西在他心里碎裂,像是初春结冰的河面。他也陷入了沉默。

"我不愿意这么去想,但我不由得这么去想。"马前方叹口气说。

"那么,又是谁杀了杨建国呢?这两者之间有什么联系吗?"邵丁自言自语般地说道。

"李兰凤现在生死未卜,杨一梅住在精神病院,看来我们需要找杨彩旗聊一聊了。"马前方想到上一次见杨彩旗是十年前了,这么多年过去了,不知道她现在过得怎么样。

"我们是直接以嫌疑人的身份把她带回来呢,还是先找她随意谈谈?"邵丁对杨彩旗的印象还不错。杨建国失踪后,李兰凤自己拉扯两个孩子的艰辛他都很清楚。

"那个杨乐跟她是不是一届的?"马前方问道。

"我去问问杨乐。"邵丁推开技侦室的门走出去。

"我去找局长,先把情况跟他通个气,省得他睡不着。"马前方也跟着邵丁走出技侦室,向局长办公室走去。

三

精神病院里一如既往地透着某种异样的气氛,是来自病人的胡言乱语和他们的各种古怪叫声。除去这些声音,这里和一般的医院没有什么不同,甚至要比一般医院显得更不像医院,更像是一个疗养院。

杨彩旗找到姐姐的病房,杨一梅正坐在窗前看着窗外发呆。

她轻轻走进房间,走到杨一梅的身后。

杨一梅不知道杨彩旗在身后,她脸上挂着一抹神秘的微笑,看着窗外树上的麻雀,陷入某种深思状态。

"姐。"杨彩旗轻轻喊了一声。

杨一梅没有动。

"姐姐。"杨彩旗又喊了一声。

杨一梅听到了。她的身体微微地动了一下,仿佛在回应杨彩旗的呼喊,然后慢慢地,如同电影慢动作一样转过了身。

她看到了杨彩旗。

但她的脸上没有表情,过了一会儿,她才露出了微笑。

"你来啦。"她小声地说道,仿佛是一直在等待着杨彩旗的到来。

杨彩旗心里不由得发酸,鼻子也开始发酸。

"姐。"她又喊了一声。

"坐吧。"杨一梅微笑着照顾她在自己身边,也就是病床一角坐下。

杨彩旗在病床一角坐下,看着姐姐。

杨一梅的脸色是苍白的,像是很久没有晒过太阳似的。她的嘴唇干燥,布满死皮,眼睛有些无神,这是服用镇静剂的副作用。她的黑眼圈很严重,这使得她看上去显得虚弱不堪。宽大的病号服显得她更瘦了。

杨彩旗很想哭,她强力忍着不让自己掉下泪来。

"你怎么回来了?"杨一梅问道。

"我来看看你。"杨彩旗不知道该如何说。

"妈妈不知道去哪里了。"杨一梅说。

"嗯,我也在找她。"杨彩旗觉得姐姐就像一个弄丢了妈妈的孩子一样,充满了失落和委屈。

"妈妈是不是回家去了?"杨一梅好像在对自己说。

"我……"杨彩旗没有说下去,她刚从家那边过来,那里已经烧成了灰烬,还有很多警察。她不知道该如何跟姐姐开口,她不确定姐姐是否能接受这一切。

杨彩旗回到紫芦是她自己也没想到的。

她从玲玲那里离开后,心里一直惦记着母亲和姐姐,心一直突突跳个不停。打母亲的手机,已经关机了,这让她心里总觉得好像有什么事要发生,是不好的事情。

她坐立难安,无法工作。

一整天都浑浑噩噩。

姐姐也联系不上。

她想到和母亲的最后一次通话,她总觉得那像是某种告别。

她决定回紫芦。

她买了车票,赶到紫芦,空气中是熟悉而陌生的味道,她的童年的全部记忆都在这个小城。但她最隐秘、最痛苦的记忆,也是这个小城给她的,每次回来她都觉得内心涌动着复杂的情绪。

这次也不例外,甚至更复杂。

她是带着"玉碎瓦全"的心态回来的,内心是充盈的。这份充盈可以和痛苦的记忆对抗，让她可以一步步走到自己家老宅。

当她看到一辆又一辆警车停在她家附近，看到人群围在警戒线周围，看到老宅已经烧成一片废墟时，她不禁捂住了嘴，她内心的防线在坍塌。

但她还是鼓起勇气，走到警戒线边上，钻进人群。她听周围的人小声议论，然后在心里拼凑信息，她这才知道母亲被烧伤，已经送到了省立医院。

她不知道警察知道多少，但她其实一直在等着这一天的到来，她知道这一天迟早会来的。她只是没想到这一天会以这样的方式来临。她忽然懂得了跟母亲最后一通电话时，母亲话里的意思。

母亲想用自己的生命来承担这所有的一切。

她再也忍受不住了。

她慌忙离开人群，在街上胡乱奔走。

眼泪在她脸上肆意流淌。

不知不觉间，她又走到了木塔那里。

木塔更旧了，那些裸露的石砖上满是青苔，爬墙虎从泥土里一路延伸，几乎要把木塔底部整个包裹起来。

她慢慢走进木塔，被强烈的霉味呛住，赶紧退了出来，大声地咳嗽。

看来木塔是再也上不去了。

她仰头看了看木塔，仿佛在看着自己的过往岁月。

那些岁月也像木塔一样，陈旧，发霉，一点点地腐烂了。

她内心的那份充盈在一点点减少。

这时候，她的手机响了。她看了一眼，是总监打来的，她直接按掉。没一会儿，电话又响了，还是总监。她忽然笑了，不知道为何，大笑了起来，接着眼泪又从眼眶里滚落。她直接关掉手机，抹了抹眼泪，转身离开了木塔。

她想去看看母亲，看母亲之前她想去见见姐姐。

她就这样来到了精神病院，见到了姐姐。

杨一梅并没有对杨彩旗的到来感到意外。她坐在床边上看着窗外树上叽叽喳喳的麻雀出神，她觉得它们是这么的自由，比她自由多了。窗户上的铁栅栏已经显示了她的不自由，药物的作用让她的思考变得缓慢，她想了好久才想起原来母亲不在身边了。母亲去哪了？她有点想念母亲。她给母亲打了电话，关机了。但她并没有慌张，她已经不会那么慌张了。因为有药物的帮助，她的心境开始变得平和。她只是感到困倦，但她也睡不着。她想起小时候的很多事情，觉得很有趣，她知道妹妹会来看她的。她就这样每天坐着看窗外，好像在等待什么人似的。

看到妹妹，她内心其实还是很激动的，但她感觉身体无力，没有多余的力气去激动和高兴。她想不起来有多久没见过妹妹了，她发现妹妹和以前不太一样了，至少她不一样。妹妹像是城里人了，不像她，还是个乡下人。她想到自己嫁给王子风，就是为了能成为城里人，没想到她还是回到了这个小地方，还是过着一成不变的生活，还是要保守那个让她一直无法接受的秘密。

生活就是如此残酷吗？

她有时候会这么问自己。

她不知道生活的具体方向在哪里。有段时间，她把妹妹的幸福看作自己生活的方向。只要能保守住那个秘密，妹妹就会获得幸福，她这样对自己说。

可她觉得自己为什么要让妹妹幸福，而不是让自己幸福呢？

这个想法一直在她脑海里环绕、盘旋，让她痛苦。

她想不明白。

很多事情都想不明白。

但她又想弄明白。

这就把她的脑子也弄得晕乎乎的。

她就在这种眩晕里一天天地生活着。

终于有一天她绷不住了,她清晰地感觉到脑海里有一根绷得紧紧的线啪的一声断裂了。她感觉自己的身体像断线的木偶一样软塌塌地落在了地上,她觉得支撑自己的那股劲消失了,她不知道自己应该为什么而活,她甚至不知道自己为什么要活着。她想到王子风的时候,心里会响起一阵大笑,但她表面上还是风平浪静,沉默不语。她在心里耻笑自己,在心里嘲笑王子风。她笑他的愚蠢,笑自己的荒唐。她认识到自己嫁给王子风就是一个错误,当她向王子风提出离婚的时候,换来的居然是王子风的一顿拳脚,这是她没有想到的。她以为王子风是个懦弱的公子哥,没想到他和他父亲一样,是一个浑蛋,是一个变态。她差点就脱口而出,你父亲就是一个浑蛋。她忍住没说,任凭他的皮带抽打在身上,出现一道道血印子。她想到自己的父亲,不禁又在心里大笑起来,这也是一个浑蛋啊!她生命中遇到的男人为什么都是浑蛋?

她想不通。

一点都想不通。

当她拿起刀割向自己手腕的时候,内心涌起一股喜悦。

或许死亡是一种解脱。

但她没有死成。

两次都没有死成。

她觉得可能是因为自己不了解死亡吧。

人想死,也不是一件容易的事情啊……

再次见到妹妹,她觉得记忆开始一点一点在身体里复苏,有好的记忆,也有坏的记忆,她没有去做任何的价值判断,就让这些记忆在身体里复苏。她不去干涉,像是这些记忆和自己处于某种平行状态。这也是陈医生教她的办法——不要去轻易评价你的生活,而是静静地观察它。

她学会了观察,这让她不再纠结于是否能想明白。她看到妹妹,也不再觉得妹妹亏欠了自己。她想到日前说的,这些都是命。是吧?她也不再评价母亲说的是否正确,而是承认她目前只能如此地生活。

她觉得在这里住得也挺不错,不用去思考那些她无法想明白的事情,这让她感到轻松。但身体确实疲倦,她内耗得过于严重了。

杨彩旗不知道姐姐的内心想法。

她只觉得姐姐变得平和了,但她可以感受到姐姐的疲倦。

"你过得好吗?"姐姐开口问道。

"嗯。"杨彩旗点了点头。

"那就好。"姐姐露出微笑。

杨彩旗不知道该说什么,好像没有什么可说的了。

杨一梅忽然拉住了妹妹的手。

杨彩旗心里一悸。

姐姐的手有点冷,不像玲玲姐的手,是温热的。

"你的手,有点冷。"杨彩旗说。

"你忘了,从小就这样。"杨一梅说。

杨彩旗攥住了姐姐的手。

两人坐在床上,天色一点点地暗下来。她们看着窗外,看着云朵飘过来又飘过去,看着树上的麻雀叽叽喳喳飞起又落下,看着远处华灯初上,一片夜的祥和。

杨彩旗对杨一梅说:"姐,谢谢。"

杨一梅听懂了,她的心里涌出一股热流,热流转换成眼泪,夺眶而出,汹涌澎湃。

她抱住杨彩旗,呜呜地哭,放声地哭。

哭声惊动了护士，护士找来陈医生。

陈医生看着姐妹俩抱在一起，轻轻关上了门。

杨一梅就这样抱着杨彩旗哭啊哭，哭到一点力气也没了，哭到睡着了。

杨彩旗把姐姐放倒在床上，看着她进入沉眠，她摸了摸姐姐的脸。她的衣服已经被姐姐哭湿一大片。她给姐姐盖好被子，看了看姐姐。

姐姐睡得像个婴儿。

她离开了病房。

杨彩旗和陈大夫交流了一下，了解了姐姐的病情。陈大夫的意思是杨一梅不仅仅是抑郁，经过这一轮治疗发现她可能有轻度的精神分裂症，治疗周期应该很长，具体时间不能确定。陈大夫希望她或者她们母亲能有一个来这里陪护，能更好地帮助杨一梅治疗。杨彩旗告诉陈大夫，母亲病了，一时半会儿不能来，自己倒是可以来陪护，但现在手头事情还没有忙完，等她了结了手头的事情后，可以来陪姐姐治疗。陈大夫希望她尽快。

杨彩旗离开了精神病院，连夜坐车去了省城。她要去看望母亲。

她到省立医院的时候已经是晚上十点多了，探视时间早已经过了。她在医院附近找了一家网吧，准备凑合一夜，第二天再去探视母亲。

网吧里的人不多，她找了一个靠墙的座位。她喜欢被包围的感觉，有安全感。

打开电脑，她登录了QQ。

一个熟悉的头像在闪动。

在天之翼给她发来消息：你在吗？

连续发了好几条。

她回复道：什么事？

没一会儿,在天之翼回复:你在哪里呢?

杨彩旗愣了一下,他为什么问我这个?

在天之翼又说话了:你家出事了,你知不知道?

杨彩旗想了想回复:什么事?

在天之翼:你家失火了,你妈妈进医院了。

杨彩旗:什么?!

在天之翼:你现在还在上海吗?

杨彩旗忽然有点紧张,不知道该说什么,好像说的每句话,都会构成给自己的陷阱。

在天之翼:你真不知道啊?你姐姐好像也住院了,你是不是回来一趟?

杨彩旗忽然关掉了QQ。她捂住嘴,不敢喘气,坐在椅子上,一动不动。

他们,知道了?

她有些不敢相信。

她知道这一天迟早会来。

但当这一天来临的时候,她还是感到极度的恐惧和焦虑。她本以为自己会坦然面对一切。

可能是高估了自己吧,她这样想。

然后她感到一阵释怀。

是吧,总归会来的。她脸上露出一抹微笑。

也许,我自己回去,了结这一切,会更好吧。

她在心里有了一个大胆的想法。这个想法刺激了她,让她兴奋起来,也坦然起来。

她不再感到恐惧和焦虑,而是平和了,踏实了,像是知道最终结局的观众,心里是释然的。

她释然了。

杨乐看到子夜未眠下线了。

那个头像从彩色变成黑白，像是一个人从生到死。杨乐心里咯噔了一下。

马前方和邵丁站在杨乐身后。

马前方问："怎么不说话了？"

杨乐说："她下线了。"

"下线？"马前方没有QQ，他不了解这个软件。

"就是她退出了QQ。"杨乐解释。

马前方摸了摸鼻子，有点想抽烟。他示意邵丁出去抽支烟，两人离开办公室，来到走廊尽头。

马前方推开窗户。

外面下雨了。

雨不大，淅淅沥沥的。

邵丁给马前方点燃香烟，马前方吐出口烟雾，似乎在安定心神。

两人吞云吐雾了一会儿。

邵丁忽然开口道："马队，这个杨彩旗有问题。"

马前方笑了笑，说："这是我最不想要的结果。"

邵丁又抽出一根烟，捏在手里，慢慢地说道："我懂你的意思。这个案子，看似复杂，其实并没有多复杂。我现在也觉得王聚德并非杨建国所杀，只是其中发生了什么，如果不弄清楚，不太容易结案。"

他叹了口气，把香烟塞进嘴里，点上，从鼻腔喷出两串烟雾，像是要把体内的无奈和愤怒一并喷出来。

马前方拍了拍邵丁的肩膀："是啊，案子查的是人心，人心才是最复杂的。"

二〇〇三年　爱情

一

　　李兰凤还记得失踪的杨建国第一次回到紫芦的时候是 2000 年冬天的一个夜晚。他的到来吓到了李兰凤和两个女儿。

　　杨建国那天浑身酒气，揪着李兰凤的胳膊，找她要钱，李兰凤把这段时间的积蓄几乎都给了杨建国。他因为醉酒，第二天天蒙蒙亮才悄悄离开。

　　她不知道杨建国会去哪里，她只希望他不要再回来了，她和女儿都不希望他再回来。

　　如果他死了就好了。

　　这个念头出现在了李兰凤的心里。

　　同时，也出现在了女儿杨一梅的心里。

　　2003 年的夏天，杨建国再次偷偷回到紫芦找李兰凤要钱。

　　李兰凤开门的时候，一个身影吓了她一跳。杨建国一个健步蹿了进来，李兰凤连连后退，差点摔倒。

　　"就你一个人？"杨建国打量了一下屋里。

　　"你、你怎么又回来了？"

　　"我为什么不能回来？"杨建国白了李兰凤一眼，"妈的，这是老子家，钱呢？给我点钱。"

　　杨建国找李兰凤要钱。

　　李兰凤有些慌乱，有些不知所措。

　　"钱，我要钱。"杨建国像一头饿狼一样逼近李兰凤。

　　李兰凤从抽屉里掏出一个钱包，里面是最近的生活费。

　　杨建国一把抢走钱包，点了点里面的钱，不到一千。

　　"操，怎么只有这么点？"他翻到了存折，把存折和钱一起揣进兜里。

"存折你没有我的身份证拿不到钱。"李兰凤冷静地说。

杨建国想了想，把存折拿出来丢在地上。

"丫头们呢？"杨建国问。

"不知道。"李兰凤不想告诉他。

"操，你现在怎么跟我说话的？"他火气上来，抬手给了李兰凤一巴掌。

李兰凤吃痛，后退了几步。

杨建国看看李兰凤，忽然露出一丝诡异的笑。

"妈的，跑路的日子你以为很好过吗？"他笑着走向李兰凤。

李兰凤不停地后退。

"你要干什么？"

"干什么？你他×是我老婆。"杨建国冲向李兰凤，一把抱住她的腰，一扭身，把她摔在床上，然后开始解裤腰带。

杨建国压在李兰凤身上的时候，她紧紧咬着嘴唇，咬破了嘴皮，一滴血顺着嘴角流下，滴落在床上。杨建国像一头饿极了的狮子一样吞噬着李兰凤。

李兰凤感到下体钻心般地疼，但她还是没有发出一点声音，就像很多年前杨建国用皮带抽打她时，她也没吭一声。

杨建国提上裤子后抽了支烟。

李兰凤蜷着身子坐在一边，她感到身体在流血，她知道这只是种错觉。

"你，可以走了。"她冷冷地对杨建国说。

杨建国丢下烟头，看了李兰凤一眼，说："回头我给你个账户，每个月给我打点钱，不然老子去警察局告你们。你们害老子这辈子混成这样，操！"

说完他头也不回地走出去。

李兰凤赶紧关上门，她倚在门上，紧紧咬着自己的嘴唇，一动不动，仿若一尊石雕。

忽然，她两腿一软，身体瘫在地上，胸口剧烈起伏，她大口喘气，如同缺氧的鱼。

李兰凤没有告诉女儿杨建国回家的事情，她谁都没说。她只是自己承受了这个痛苦，然后提心吊胆地过了一周。期间没有警察上门，生活平静如旧，她知道杨建国没有被警察发现，除了警察马前方，现在也没有人再把杨建国的失踪当回事了，她的内心既高兴又失落。

她在心里算了一下，从1997年杨建国失踪后，算上这次，他一共回来了四次。这四次，每次都是因为缺钱，她不知道他在外面究竟做什么，他也不会告诉她，反正肯定不是什么正经事。他的存在对于她们母女，是一种困扰，巨大的困扰。

这件事，她不知道该和谁说。和女儿说，只会给她们增添烦恼，她们恨杨建国，尤其是小女儿，她不止一次地说过，如果杨建国再回来，她会杀了他。

该怎么办呢？

李兰凤没有任何办法。

这种无助的感觉让她窒息。

好在时间可以消化很多事，她很快就忘记了，或者说她将那份窒息感隐藏在心底。她感觉自己像是潜在水中，看着头顶那亮晃晃的水面，她不知道自己何时才能浮出水面。

二

杨建国回到紫芦时正是三伏天——一年里最热的时候。他本没打算回紫芦，实在是口袋没钱了。他跟着几个兄弟在深圳做点小生意，不承想赔了个底儿掉，情人也跟别人跑了，他气不打一处来，还是闷气，无处发泄。他一个人在深圳龙岗区的出租屋里，这里属于关外，是打工人的天堂，各种其貌不扬破旧不堪的出租屋里经常走出一个西装革履的白领，或是神色可疑的妙龄女子。这里是梦想者的天堂。但对于杨建国来说，天堂和地狱，往往仅一线之隔。以他现在的经济能力，他只能租一间铁皮屋子，还是找朋友借的钱。他从不敢去关内，因为要办理边防证，他怕暴露身份。

走投无路的感觉侵袭了他。

他讨厌这种感觉，恨口袋没有钱的日子。

深圳潮湿的七月，铁皮屋里如同蒸笼一般潮热。他大汗淋漓地坐在地上，想到了紫芦，想到了李兰凤。

不行，她们过得那么舒服，我却在这里受苦。

他内心生出一股恨意。

这几个婊子，她们毁了我的生活，我要让她们付出代价。

他这样想着，站起身。

汗水沿着他的脊背流淌到臀部，滴落在地上，形成一个不规则的印迹。

他光着身子，推开门。

外面没有风，太阳即将落山，但炎热依旧。

他抬头看看天空，皱起眉头，狠狠地吐了口痰。

"哎哟。"一个大妈的声音，"怎么光着身子？耍流氓啊？"

他看到大妈捂着眼快速走开，骂了句："滚你×的。"

杨建国并不想回紫芦，这几次回来都是因为没钱了。他内心是害怕紫芦的，这是有他最不愿面对的事情。首先就是李兰凤母女，她们是他的克星，他觉得要不是她们仨，他的生活不会变成现在这个样子，他早就飞黄腾达了。当年王聚德答应过他，会给他一个副总的位子。

他相信，因为他们有共同的"爱好"。这也是他不愿回来的另一个原因，他的"爱好"，这是他最不愿意面对的，是他内心最隐秘的角落。只有王聚德知道这个隐秘的角落，也只有王聚德和他分享彼此的"隐秘角落"。自从离开紫芦后，他不敢再打开"隐秘角落"的门，就让它好好地待在内心最深处。可只要回到紫芦，他就不由得会想到这个"爱好"。再次，他怕被警察或者紫芦的熟人发现，毕竟自己是一个失踪的人。如果他被发现，那么，他们势必要追问王聚德的下落，这是他最头疼的事情了。

他也是没办法，穷让他不得不回来。

拿了钱，赶紧走人。每次回来他都这样对自己说。

他已经回来过三次了。第一次是最紧张的，那还是1999年初冬的一个阴雨天，他悄悄来到紫芦，中途转了三趟车，就是为了掩人耳目。他戴着帽子和围脖，把自己捂得严严实实，打扮成一个进城务工人员。紫芦有不少人外出打工，没人会在意一个打工人的。他悄摸地回到家，找李兰凤要了一千块钱，立刻离开。那次回来匆匆忙忙，他还摔了一跤，磕破了膝盖。第二次回来就自如很多，那是2001年冬天，他也是晚上悄悄摸回家，找李兰凤要了两千块钱。李兰凤本不愿意给他，但他威胁她，不给就去公安局。她只好乖乖地拿钱，让他赶紧滚。

这两次让他尝到某种甜头。

她们就是自己的提款机。

他发现这样自己无论怎么折腾都不怕了。

他不由得有点高兴。

这是她们该付出的代价，他这样想。

刘敏在电影院边上新开的超市正在装修，已接近尾声。这天夜里，她忙到半夜才走，刚关上门，一个人急匆匆地从她身边走过去，带着一股冷风。

刘敏抬头看了一眼，那人微微回了一下头，又马上别过身去，加快了脚步，走远了。

刘敏觉得这个人的背影看着有点眼熟，刚刚那一眼看到那个人的侧脸，也有点眼熟。

她一时没想起是谁。

刘敏钻进自己的夏利汽车，打着火，忽然脑子里冒出一个人来。

杨建国？

她有些不敢相信。

"像，真像。"她自语道，"难道是杨建国？不可能啊，他跟那个谁不是失踪了吗？看错了，肯定是看错了。"

刘敏摇摇头，启动汽车。她心想可能是自己最近太累了，看来得找小姐妹们喝喝酒放松放松了。

第二天，刘敏约了几个小姐妹在茶楼打牌，聊到了前晚好像看到杨建国的事情。小姐妹认定刘敏肯定是看错了，人都失踪这么久了，生死未知，让你看见，算怎么回事？一个小姐妹说："难道是见鬼了？"刘敏手里拿着一对红桃五准备要出牌，听到小姐妹的话一激灵，说："哎哎，打牌打牌，什么鬼不鬼的。"说完她心里想着前晚看到的人影，越想越觉得像，但仔细想想又觉得不是，心里毛毛的，很不舒服。

刘敏她们打牌聊天的房间是用木板隔出来的，私密性很差。茶楼多是大家打牌喝茶聊天之所，也谈不上什么私密性。隔壁坐的人，正巧是王子风，他也跟几个人在打牌聊天。他无意中听到杨建国三个字，心里一悸，刘敏说的话他一字不漏地都听了，差点忘了打牌。他心里一个劲儿犯嘀咕，难道刘敏真的看到杨建国了？如果她看到的人真是杨建国，那么说明杨建国还在紫芦，没有死，也没有失踪，那么杨建国一定知道他爸王聚德的下落了。想到这里，他把牌一扔，起身要去隔壁问问刘敏她看到的人到底是不是杨建国。

王子风来到隔壁包间，看到门开着，里面空无一人，原来在他刚才愣神的时候,刘敏她们已经走了。

刘敏离开茶楼,心神不定,直接开车去了紫芦近郊的开元禅寺,找了个熟悉的老僧,让其给说说法,然后捐了香火钱,又念了半个小时的经文,心里这才舒服许多。走出善寺,她心里想,还是认错人了,哪能那么巧,遇到一个失踪这么多年的人呢?自己最近真的累着了,创业不容易啊。

刘敏驾车回家,忘记了这件事。

王子风没忘,一直想找刘敏问个清楚。但他不知道如何开口,他觉得自己好像有点怕去问这件事。在茶楼时的那股勇气,像冬天山上稀薄的云雾,风一吹就散了。他只在心里纠结,之前的那些传闻又涌入脑海。难道真的是杨建国把我爸给绑架了?已经撕票了?他为什么要这么做呢?如果真的是绑架,为什么没有找我家要钱?这里面有太多不合理的地方,他想不明白。他决定问一下杨一梅。

这天他跟杨一梅吃饭,随口说:"前几天有人看到你爸了。"

杨一梅一愣,夹着菜的手悬在半空,那几棵白菜从筷子上掉落。

"在哪?什么时候?"她吃惊地看着王子风。

"好像是在电影院附近。"王子风故作镇定地说。

"真的?"杨一梅眼睛瞪得很大。

"不知道,传言吧。"王子风显得很随意。

"谁?是谁看见的?"杨一梅站起身,一副要去找人的表情,然后一脸焦急地看着王子风,"谁说的?我,我要去找他。"

王子风有些后悔,不该提这个事。

这是他们之间第一次提到杨建国。

杨建国和王聚德这两个名字,几乎是他俩的禁区,谁也没有提过。王子风这次提到杨建国,算是突破了这个禁区。他其实是想看看杨一梅的反应。

没想到杨一梅的反应比他想得过激。

杨一梅站在那里愣愣地看着王子风，眼里忽然噙满了泪水，没一会儿，眼泪就从眼眶流出，滚落，滴下，滴在桌面上，渐渐形成了一小片水渍。

"不是。我听别人胡说的。"王子风有点无措了。

"谁，告诉我是谁，我要见到杨建国，我要见到他，问问他这些年去哪里了，为什么丢下我们，一句话也不留，就这样消失了，到底是为什么?!"杨一梅咬牙切齿地低吼着，声音低沉，像一头受伤的野兽。

王子风站起身扶住杨一梅，让她坐下。

"别激动。"他从桌上拿起纸巾，把杨一梅脸上的眼泪擦干净。

"别人瞎说的，真的，我都没当真。"王子风安慰她说。

杨一梅慢慢平静下来，拉着王子风的手。

她紧张，错愕。难道杨建国真的又出现在了紫芦？之前杨建国回家的时候她和妹妹杨彩旗也在家，她们被吓了个半死。这次他又出现，肯定是没钱了。他被人看到了？谁看到了他？

这些问题缠绕着杨一梅，令她窒息。

她拉着王子风，像是拉着一根救命稻草。

王子风居然成了她的救命稻草，她自己都觉得不可思议。

晚上，他们回到家后，杨一梅首先开口说："我们谈谈?"

王子风一愣："谈什么?"

"你爸和我爸。"杨一梅开门见山。

"怎么说?"王子风有点紧张。

"你觉得他们到底去哪了?"

"不知道。"

"你信那些传言吗?"

"不，不信。"王子风停了一下说，"我爸是一个浑蛋，我不知道这里面发生了什么事情，我现在也不想知道。他们是死是活，又能怎么样？我们已经结婚了。"

最后一句话让杨一梅感觉有点复杂,她在心里玩味这句话的意思。她看看王子风,再想想,没有读出其中具体的含义到底是什么。她没有问,不知道该怎么问。他是觉得她们这样生活很好,还是不好?

王子风看杨一梅没有说话,以为谈话就这样结束了。

"不要多想,生活还要继续。"他开导杨一梅。

王子风觉得自己和杨一梅在一起,并非一件幸福的事情。他有种完成了儿时梦想后的空虚感,杨一梅在他眼中已经不是情书里那个女孩了。生活展露本真面目,庸常琐碎,能击垮每一个人的精神。

此时王子风的精神还没有被击垮,但他所剩无几的激情正以光速流逝,在和杨一梅的生活中流逝。

无法阻止。

他们的谈话无疾而终。

两人都没有什么感觉。

只是这天晚上的性爱,有些仓促,有些各怀心事,匆匆结束了。

他们之间的隔阂,在这个夜晚产生,两人对此无知无觉。潜意识中的隔阂,以难以察觉的方式产生、生长和扩张。

谁都无可奈何。

三

杨建国认识刘敏。他路过电影院,发现刘敏好像在看他,他被吓得不轻。杨建国其实没有他自我感受的那么强大,他是一个色厉内荏的人。按照杨彩旗的话,他只有打老婆是一把好手。他总觉得自己的命运不应该如此悲惨。他把责任归在李兰凤和两个女儿身上,如果当初生了儿子,他的结局肯定不会是这样——需要过逃亡的生活。

他有点过够了这样的生活。那又能如何?他不可能再回到从前的生活,只有把满腔的愤恨发泄在李兰凤和女儿身上。

他被刘敏看到后,连夜离开了紫芦,提心吊胆地在省城住了一晚,第二天又回深圳去了。好像在深圳他会有一种周围都是同类的错觉,起码这些人互相之间都是陌生的,没人会问他的来路,也没人会问他的去处,这也是一种自由。虽然这种自由常常会让杨建国感到无限孤独,但至少他是安全的。

下一次,找大女儿或者二女儿要钱,这样可能安全点,回家还是太危险。他想到大女儿好像是跟王聚德那个狗儿子结婚了,瘦死的骆驼比马大,这狗东西应该有钱。哼,给老丈人点钱花花,这不是女婿应该做的吗?老二不知道现在做什么,得打探打探,想到老二他就一肚子气。他恨老二,可能因为他怕老二吧,老二却是三个人中最不怕他的。总有让你怕我的一天。他恨恨地想。

李兰凤觉得自己还是幸运的,杨建国几次回来都没有被人发现。可有时候她觉得如果被人发现了,也未尝不是一件好事。这么多年,她感到极度疲惫。这样的生活,什么时候是个头呢?

她不想再过这样的生活了。

夜晚总是难挨的。她失眠严重,脑海里翻来覆去都是杨建国,像是噩梦般地缠绕她,让她睡也不是,不睡也不是。她干脆起身,坐在院子里,周围黑灯瞎火的,她静静坐着,能听到夜晚细微的声音——若有若无的蝉鸣,远处似乎有火车驶过,汽笛声隐约可闻,还有蛙鸣。夜晚并不安静啊,她想。她拿着蒲扇,驱赶蚊虫,心情渐渐平静了,瞌睡终于一点点爬进脑子里。可当她躺下时,瞌睡又消失无踪。气得她干脆搬了躺椅,在院子里半躺半坐,渐渐就睡着了。

杨彩旗的爱情短暂到她自己都无法相信。那个常来买牛仔裤的男孩总是显得很羞涩。高个,白净,短发,戴着一副近视眼镜,文绉绉的,看起来显小。玲玲姐说,像上海人。上海男人吧,蛮好,除了矫情点，爱搞点小腔调，其他都还行。当然你要看看家里，上海男人的妈妈是最难搞的。"

杨彩旗嗔怒地拍了一下玲玲姐后背。

"瞎说什么，人家只是喜欢买衣服。"

"哎哟哟，你搞搞清楚，一个大男人天天来买牛仔裤，他是有几条腿？一天一条嘛，现在也够一个礼拜的了。"玲玲姐打趣说。

杨彩旗嘴上不承认，心里却是有点悸动的，带着点酸涩的甜。她是有点心动了，不是对男孩心动，是对这件事心动。

她从没有谈过恋爱，可以说她对恋爱是恐惧的。她不知道如何表露情感，也不知道如何接受情感。

当年在中专，有男生喜欢她，在她看来，那不过是一种欲望的体现，她不把那些男生看作男人，只是当作发情的动物。

她不信任男人。

从来都不信任。

但这次这个男生，让她有了些不同的感觉。

至少在样貌上，他与她见到的男生都不一样。

那种羞涩和腼腆，还有一分自信在其中，羞涩的自信。她以前没有遇到过这样的男生。

那天他们第一次说了超过三句话——之前都是两三句话买衣服。

男生问她："我是不是在哪见过你？"

她愣了，不知道什么意思，恍惚了一下，然后说："没，肯定是认错了。"

"哦，是吗？但我觉得很眼熟，就感觉好像在哪里见过。"男生说得很小声。后来她回忆起，发觉很多男孩搭讪都如此，是常见的开场白。但那时候她是第一次遇到。

"嗯，肯定是认错了。"她又重复一遍。

"你什么时候下班？"男生脸上竟然出现红晕，是羞涩的表情。

"我，呃，我一般……"她没说完，被抱着一包衣服走来的玲玲姐抢着说："她现在就下班了。"

她也羞涩得不行，男生好像获得了某种鼓励，接着说："那我想请你吃个饭。"

男生话音刚落，玲玲姐就帮杨彩旗答应了。

"好好好，吃什么？"

"你想吃什么？"男生好像不在意玲玲姐给杨彩旗做主，自顾自地说。

"说吧，吃什么？"玲玲姐问杨彩旗。

杨彩旗有些哭笑不得。

最后还是选了萨莉亚。

杨彩旗对萨莉亚有好感，她想延续这份好感。

两人选了靠窗的座位。

杨彩旗点了比萨，男生点了牛排，给杨彩旗加了一杯可乐，自己又要了一杯橙汁。

男生叫萧楚。他说他爸爸姓萧，妈妈姓楚，所以有了这么个名字。杨彩旗说了自己的名字，萧楚说："嗯，很好听！"

"是吗？"杨彩旗觉得他是故意夸赞，她从没有觉得自己名字好听过，彩旗飘飘？有什么好听的？

"很好听，跟你性格比较像。"萧楚切了一块牛排放进嘴里。

性格？杨彩旗在心里乐。

"你知道我是什么性格？"她故意逗萧楚。

"呃，我觉得你性格比较豪爽，大大咧咧的，我看你卖衣服就是，干脆利落，对顾客不卑不亢。"萧楚一本正经地说。

杨彩旗有些错愕。她本想逗一下对方，没想到萧楚这么认真，说得这么具体，她心跳变快了。这种感觉以前从没有过，脆脆的，带着点甜，是春天闻到花香时心里的甜，丝丝缕缕的。

两人后来没怎么说话。

上海的初秋，终于摆脱了夏季的闷热，迎来了一丝凉爽，却也是断断续续，时而还是会有秋老虎冒头。总的来说，还是舒适的。

吃完饭两人沿着淮海路散步，也没什么话，就是走路。

杨彩旗爱走路。

萧楚也不知是喜欢陪着她还是也喜欢走路。

两人沿淮海路走到光明大酒店，看到鲜肉月饼的招牌已经打出来，萧楚开口道："吃不吃鲜肉月饼？"

"不了，刚吃完饭。"

"走了这么久，也该饿了。"

杨彩旗笑了，觉得萧楚是有点幽默的人。

萧楚买了两个新鲜出炉的鲜肉月饼，给了杨彩旗一个。她接过，外包装纸隔了油隔不住热，还是烫手。她左右手换着拿，嘴里吹吹气，咬了一口，鲜味十足，带着甜香，皮薄馅大，很好吃。

这还是她第一次吃鲜肉月饼，来上海好几年了都没有吃过。其实淮海路她也不曾这样走过。

很多年后想起这一幕，杨彩旗不由得感觉心里满满的，暖融融的，还带着秋天的忧郁，爱情应该就是无所事事的吧。她觉得自己体会到了爱情。那无所事事的忧郁、路边的法国梧桐、滚热的鲜肉月饼……爱情就藏在这些细细腻腻的点滴中，不需要多，一点点就好。

她认为自己和萧楚之间是有爱情的，哪怕是如此短暂，那也是她的初恋，亦是她不可多得的爱情故事。

后来萧楚几乎每天都来，杨彩旗只要没有课，就会和萧楚出去或压马路或吃饭。玲玲姐让她不用管铺面，应该好好感受美好的青春时光。

萧楚在华东师范大学读书，家里是上海崇明岛的。据说崇明岛的大米很好吃，萧楚说下次回家给她带一点。

两人的关系不断地靠近了。

冬天来临的时候，萧楚请杨彩旗去上海话剧艺术中心看话剧《玩偶之家》。

杨彩旗第一次看话剧，有点紧张。看戏前她左挑右选，找了件灰呢子大衣，配了粉色的羊绒围巾，玲玲姐还给她配了一顶米色格子羊毛针织贝雷帽，下身是淡蓝牛仔裤，一双黑色圆头短跟皮鞋。

"嗯，好看，我们彩旗越发出挑了，洋气。"玲玲姐笑得眼睛眯成一条缝。

杨彩旗害羞地直摸脸。

萧楚也打扮得帅气潇洒，一件浅灰灯芯绒西装，蓝色牛仔裤，配了米色运动鞋，庄重里带了休闲。

萧楚手里拿着花，一束玫瑰。

杨彩旗接过花，心怦怦直跳。

上一次有人送她花，还是她读中专的时候，杨彩旗有点恍惚，感觉自己的生活变得不真实起来。她想起那个男生骂她的样子，不禁感觉生活的鸿沟是如此之宽。

第一次看戏给杨彩旗留下了不可磨灭的印象。

话剧里娜娜的出走，击中了杨彩旗内心最柔软的地方，她不禁默默流下了眼泪。

大幕拉上，灯光亮起。

杨彩旗仿若大梦初醒，带着恍惚和惆怅。

萧楚问她要不要吃点消夜。

杨彩旗摇头，说时间有点晚了，她要回去了。

萧楚忽然变得正经严肃起来，他拉住杨彩旗的手，看着她说："我们……在一起吧。"

杨彩旗刚刚哭过的眼睛有点肿，被萧楚的表白打了个措手不及。

她知道会有这一天,也大致猜到今晚会是个不平凡的夜晚。但当表白来临时,她却沉浸在刚刚的戏剧情节里,心情有点起伏。

她不知道该说什么。

萧楚愣愣地看她,以为她被自己吓到了,赶忙改口道:"我是不是太莽撞了?抱歉,抱歉,那什么,我送你回去吧,你好好休息。"

杨彩旗没开口,和萧楚走到公交站等车。

没一会儿车来了,萧楚说:"再会。"

她点点头说:"再见。"

萧楚的脸上写满失望,她有点不忍心,追加了一句:"戏很好看,谢谢你。"

杨彩旗上车,找座位坐下,透过车窗看到萧楚在跟她挥手,她也挥手。车子启动,萧楚还站在站台没有离开。她看着萧楚的身影渐渐消失在上海冬天萧瑟的夜色里,心里感到惆怅和无奈。

杨彩旗最终还是拒绝了萧楚的表白。

她不知道该如何面对自己的家庭。

那天晚上回到家,她和衣坐在床边,就这样一动不动,坐了很久。萧楚发来短信问候晚安,她也没有看。

她想到了母亲、杨建国、姐姐,还有王子风。

想到他们,她就觉得自己又潜在了水里,抬头看到头顶一块圆乎乎的亮亮的光。

萧楚似乎把她拉到了水面。她透了一大口气,看到了灿烂艳阳。可生活还是把她拽入水中。

或者是那些纷乱往事把她拖入水中。

她无力挣扎。

只有待在水下,苦苦挣扎。

她想到了娜娜。自己何尝不是娜娜呢?只不过出走的理由不同。

其实性格也差不到哪去。

但娜娜出走之后呢？

她能去哪？

那她杨彩旗又能去哪？

世界之大，仿若无她的容身之地。

她笑了，带着哭地笑了，脸上挂着眼泪地笑了。

她给萧楚发信息，说不要再见面了，她配不上他，到此为止，现在不断，以后则乱。

萧楚很震惊，很难过，之后来铺面找过她几次，她都躲起来。她远远看到萧楚来，就躲进仓库，或者干脆不来。玲玲姐也没劝，她看出杨彩旗有心事，知道她不是不喜欢萧楚。就是因为喜欢，才更让她感到心疼。这个妹妹有着怎样的过往啊？

二〇一〇年　自首

一

杨彩旗一夜没睡。

她戴着耳机,打了一夜的游戏。她要用游戏麻痹自己,忘记所有不愉快之事。

昨晚杨乐在 QQ 上问的问题让她警觉,他们一定是发现了。具体发现了多少,她不知道。也许,所有的事情他们都已经掌握了。对,不能小瞧他们。虽然已经过去这么多年,可他们总归是警察,没有警察发现不了的真相。她想到自己看过的那些犯罪电影,她最喜欢的一部片子是《杀人回忆》。最后的结局让她心酸,里面几名警察费了九牛二虎之力,还是没有抓到真凶,这让她有着侥幸的快感。她知道这种感觉是不对的,电影终归是电影。但《杀人回忆》改编自真实案件,她似乎在心里玩着某种对话游戏,不断地给自己施压,又不断地解压。这些年她都是如此度过的。

她想到《杀人回忆》,便又从电脑上找到这部片子,网吧的电影片源很全。现在不过清晨,她决定把这部电影再看一遍,然后去看望母亲。

也许他们正在医院等着我呢,她这样想。她心里松懈下来,像是把一个包袱卸下了,忽然就轻松了,舒适起来,兴奋起来。太好了,终于要解脱了,这种感觉让她脸上的愁容舒展了开来。

电影画面里,一个男孩看着镜头前景处的蚂蚱,他捏住蚂蚱,慢慢站起身。镜头转为远景——一大片金色的稻田,阳光灿烂,色彩饱和度高。

杨彩旗立刻沉浸在画面里,疲惫的身心忽然放松了。

她戴上耳机,开始观看电影。

杨一梅早早就醒了,躺在床上,盯着天花板。

天花板上有一块污渍,她看得入神,心里却是亮堂堂的。昨天妹妹杨彩旗来看她,这是她没有想到的,她以为妹妹不会再回来了。她没有告诉妹妹那件事情,她和母亲做的那件事情。母亲说了,不能说,打死也不能说。但不说,就没人知道了吗?十三年前的事情,也不过才隐瞒了十三年,现在王聚德的白骨不也暴露出来了吗?还有什么事情是真的能隐瞒一辈子的?

她有些恍然。一辈子真的很长啊!她在心里感叹了一下。她想到了母亲,她其实已经从医生的只言片语里知道了一些事情,母亲一定采取了非常极端的措施。她不禁有些想哭,但内心是干涸的,哭不出来了,哭没有意义。她发现自己好久没有如此清醒了,心里像是有一片金色麦田,在阳光下随风摇摆,她觉得自己好了,不再纠结,不再恐惧。

那不如把事情说清楚,这样至少妹妹还可以回去过正常的生活。是啊,之前就是为了妹妹。母亲说,你们两个,必须活一个啊!

活一个。

必须是杨彩旗。

杨一梅在心里说。

谁让她嫁给了王子风?谁让她是姐姐?

这辈子,就这样了。

其实也没有什么不好的。

她脸上露出一丝微笑,接着从床上坐起身,穿上拖鞋,走出病房,径直走到医生值班室。

陈大夫不在,值班的小王医生看到杨一梅,问她:"杨一梅,你有什么事情吗?"

杨一梅说:"我想见见陈医生,还有警察局的马警官。"

小王医生愣了愣,说:"陈大夫现在在门诊,下午才来病房,有什么事情？要不你跟我说说？"

杨一梅笑了笑说："是这样，你去报警，我杀人了。"

当警察赶到精神病院的时候，杨一梅早已换好了衣服坐在病床上等着他们了。看到马前方，她忽然露出笑脸。

"马叔。"她喊道。

马前方微微点头："你说你杀了人？"

"是的。"

"杀了谁？"

"王聚德，"她停顿了一下，"还有……杨建国。"

马前方和邵丁面面相觑，然后陷入沉默。

杨一梅从床上站起身，伸出了双手。

"我们走吧。"她轻轻地说道。

邵丁拿出手铐，被马前方阻止了。他对杨一梅说："孩子，走吧。"

杨一梅笑笑说："谢谢马叔。"

邵丁走到杨一梅身边，搀着她的胳膊。一行人走出病房，走到外面。夏天即将过去了，天气不再炎热，精神病院里的茉莉花开了，花坛里弥漫着一阵阵清香。

杨一梅忽然感觉到从没有过的轻松，她抬起头，阳光耀眼，天空中白云朵朵。咚——她感觉心里好像有一块巨大的石头落下了，托举了这么久的石头，终于放下了，她不禁笑出了声。

邵丁听到杨一梅的笑声，和马前方对视了一眼，马前方点了点头。他似乎看透了杨一梅的内心，听懂了这笑声包含的意思。

"不容易啊。"他小声说道。

"是啊，不容易。"杨一梅听到了马前方的话，附和了一句。

杨一梅上警车前回头看了一眼四周，医院的大门陈旧而肃穆，两边的小饭店里坐满了吃饭的人，路边还有驻足观看的人。杨一梅十分坦然，她想到了母亲，想到了妹妹。她不知道母亲怎么样了，但妹妹，亲爱的妹妹，她现在在哪里呢？她忽然感觉鼻子一酸，眼泪毫无征兆地流下来。

她钻进警车里坐下，不受控制地号啕大哭，她并不悲伤，只是泪水无法抑制。车子启动了，她趴在车窗栏杆上继续哭，让泪水彻底奔涌。

杨彩旗看完电影，时间已经是早上8点35分。她收拾了东西离开网吧，来到省立医院烧伤科。护士告诉她探视时间是上午10点，她在烧伤科住院部门口坐着等待。9点多的时候，住院部的门突然被打开了，几名护士和医生推着一张病床急匆匆跑出来。

杨彩旗看了一眼，然后猛然瞪大了双眼，病床上正是自己的母亲。虽然那张脸被火燎伤了，但杨彩旗还是能认出那是母亲。

她冲过去跟在病床后喊道："妈，妈！——医生，她怎么了？"

"你是家属？"年轻医生推着病床边跑边说。

"我是她女儿。"

"病人不行了，需要紧急手术。"

杨彩旗一时间手足无措，跟在医生后面跑到手术室门口，看着母亲被推进去，然后大门关闭。她失落地站在门口，有些不敢相信眼前的一切。

没一会儿，刚才那名年轻医生走出来，看到杨彩旗："你母亲病危，这是通知单，你签一下字。还有，要不要插管？"

杨彩旗愣愣的，接过那张白色的单子，人有些发蒙。

"插管？"

"对，一会儿要送ICU，如果插管，家属需要签字。"

"好。"杨彩旗感觉嘴巴涩涩的，说不出话来。

杨彩旗在单子上签了字，递给年轻医生。

医生反身回去，手术室的大门又关闭了。

杨彩旗站在手术室门口，心突突地跳。

她不知道母亲究竟做了什么，但她知道母亲都是为了她和姐姐。她有一种冲动，如果当年把事情全部说出来，是不是她们的生活不会像现在这样无助呢？

生活无法假设。

杨彩旗一直想逃离这个家，她似乎也做到了。可是，最终她还是回到这里，面对病危的母亲，面对生病的姐姐，她觉得自己逃无可逃。

真的没办法改变这一切吗？

她在心里问自己。

没有答案，她给不出答案。

时间一分一秒地流逝，她站在手术室门口，一动不动。

手术室的门再次被打开，医生低着头走出了手术室。看到冲上来的杨彩旗，他本能地用手挡了一下。

"医生，我妈妈……"

"我们尽力了，你妈妈是因为肺癌转移加上烧伤，身体多处器官感染引发败血症，我们也没有办法。"

杨彩旗觉得医生的话像是电影里的情节，本是距离自己很远的场景，此刻变得真实，却又不真实，在虚幻和真实之间，好似有一条薄薄的界限，人很容易打破这层薄薄的界限，决定生或死。

杨彩旗没哭，也没有感到多么悲伤，心里只是觉得一切都不真实。上一次有这种感觉，还是十三年前。

母亲就这样走了，没有丢下一句话。

不，上次母亲给她打电话说的话，她记忆犹新。母亲让她不要回紫芦，这段时间就待在上海。原来母亲是计划好的，这是母亲最后的安排。她发现自己对母亲的了解太少了，和母亲在一起的时间也太少了。她有点后悔，应该多回来看看母亲。但她知道自己做不到，她一心渴望离开。真的能离开吗？人往往不是被环境所困，而是被自己的内心所困，她忽然觉得自己想明白了。

是啊，如果你自己不困住自己，就没有人可以困住你。

她有了一个想法。

她离开了医院，坐上去紫芦的公交车，直接来到了紫芦县公安局。

门卫拦住了她。

"我是来自首的。"她对门卫说，"我找马前方，我要自首。"

"你干吗了？"门卫问道。

"我，杀人了。"杨彩旗一脸严肃地说。

门卫看了她一眼，拿起了对讲机。

马前方接到杨彩旗要自首的消息，心里咯噔了一下。邵丁在一边问道："什么情况这是？姐妹俩一起自首？"

"走吧，去看看。"

马前方和邵丁走出办公大楼，他们从门卫室带走了杨彩旗，把她带到了审讯室。

与此同时，杨一梅正在隔壁审讯室接受调查。

马前方站在走廊里，一脸严肃，没人知道他在想什么。

他感到前所未有的无奈与忧郁，目前的状况是他最不希望看到的。从怀疑李兰凤开始，他就觉得杨家姐妹跟案子似乎有千丝万缕的关联，到现在两个女孩站出来说自己杀人了，这让他心里非常不好受。说实在的，他是看着这两个女孩长大的。她们和自己的女儿年纪差不多，正是人生最好的时候。

为什么她们会犯罪呢？

马前方有些想不明白。

他一般不会想不明白。

这次是彻底想不明白。

他知道自己有些被案子之外的因素所左右了，理智告诉他不能这样，但他内心压抑的情绪在不断向外喷涌。

他很想抽烟，一摸口袋，烟没有了。他心里有点急，看到路过的干警，向对方讨了一根烟，然后走出大楼，在花坛一角，点燃了香烟，深深吸了一口，感觉紧张的情绪得到舒缓。他抬头看着远处的天空，刚刚晴朗的天空忽然乌云密布，风力一点点变强，带着潮气猛然吹来。要下大暴雨了，他心想。

抽完烟，缓和了情绪，马前方重新走进大楼，来到审讯室门口。

审讯室的门忽然打开，邵丁伸出头，看到马前方，一把拉住他。

"马队，找你半天。"

"刚去抽了支烟。"

马前方走进审讯室。

杨一梅坐在审讯室的椅子上，一脸平静。

马前方和邵丁在她前面的长条桌左边坐下，杨乐和马小橘坐在右边，手里拿着笔和笔记本，准备记录。

"好，我们开始吧。"邵丁说。

杨一梅看着他们，笑了笑，说："那我说了。"

她的坦然让审讯的四名警察有些错愕，她真的杀人了吗？

二

王子风听说杨一梅被抓了。

他不太敢相信，杨一梅怎么会被抓？她犯了什么罪？

当他赶到公安局的时候，杨一梅正在被提审。他想托人打听情况，公安那却守口如瓶——马前方吩咐了，在事情水落石出之前，不能让外界知道，尤其是媒体。

王子风只好从医院那边入手，得到的消息让他震惊。如果消息没有错误，那么，杨一梅是杀他父亲的凶手。王子风有些无法接受。

他曾想过自己的父亲可能已经死了，他甚至想过自己的父亲被杨建国杀了，但是从没有想过父亲是被自己的妻子杀的。

尽管他并不爱自己的父亲。

在他眼中，父亲是一个残暴的人，不论父亲用什么方式掩盖，都无法抹去他在王子风心目中的形象。就从父亲殴打母亲这一点，他就觉出父亲的残忍。

并且，他知道父亲的小秘密，也知道父亲和杨建国之间的关系。

有一次，他无意中在父亲的办公室里看到了一张光盘，他把光盘放进VCD播放机里，看到了里面的内容。只看了几眼，他就赶紧关掉电视，从VCD播放机里拿出光盘，慌张地把光盘放回原位，好像光盘烫手一样。然后他发现司机杨建国的办公室里有一台跟父亲办公室里一模一样的VCD播放机，他知道了两人的秘密，他对杨建国的态度也发生了变化，他甚至有些同情杨家两姐妹了。

他觉得自己的父亲和杨建国的心理都有些变态。

这件事情他没有跟任何人说过，没有跟母亲说，也没有跟杨一梅说。

这是他心里最无奈的秘密。

虽然他不爱自己的父亲，但他仍然无法接受父亲死于杨一梅之手。

他无数次想过要为父亲报仇，要为母亲报仇。

可现实并非电影，报仇于他是绝对不可能做出的事情，他是一个懦弱的人。可他无法接受自己是懦弱的人，就像他无法接受自己忽然成为一个"孤儿"一般。

得知了杨一梅自首的消息，他崩溃了，瘫在卧室的地上，手里攥着手机，说不出一句话。

他不知道该怎么办，没有人能给他答案。

最近生意做得也不好，有几笔业务出了问题，杨一梅又旧病复发，这些事情已经让他疲于奔命，烦恼不堪。

现在又出了这么大的事。

他多希望有人能给他指一条路，让他知道接下来该怎么办。

他就这样瘫坐在地板上。

墙上的挂钟嗒嗒嗒地响着。

阳光从窗外照射进来，太阳不断西斜，然后消失。

他还没有动过一下。

该怎么办？他再次问自己。

他想到自己和杨一梅的婚姻。为什么会跟杨一梅结婚呢？他给不出答案。他真的爱杨一梅吗？还是说他本带着某种补偿的心理，自己的父亲和杨一梅的父亲一起失踪了，曾经的暗恋里增添了难以言喻的悲伤——他在为自己悲伤，也为杨一梅悲伤？

但他没想到杨一梅居然是凶手。

他忽然大笑起来，笑着笑着，开始大哭。

他感受到自己内心的无助。

唉，该怎么办呢？他又问自己。

当太阳全部落入地平线后，王子风不知道自己为何站在了阳台栏杆边上。

十五楼，从阳台边望下去，人小得像蚂蚁。王子风觉得自己何尝不像蚂蚁，庸庸碌碌，花着父母留下的财产。父亲下落不明，母亲还躺在医院的病床上没有意识。这些年，家产花得七七八八了，婚姻也成了一桩笑话。

他有点想从楼上跳下去，那就一了百了，不需要再思考了，不需要再愤怒了，不需要对未来有任何期待了。

他看着楼下的行人和车流、远处的万家灯火，双腿一软，坐在了阳台地上。

还是没有跳下去的勇气啊!他想,不由得自嘲起来。

天色越来越暗了,他在阳台上不知道坐了多久,终于慢慢起身,腿麻了,有些打战。

他走进屋里,在沙发上坐着缓了缓神,然后拿了外套和车钥匙,开门出去。

王子风开车去了医院。

母亲在这家医院住了十三年了,自从那次被小叔踢了脑袋,母亲就再也没醒来过。

他走进病房,偌大的房间里,母亲睡在一张白色病床上,没有仪器,只有输液的支架,输的是营养液。之前有亲戚提议让母亲走吧,可他没有同意,他觉得母亲是他跟这个世界的唯一联系。之前他还觉得杨一梅是他和世界的另一个联系,现在看来,都是虚妄。他自嘲般地迈着轻松的步伐走进病房。母亲不需要什么治疗,只需要靠营养液维持。母亲瘦得变了形。最近他都没有来看过母亲,感觉母亲好似又瘦了。他看着母亲,觉得自己有些不认识母亲了。怎么变化这么快呢?上一次来,还是半年前吧,半年没来了。他发现母亲手臂和腿上都有褥疮,不禁有些鼻酸。他走出病房,来到护士站,询问照顾母亲的护工在哪里,护士说她们下班了。

"下班?不是二十四小时陪护吗?"他质问道。

护士没有说话,打开一个笔记本,翻了几页,然后递给他。

"欠了三个月护工费,你先把这个钱交一下吧。"护士的话语冷冰冰的。他有些不好受,想发脾气又发不出来。他拿出钱包,掏出银行卡。

"刷卡可以吗?"

"不在这交钱,去收费处,现在下班了,你明天来交吧。"护士还是冷冰冰的,但感觉态度好了一些。

他收好钱包,回到病房。

看着母亲,他忽然脱下外套,卷起衬衣袖子,去卫生间打了盆热水,找了条毛巾,开始给母亲擦拭身体。

母亲真瘦啊。

脱了相了。

他记得以前母亲是丰腴的,从没有如此消瘦过,现在胳臂几乎是皮包骨,双腿也是一点肉都没有,背部有很多的褥疮,床单散发着阵阵腥臭味。

人真是可怜的动物啊。

他一点点地给母亲擦拭身体,每一处都擦得很仔细,像是擦拭一件精美的工艺品。

擦拭结束,他给母亲盖好被子,然后去护士站,从钱包里抽出几张百元大钞,悄悄放在桌子上,对刚才的值班护士说:"帮我照顾一下我妈妈,谢谢了。"说完他就走了。

等护士反应过来,他已经进了电梯。

王子风联系了几个亲戚,商议让母亲走得轻松一些,亲戚提议去临终关怀医院,王子风同意了。

转院手续很快办好,该结的账结清,走之前王子风站在空荡荡的病房里,打量一圈,没有伤感,只有一丝怅惘。他走出病房,关上门,好似在与自己的过往告别。

临终关怀医院在省城市郊,依山傍水,环境清幽。母亲将在这里度过她最后的时光,王子风很满意。这里的医生告诉他,母亲多器官衰竭,不抢救的话,可能也就半年时间。他表示不要抢救,让母亲轻松离开。

"对了,"他问医生,"我妈妈还会有痛觉吗?"

"按目前的状况应该是没有痛觉的。"医生回答。

王子风点点头:"如果有的话,请别让她走得痛苦。"

"放心,我们会处理的。"

王子风最后看一眼母亲,干瘦的身体和窗外的风景形成强烈对比。他转身离开,没有再回一次头。

离开医院,他去了医院后门的小林山。山不高,不过两三百米吧,山里有公墓,他进去走了一圈,给母亲选了一个墓地,想了想,给父亲也选了一个,但两人不在一起。王子风想,母亲一定不愿意跟父亲葬在一起,他会打她。他想到杨一梅,想到自己也打过她,他有些后悔。也许,没有那些经历,他不会动手吧。他觉得自己果然是父亲的孩子,这让他痛恨起自己来。

公墓园里有一大片竹林,风吹竹林响,窸窸窣窣,像是无数人在窃窃私语。他在一块大石头上坐下,听着风声,闭上眼睛。他感觉到前所未有的安静和轻松。

要和过去告别了。

接下来的路,可能需要自己重新走了。

心里第一次如此平静,就在这里坐着,什么都不想,一动也不动,多么惬意啊。

天色向晚,王子风离开了小林山。

王子风没有回紫芦,而是驱车六十公里去了九华山,拜会一个父亲曾经的旧友,他如今在此出家,俗名已不知,法号化觉。

他跟化觉倾谈三天三夜,决定出家。挂单在省城宝元禅寺,法号明觉。很多年后,杨彩旗来到宝元禅寺,看到一个大眼睛的清瘦和尚,完全无法将其和当年的王子风联系在一起。明觉对杨彩旗说:"一切皆是因缘际会,缘起缘生,缘起性空,诸法无相,有些事情从我开始,我来了结。"杨彩旗心中忽然涌起巨大悲伤,说道:"但有些事情,你我都无法了结。"说完她头也不回地离开。明觉看着杨彩旗小小的身影离开禅寺,不由得叹息一声,说一句:"阿弥陀佛。"

一九九七年　往事

一

在杨彩旗的回忆里，1997年是刻骨铭心的一年。

1997年，香港回到了祖国的怀抱，万众瞩目，中国社会的发展呈现出一派欣欣向荣的气象。紫芦也呈现出一片繁荣的景象，人们都沉浸在对未来美好生活的憧憬中。

只有杨一梅和杨彩旗两姐妹并没有感受到这些喜悦，她们沉浸在某种惊恐之中。

1997年的夏天，王聚德买了人生中第一辆宝马汽车。他让司机杨建国把车子开回紫芦，在城区里兜上几圈，以展示自己的财力。他感到满足，对人生、对自己感到满足。但这份满足感稍纵即逝，他内心有着普通人难以理解的欲望，这欲望在折磨着他，噬咬着他。他常常陷落于欲望的最深处而无法自拔。整个紫芦只有一个人知道他内心的欲望，那就是杨建国。

杨建国能成为王聚德的司机，是因为他们都有某种隐秘的欲望。这种欲望不易察觉，其实是欲望者自己将其隐藏了起来，像保护某个弱小的动物一样将其保护起来，只有在夜深人静时，才会将它释放出来，一点点释放出来。欲望也像某种嗜血的动物，一点点长大。

杨建国和王聚德内心的欲望，也是一点点长大的。

最早发现自己内心欲望的是王聚德，只因为他买了一张光盘，在那个下雨的湿乎乎的夜晚，他一个人在家里看了那张光盘。王聚德发现有一头小兽，在自己胸腔里横冲直撞。卖光盘的人自己也不一定知道光盘里的内容，他只是在省城电脑市场偷卖盗版盘的猥琐男人，他只是想赚点钱。那些光盘是他从广东批发来的，都是地下渠道，都是半黑色产业。在那个经济高速发展的时代，这些东西都是新鲜刺激的，它们刺激着人们的神经，引诱着人们的欲望，本不会掀起多少波澜。

只不过他卖给王聚德的那张光盘，正好把王聚德内心的某种野兽一般的欲望给引诱了出来，像打开了一扇门。王聚德也没有想到从门里跑出了一头小兽。它舔舔自己带血的爪子，朝王聚德邪媚地一笑。王聚德被俘虏了，彻底地被俘虏了。他感到前所未有的快意，身体是舒畅的、满足的。可惜仅仅持续了一天，小兽又饿了。小兽的食量与日递增，怎么也不会满足，王聚德忽略了小兽的欲望。当他认识了杨建国后发现，内心的小兽找到了一个难得的伙伴。

杨建国的内心也有一头小兽。

杨建国不是那种会溜须拍马的人，他的性格中有霸道的一面，这恰恰正是王聚德想要的。

杨建国本来只是王回岭煤矿公司的一名普通司机。他无意中窥探到王聚德内心的小兽——看到了王聚德收藏的光盘之后，才和王聚德走近，成为王聚德的专属司机。

当杨建国看了王聚德收藏的光盘后，他兴奋不已，他不知道自己居然喜欢这种东西。王聚德发现自己的光盘被杨建国看了，从一开始的愤怒到和杨建国"倾诉衷肠"不过就一天的时间。两人内心的小兽彼此认识了。杨建国内心的小兽太小，而王聚德内心的小兽已经趋于成熟。王聚德给了杨建国不少光碟，还送了他一台VCD播放机。杨建国从不在家看光碟，他只在办公室看，他在专属办公室里独自欣赏。这间办公室距王聚德的董事长室，只隔了一间会议室。

王聚德开始只是看光盘，随着内心的小兽一天天长大，他已经不满足于只看光盘。就像饥饿的人不可能只看食谱，一定要亲自尝一尝美味佳肴。王聚德将这个意思传递给杨建国，两人去了几次省城的酒店会所，王聚德还是觉得不满足。有一天他对杨建国说："听说你有两个女儿。"杨建国听完后没有说话，他心里明白王聚德是什么意思，一股怒火噌一下蹿上来，但他压抑住了怒火。王聚德继续说："我见过她们，很可爱。"然后王聚德的一个行为，让杨建国内心的怒火烟消云散。他把一块劳力士手表放在杨建国面前,说:"送你的。"杨建国有些愕然,他跟着王聚德一年多了,当然知道这块表值多少钱。他心里快速估算了一下,立刻做出了自己觉得最正确的判断。就是这个判断让他毁掉了自己的人生,毁掉了两个女儿的人生。

王聚德并没有让杨建国把两个女儿直接"献"给自己,而是又给了他一台相机。王聚德内心的小兽不仅要吃佳肴,还要玩游戏,杨建国开始陪王聚德玩这个游戏。

这个游戏像一个雪球、或者说他俩内心的小兽像一个雪球。

李兰凤是最早看出杨建国不对劲的。

她选择了隐忍。

这个普通善良的女人,像那个年代的其他女人一样,隐忍是她们常用的处理生活问题的有效办法。可就是这个有效办法让她和女儿陷入了无法自拔的深渊。

李兰凤觉得杨建国也许有一些怪癖,但她从没有想过杨建国会将邪恶的手伸向女儿。

杨建国偷拍女儿的事情,除了李兰凤,只有王聚德知道,那是他要照片。杨建国一直在拍,每拍一卷就去自己办公室的暗房洗印照片,这个暗房就是为此搭建的。

杨建国曾问过王聚德,为什么只喜欢自己的女儿,而不喜欢别人的女儿。王聚德没有直接回答这个问题,只说了两个字:安全。杨建国明白了,王聚德是一个表面上心狠手辣,骨子里胆小怕事的人。

如果不是1997年去省城进行的那场商务谈判成功了,杨建国可能只会给王聚德再拍两年照片,以这样的方式,告别自己女儿的青春时光。可是王聚德这次谈判成功了。五千万的项目,让王聚德飘了,狂妄了,自大了。他借着酒劲告诉杨建国,安排一下,我要老二,事成了给你这个数。王聚德伸出一根手指,意思是一百万。杨建国腿有点软,用女儿的贞操换一百万,他觉得这笔买卖很划算。

杨建国在内心盘算了一下，觉得这件事情最好抓紧时间。他高估了自己的能力，低估了女儿反抗的意志。

车子开回紫芦，王聚德坐在后座，心情很愉悦，内心的小兽和他一起愉悦，他哼起了小时候常听的歌谣。

杨建国心里想着拿到那一百万，该如何花。

杨一梅和杨彩旗在家里写作业，两人并不知道怎样的危险正在逼近她们。

李兰凤隐忍了多年的生活，即将发生剧变。

二

雨越下越大，是从入夜开始的。

南方的冬天多雨，这一年紫芦的雨水格外地多，常常大雨倾盆，连续下上好几天，整个县城仿佛被浸泡在水中。

杨建国开车从国道上下来，转了两个弯，进入紫芦地界，正好路过废弃的棉纺厂那片空地。夜雨哗哗地敲击着地面，雨刮器已经开到最大。晚上王聚德没少喝，五个人的局，喝了六瓶白酒，人均喝了一斤。但陪坐的两位据说是秘书的年轻姑娘没怎么喝，王聚德感觉自己喝了得有两斤酒。王聚德酒量相当大，两斤酒对他构不成威胁，但要说一点没事也不可能，毕竟五十三度白酒灌下肚，谁都会有点头晕目眩。加上两位姑娘不停地向王聚德敬酒，眉来眼去，暗送秋波，王聚德是骨头都酥了。他知道对方什么意思，但就是不接这个茬儿。他心里明镜似的，这个茬儿不能接，会出事。他要的是生意，不是女人。他不缺女人，虽然酒场上他还是会浑身麻酥酥，心里发痒，面色潮红，血液直冲头顶，但他能把持住。五千万的生意，够找多少女人了。

所以他把心思放在另一个人的身上。他之前就想过，但没有实际行动，只在心里想。现在他觉得可以说了，毕竟他要更发达、更辉煌了。世界尽在他的掌握之中，没有什么可以阻止他，没有什么可以吓到他。

这种感觉很美妙。也是酒精作用吧，他变得无比自信，自大，甚至狂妄了。

他的心思在杨建国身上，不，确切地说是在杨建国的女儿身上。

开车回来的路上，他开口了，很直接，开门见山，要求、价格一一摆出来。剩下的交给杨建国，让他去想。同意，我王聚德出钱，给好处，你杨建国一家跟着我飞黄腾达。

杨建国听完没有说一句话，手握方向盘，没有一丝晃动，很稳，根本看不出他内心的波澜。

他内心是翻江倒海了，他在权衡利弊，在思索该如何处理。处理不好，工作可能没了。工作没了不可怕，可怕的是他知道王聚德的秘密，他们两人心里的小兽是彼此熟悉的，这会是两人的黏合剂。但如果处理不好，这会是他俩之间最大的障碍，可能会给他惹来杀身之祸，毕竟这不是一个简单的秘密。

杨建国一直在思索，在纠结。

他不是舍不得女儿，而是在考虑如何让女儿同意，尤其是这个二女儿。他没想到王聚德会看上二女儿，如果是大女儿，可能还好办。这个老二，想想他就来气，一点不省心，还处处给他惹事。

想到这里他有点郁闷，还有点愤怒。他甚至想好好教训一下这个老二，让她知道这个世界不是她想的那么简单，她一个女孩子不知天高地厚，迟早有吃亏的一天。他觉得二女儿一点都不值得疼爱，就应该让王聚德给她点教训，让她吃吃苦头，让她明白社会是什么样的。

他就这样说服了自己。反正老二还小，能懂什么？大不了完事后打一顿，关她个几天，饿她几顿，肯定就好了。人跟自己的肚子较劲吗？没人能做得到。

杨建国得意起来，觉得这件事情就这么办，肯定没问题。

他开车路过旱厕,路过浑河,一直开到自己家附近。雨更大了,前面的道路泥泞不堪,车子陷进了泥里,直打滑。

杨建国对王聚德说:"王总,没多远了,我们打伞走过去吧。"

王聚德在后排闭目养神。他睁开眼睛,透过车窗看看外面,心里明白了。

"嗯,行。"

杨建国下车去后备厢拿伞,给王聚德开车门。

两人一前一后走向杨家小院。

其实王聚德心里有些后悔,在车上酒醒了大半,这么大的雨,路又难走,让他觉得这事情有点赔,一会儿如果体验不好,那就更赔了。

好在离得不远,走了十分钟,到了。

杨建国打开院门,让王聚德进去,然后招呼起李兰凤。

李兰凤打开屋门,看到来了客人,还有些好奇。她一看是王聚德,吃了一惊。他怎么会来?

李兰凤这时并不知道王聚德的小秘密。她没怎么见过王聚德,只知道他是个大老板,很有钱,其他的事情跟自己无关。

老板来一个司机的家里,本就罕见。

难道他有什么事情吗?

杨建国让李兰凤烧水泡茶。

李兰凤去院子里用土灶烧水。

这时候李兰凤家里用的是土灶,还没有用上煤气。她心想,家里也没有什么好茶叶,泡什么茶啊?家里剩下的半罐茶叶是杨建国带回来的,应该也是王聚德给他的。

杨建国让王聚德坐在客厅的沙发上,这个沙发是他们家最近才买的。自从杨建国给王聚德开车以来,他们家的经济条件是改善了,购置了很多新鲜玩意儿,比如沙发,比如新飞电冰箱。

杨家两姐妹在里屋写作业。已经晚上十一点多了,她俩也准备要睡觉了。

她们对王聚德的到来有点反感,她们不喜欢这个黧黑胖子。

杨建国没有去里屋跟女儿打招呼,而是走进了院子里才建好的储物间。这个储物间有七平方米多,用来堆放一些日用品和杂物。中间还有一张行军床。

刚才在路上时杨建国就想到了这个储物间。

他把杨彩旗叫了出来,让她去储物间拿点东西。杨彩旗心里奇怪,大半夜的去储物间拿什么东西?

杨建国让杨彩旗去储物间找找以前拍的老照片,说有一本相册,让她找出来。杨彩旗有点不太愿意,但有外人在家,也不想跟父亲拗着干。

杨彩旗去储物间找东西之后,杨建国就把王聚德带了出来,带进了储物间。杨彩旗正蹲在地上的大木头箱子前翻找,看到王聚德和杨建国进来,有些无措。

"来,妹妹,这个是爸爸的老板,王老板。"

"哦。"杨彩旗有点不耐烦。

"嗯,你陪王叔叔坐坐。"杨建国搬了把凳子给王聚德。

王聚德嗯了两声,在椅子上坐下,环顾了一下储物间。

灯光昏暗,墙壁上贴满报纸,靠墙有一个大柜子,一看就年代久远,还有一辆破旧的三轮车,其他就是杂七杂八的零散物件。

王聚德的目光落在了行军床上。

杨建国的目光一直在王聚德和女儿身上徘徊。

"行,你陪王叔叔说说话。"没等杨彩旗反应过来,杨建国便转身出门,把储物间的门锁上了。

这一下不仅锁上储物间的门,也锁上了杨彩旗的命,她觉得心脏一紧,像是被人用手捏住,一股强烈的恐惧弥漫在她的身上。

王聚德二话不说,冲过去一把拉住杨彩旗的双手。杨彩旗惊恐地喊道:"你要干吗?"

王聚德邪恶地笑着,说:"越反抗,我越兴奋,你爸没跟你说?你跟了我,你家从此就飞黄腾达了。"

李兰凤和杨一梅好像听到了杨彩旗的叫声,但并不真切。李兰凤正要去储物间看看,被杨建国拦住。

"走,走,回屋。"杨建国拉着她要进屋。

储物间再次传来杨彩旗的叫声:"干什么?妈!"

然后没声音了,好像是被捂住了嘴。

王聚德很亢奋,捂住杨彩旗的嘴。杨彩旗大怒,咬了他一口,王聚德吃痛,嗷地号了一嗓子,反手给杨彩旗一巴掌。

这一巴掌很重,杨彩旗感到眼冒金星,几乎昏厥。

王聚德满脸红光,目露凶光,他压在杨彩旗身上,褪下了她的棉裤。杨彩旗还在挣扎,但她哪里是王聚德的对手?王聚德一只手钳子一样箍住杨彩旗两只手腕,另一只手解自己的皮带。

王聚德像一头发情的野兽,亢奋到极点。

李兰凤要冲出去,被杨建国拦住。

"你要干什么?"杨建国怒吼。

"你要干什么?"李兰凤使劲掰杨建国拦住她的手,"你是不是疯了?那是我们女儿!女儿!"

一个人影从他俩身边钻了过去。

是杨一梅,她一把推开父亲,拉住母亲,冲出了屋子。杨建国脚下一踉跄,差点摔倒。

就这么短的工夫,李兰凤和杨一梅已经来到院子里。李兰凤眼疾手快,关上了屋门,从外面直接锁上。

杨建国反应过来时,门已经锁了。他冲过去砸门,怒吼道:"把门给我打开！你们别坏我的事，妈的，你们要坏老子的前途，老子跟你们没完。"

李兰凤和杨一梅对视一眼，想冲进储物间，但门是从外面锁上的，钥匙在杨建国手里。

大雨冲刷着地面，也冲刷着李兰凤和杨一梅。

杨一梅眼疾，看到墙角的铁锹，拿起来，砸开门锁。她和李兰凤打开门，冲进去，看到了令她们永生难忘的一幕。

只见杨彩旗披头散发，脸颊高高肿起，双眼茫然无神。王聚德压在她身上，下半身露在外面。

李兰凤看到血顺着杨彩旗的腿流到裤子上。

李兰凤愤怒到极点，撕心裂肺地叫喊着，拿起门口的扫把就向王聚德打去。

王聚德看到李兰凤和杨一梅，心道不好，起身想跑。杨彩旗忽然一只手抓住他的衣领，他低头一看，杨彩旗另一只手拿着一块碎砖，一下子打在他头上。

血从头顶淌下。

王聚德吓坏了，爬起身，躲开杨一梅手里的铁锹，却没躲过李兰凤手里的热水壶。

也不知道李兰凤是何时拎来了热水壶。

一壶开水浇在王聚德身上，棉服吸水，令他发出杀猪般的叫声。

杨一梅接着一铁锹拍在他头顶。

王聚德没了声音，像泥一样瘫在地上了。

杨彩旗接过杨一梅手里的铁锹，不停地在王聚德身上拍打，直到王聚德的脸变得血肉模糊，看不出人样。

血流了一地。

三

屋里很静，和刚才的惨烈景象形成鲜明对比。

安静得有点可怕，但现实更可怕。

三个女人——李兰凤、杨一梅、杨彩旗，坐在储物间的地上。

杨建国已经没影了。

刚才，他撬开门冲过来，看到储物间里的景象，吓得坐在地上。

"完了，完了，全完了！"他念叨着，揉着自己的头发，像一头失魂落魄的野兽。

"都怪你们，都怪你们！"他嘶吼道，"你们杀人了，杀人了！跟我无关，跟我无关！"

杨彩旗抬起头看了杨建国一眼，冷冷地说："是你让他来强奸我，还说跟你无关？"

杨建国一愣，慌了神。

他忽然冲回房间，拿出旅行包，收拾了东西，匆匆离开。

离开前，他对母女三人说道："从此以后，你们是你们，我是我，别拖累我。"他说话的语气像是自己受了莫大的委屈。

母女三人还在地上坐着。

外面雨很大，哗哗地下着。

忽然院子外有动静，人们纷纷走出来。

有人喊道："矿里出事了。"

人们又纷纷向矿厂赶去。

李兰凤先站起来，说："收拾一下吧，这件事，我来扛。"

杨彩旗拉住母亲："不，妈，我来。"

杨一梅抹了把脸上的泪，说："是我打死他的，跟你们无关。"

最后，三个女人合力把尸体装进一个大编织袋，放在三轮车上，然后一起清理了储物间。

趁着雨夜，她们骑着三轮车悄悄来到离国道不远的废弃旱厕。李兰凤拿铁锹在旱厕后挖出一个坑，杨一梅和杨彩旗使出全力，才把王聚德扔进去。

三个人把坑填上，然后回了家。

李兰凤烧了一大锅热水，三个人洗了个热水澡。

与此同时，杨建国离开了紫芦。

从此，命运的齿轮开始转动。

从此，李兰凤、杨一梅和杨彩旗开始了她们的"潜水"人生。

二〇一〇年　绝境

如果时光能够倒流，杨一梅还会在那一刻做出那样的选择吗？她曾经这样问过自己，直到很久以后，她给了自己一个答案：会的。

2010年的3月，春天已经降临紫芦，迎春花像一个个小小的风铃，在春风中轻轻摇曳，带着淡雅的清香，预示之后百花齐放的日子即将来临。

经过一个冬天的思索，杨一梅想清楚了，她要和王子风离婚。这件事情在她心中酝酿已久，折磨了她有一年的时间。她发现自己和王子风是两个世界的人，两个平行世界，绝对不会有交集的。当初她会嫁给王子风，不过是为了掩盖内心的恐惧罢了。十三年前的那件事情一直折磨着她，也折磨着她的母亲和妹妹。她总认为，自己嫁给王子风，能让母亲和妹妹的生活变得更好。这种想法一直占据她的脑海，久久不散。

第一下是谁拍的？她记不清了。这件事情潜伏在脑海的最深处，不动，悬置，像是摇摇欲坠之物，不能轻易触碰。就是因为搁置得久了，又无法忘记，刻骨铭心，所以记忆忽然就变得模糊了。她甚至记不清王聚德的样子，她只记得父亲杨建国一脸的恐惧和惊慌，骂骂咧咧地收拾东西要离开紫芦。父亲的胆小怕事令她震惊、失落、难过。为什么父亲会是这样？她不理解。很多年后，当她从精神病院的窗户看出去，看到迎春花，看到桃花，她会想起父亲，想起母亲，想起妹妹，他们和蓝天白云重合了，她忽然理解了他们，理解了父亲、母亲、妹妹。人性没有绝对的善和恶，不过是在这之间找平衡，大部分人都处于灰色地带，来人间一趟，都会遭遇生老病死、爱恨情仇。她有些想通了，不是每个人都能懂得爱，不是每个人都能拥有爱。母亲李兰凤和妹妹杨彩旗是爱她的，她终于明白了其中的道理，她终于体会到了爱的力量。她也是爱她们的，尤其是妹妹杨彩旗。要不是因为她们，她不会嫁给王子风，不会压抑这么多年。她觉得这些都是值得的，这是她表达爱的唯一的方式。虽然很奇怪，但她只能这样选择，想不出更好的方式了,她尽力了。

无论是谁给了王聚德致命一击,命运的齿轮在那个时刻依然转动,偏离了之前的方向,带着她们母女三人朝着另一个未知的方向前行。

只是在2010年3月,迎春花开满城的日子,命运的齿轮再次转动,再次偏离了方向。这一次,是她自己选择的。

她没有告诉母亲自己的选择。

不过是想法在心里潜伏太久,正好遇到了杨建国再次回到紫芦,这一次,他狮子大开口,要十五万。他说他延吉的朋友给他指了一条来钱的道——去韩国淘金,那边机会多。

十五万,李兰凤哪里拿得出这个钱?

杨建国只给了三天时间筹备,不给就要鱼死网破。此时的杨建国已经山穷水尽,不仅欠了高利贷,还一身的病——高血压、糖尿病,最近发展到眼睛,看东西模模糊糊。他认为这一辈子要结束了,但他不甘心,就这样结束了?在这种莫名其妙的逃亡生涯中结束?他曾有的雄心壮志、一腔热血,现如今成了海市蜃楼、黄粱一梦。他难过,无奈,痛心疾首。该怪谁呢?他不会怪自己,不会怪命运,只会怪李兰凤,怪杨一梅和杨彩旗。他也想不通,为什么自己的命运会是如此。他的字典里只有利益,只有钱,只有他想象的皇帝一般的美好生活。时间是残酷无情的,不断冲击着他的内心,让他更加堕落和无所顾忌。

最后搏一把,成了就退休。如果能再生一个儿子,是最好了。

这是他人生最后的目标。

延吉的那个朋友路子很野,他很佩服那个人,中韩两边跑,各种生意都做。他没结婚,但有两个儿子。他很羡慕,甚至有点嫉妒。

延吉的朋友告诉他,现在是去韩国做贸易最好的时候,机会难得,拼一拼,人生就能改天换地,冲上顶峰。

他信了,憧憬了,未来像在对他招手。

但他没有钱,保证金、护照、各种手续,都需要钱。他还担心自己的身份被发现,躲躲藏藏这么多年,他对身份很警惕,这是他最大的痛苦。

但是有钱一切都能解决。延吉的朋友说了,准备好十五万,带你去发财。他不是盲目轻信的人,延吉的朋友已经带过两批人,他见过他们如何从一文不名到盆满钵盈。既然是亲眼所见,那就不会错了。他不想再这样生活,找老婆和女儿要钱的日子很屈辱。尤其是面对小女儿,她看自己的眼神像在看一个乞丐,不,比乞丐还不如,那眼神里全是恨。有时候他恨不能一巴掌拍死这个小女儿,要不是她,自己早就飞黄腾达了。

想到这里他很气,也很无奈。

罢了罢了,他想,赶紧要到钱,老子就不陪你们玩了,老子走人。

他在紫芦待了两天,没怎么敢出门。来的那天晚上,他路过电影院门口那家超市,买了一包烟。收银的小姑娘盯着边上的电视,一个劲儿傻乐,肯定没有注意到他。

这个城市已经变了,没有多少人会认识他了,他想。

李兰凤不想跟杨一梅说钱的事,可也没有别的办法了,杨建国在家里住下,让她去筹钱。她到哪里能筹到这么大一笔钱?她自己存的钱,也被杨建国要走七七八八了。现在手里只有三万块钱,那本是她打算用来养老的钱。

她最终还是拨通了杨一梅的电话。

杨一梅听了以后说:"妈,我现在回来。"

一个小时以后,杨一梅开车到家。杨建国掀开窗帘一角,看到杨一梅的车停在不远处,撇了撇嘴。

杨一梅刚进门,杨建国哼了一声,说:"哟,开车回来的呀!钱带来了吗?"

杨一梅瞪着父亲,说:"杨建国,你别太过分。"

杨建国起身就给了杨一梅一巴掌,杨一梅想躲开,但慢了一步,还好杨建国年纪大了,出手不是很重,这一巴掌只是擦脸颊而过。

"妈的,老子是你爸爸,老子的名字是你能叫的?反了你!别废话,钱呢?"杨建国怒气冲冲地说。

杨一梅怒视他,说:"没钱。"

"没钱?"他看看杨一梅,再看看李兰凤,"你们逗我呢,是不是?不怕我去举报你们?到时候你开车?我让你戴上铁手镯,你信不信?"他用手指着杨一梅,咆哮道。

李兰凤害怕了,她拉开女儿,推她进房间,然后对杨建国说:"你等一会儿。"

杨建国咳嗽一声,在地上吐了口痰。

杨一梅和母亲在卧室床上坐下。

李兰凤说:"女儿,要不你拿点钱,让他走,这回他走得远。"

"他能去哪?"

"韩国。"

杨一梅乐了:"就他那样,去韩国?"

李兰凤不说话了。

门砰的一声被撞开来,杨建国站在门口,一脸怒容:"婊子养的,背后说我什么呢?老子怎么去不了韩国?"

他冲过来,揪着杨一梅的头发就开始打,一拳头砸在额头上,扇了两耳光。

杨一梅吃痛,叫出声来。

"赶紧给我拿钱,别×废话!"杨建国虽然身体不好,但力气还是有的,他把杨一梅摔在了床上。

杨一梅慢慢坐起身,整理了头发和衣服。脸肿了起来,她不看杨建国,只是收拾自己,很慢。

"快点。"杨建国吼道。

239

李兰凤吓哭了。

杨一梅起身，很平静地走出房间，走到大门口，说："我现在去拿，你等着。"

杨建国感觉怒气消了些，得意地点点头："嗯，懂点事，爸爸在这等着你。"

杨一梅觉得恶心，皱着眉，走出屋子，关上门。

杨建国动完粗，也感觉累了，在沙发上坐下休息，掏出一支烟，还没点上，门又开了。

杨一梅站在门口，忽然猛地向杨建国冲来。

杨建国眼疾手快，一个转身躲开，杨一梅手里拿着一把铁锈斑斑的斧子，一斧头砍向杨建国脑袋，被他躲开。也是因为上了点年纪，杨建国身手也不再敏捷，脑袋躲过斧头，脚腕没躲过。那一斧头，杨一梅用足了全部的力气，砍在杨建国脚腕上。

骨肉分离，鲜血四溢。

杨建国发出凄惨的叫声。

杨一梅二话不说，接着又是一斧头，再一斧头，又一斧头。

李兰凤一屁股蹲坐在地上。

杨一梅看到杨建国倒在血泊里，身体兀自抽动着，已经喊不出声音。血肆无忌惮地从那个残破恶心的身体里淌出来，好像还是温热的。到处都是，在凹凸不平的地面上形成一条条血流。

斧头砍出的伤痕流出的血呈放射状。

杨建国死的时候，身体像是某种放射性植物。

除了血液，还有不知道什么液体流淌出来。

屋里一片腥臭。

杨一梅脸上、身上，溅满了暗红色血液。她脸上带着一抹诡异的笑，显得有点惊悚。

李兰凤被吓呆了。

杨一梅喊她:"妈。"

"嗯?"

"收拾一下?"

"哦哦。"

两个人像是在说什么稀松平常的事情似的,不过是故作镇定,也只能故作镇定。

收拾尸体和屋子花费了一天一夜,用掉了两条床单,十几条毛巾,三个塑料盆,若干塑料袋。

杨一梅本想分尸之后把尸体投入下水道,但她高估了自己的力气。

一个成年男子的尸体原来这么重。

一个成年男子的体内居然有这么多血。

她不能考虑,不要思考,只是干活,像是杀一只鸡,一只羊,一头猪。她小时候杀过鸡,过年的时候还参与过杀猪。

真动手其实是另一回事。

但那又如何?

不能思考。

不要思考。

只能不断地行动。干活,当作活来做。

用菜刀和斧子,分开尸体,一块块装进塑料袋。

怎么处理这些装着尸体的塑料袋?

她有些犯难。

母亲说,上一次埋在旱厕,这么久也没人发现,要不还埋在那里吧。

杨一梅觉得那里现在不安全,虽然是废弃的地方,但周围来来往往的车很多,找不到合适的时间去埋,很容易被发现。

最终她想到了矿厂,那里也有一个旱厕,可以埋在那里。

可能老天看她们艰难,晚上下雨了,雨越下越大,这让杨一梅兴

241

奋不已。又是雨天，和上次的天气一样，老天有眼啊。她从储物间里找出陈旧的三轮车，发现还可以骑，就驮着尸体，去矿厂里扔掉。

她在抛尸前，回了一趟家，洗了个澡。

在浴室里，她抱着头，蹲在地上，号啕大哭。

声音痛彻心扉。

只有她自己知道心里有多痛。

无法承受的痛。

洗完澡，夜已经深了，她换上了王子风的衣服，伪装成一个男人，开车回到老宅。

母亲在家里等她，脸上已经恢复了一点血色。清理屋子之前，母亲吓得脸色苍白，看来母亲也过了心里那个坎了。

雨还在下，没见小。

正是时候。她和母亲把装有尸块的塑料袋放在三轮车上，然后蹬着车向矿厂骑去。

母亲说她一个人去，杨一梅不同意，她怕母亲骑不到矿厂。

一路上，风大雨大。春天下这么大雨，在紫芦也不多见。她认为这是天意，冥冥中的。她刻意骑车躲避有监控的地方。开车来之前，她已经调查过了。还好紫芦的监控安装得并不多，毕竟不是什么大都市。

骑到石桥的时候，她脚下一滑，脚蹬子没踩稳，加上雨水冲刷地面，有些泥泞，三轮车一歪，其中一个塑料袋掉进了浑河，扑通一声，刚刚巧一个炸雷她没听到。她继续蹬车，进了矿厂。也是因为下大雨，矿厂的狗也没有出来。她从后门绕进厂里来到旱厕，开始抛尸，边抛边哭，脸上雨水和泪水连成一片。到处是蒙蒙水汽，她的哭声也被雨声淹没。她一直哭，像是要用哭来掩盖恐惧，像是要用哭来排解内心的无助。

尸块被抛进了坑里，再用铁锹挖土埋住，这样味道不会那么浓。

这也是上一次的经验,可以这么说吧。

她一个人做完这些,再骑车回去,到家后,累瘫在地上。

母亲给她熬煮了姜汤,她喝一口,哭一下,喝一口,哭一下。母亲也跟着哭,两个人抱在了一起。李兰凤说:"丫头啊,咱们的命怎么这么苦啊!"

杨一梅说:"我们这么苦了,不能让小妹也苦。"李兰凤说:"梅啊,妈妈对不住你。"杨一梅说,妈:"我做的选择,我自己承担责任。"

杨一梅想到了后果,也想到承担后果的沉重。

承担了这份沉重,或许可以换来杨彩旗轻松的生活。她希望自己的努力没有白费,希望彩旗能真的过上自己想要的生活。

她忽然想明白了,自己做这些不过是为了将过去一笔勾销,这一笔是如此沉重,沉重到差点压垮她们母女三人。

杨建国的死,杨彩旗是不知道的。

她在上海忙着工作。

这天她无意中看到网上关于紫芦的新闻,一个钓鱼佬在浑河钓到碎尸。

她在网上和杨乐(在天之翼)聊这件事,能说的信息杨乐都说了。她给母亲打电话,提到这件事,母亲说不知道,不了解。她觉出其中有些异样。但母亲的言之凿凿又打消了她的顾虑。终于她拨通姐姐的电话,寒暄似的话了家常。姐姐好像还和之前一样,只是说话声音里透着疲软,像是久病的人,她不知道该说什么,姐妹俩互相关心了彼此。她心里忽然涌出一种彻骨的悲凉,她觉得姐姐似乎过得不如意,过得压抑。她不是很会关心人的人,她只能淡淡地让姐姐保重身体,如此而已。这让她有些恨自己。

事情就这样朝着她们无法预料的方向发展。

杨一梅最后还是没有跟王子风提出离婚，她觉得这已经没有意义了。当警察发现浑河里的尸块的时候，她笑了。她觉得故事到此刻已经结束了，是她亲手给故事画上一个句号。是否是完美的句号，她不知道。剩下的事情，就交给时间吧。

她感觉自己可以不用再潜在水下了，她可以露出水面，大口呼吸新鲜的空气了。

她高估了自己的身体。

这些巨大的压力和沉重的负担，压垮了她的精神和身体。

抑郁症再次侵袭了她。

她又陷入深海之后，在水下挣扎。头顶那一方亮光，已经遥不可及。

住院，是不得已，但也是她向往的。她要清静的生活，哪怕是医院，也比整日睡不着，在嘈杂的环境中沉沦强。

还有精神上的嘈杂。

她选择了逃避，在医院里等待最后的审判。

不再纠结，没有纠缠，她再次觉得自己浮出了水面，尤其是杨彩旗最后来到医院看她。她知道妹妹懂了她的用心良苦，她知道自己的所有付出，值得了，至少妹妹接收到了她的这份爱。她觉得这就是爱吧。她想到和妹妹从小一起长大的时光，想到自己坐进宝马车时的风光，想到这些年人生路上的种种。人生是一条抛物线，她的线很短。她认为，人有时候没得选择，反而是最好的选择。

她想，下辈子如果还能和母亲、妹妹在一起就好了。

如果杨彩旗能过上她自己想要的生活，就好了。

她是羡慕妹妹的，也祝福妹妹。

上海，多么浪漫的城市；上海，多么遥远的城市。

那些远方在她心中都是美好的，是某种美好的象征。

她望着医院窗外的天空想，有机会我也去远方看看。

尾　声

一

　　杨一梅坐在审讯室里，讲述了整整四个小时。马前方、邵丁、杨乐和马小橘坐在她对面，聚精会神地听着，仿佛看了一场电影。马小橘边听边记录，时不时抬起头，露出震惊的表情。马前方手指间夹着的那根烟在杨一梅讲述案件过程时被他捏断了，烟灰洒落在桌面上。杨乐的眼睛红红的，他认识当事人杨一梅，认识她的妹妹杨彩旗。他不知道她们居然经历过这些，他的心像是被人揪住一样难受。但作为警察，他必须控制住自己的情感，必须理性面对自己的情绪。

　　"我说完了。"杨一梅有点虚脱，"我妹根本没有参与这些事情，不信的话，你们可以问她，比如杨建国的头在哪，她肯定不知道。等你们问完她以后，我再告诉你们在哪里。还有三轮车，被我拆了，一部分做了床板，一部分在厨房里，还有一部分我拿去当废品卖了。"
　　说完，审讯室里一片寂静。
　　这时，杨一梅哈哈笑了两声。
　　马前方脸部的肌肉抽动了一下。
　　邵丁看着杨一梅说："我们会去核实的。"
　　杨一梅露出一抹笑容，忽然身体一歪，昏了过去。
　　杨乐冲过去托住她的身体，马小橘帮着杨乐把杨一梅抬出审讯室，送到医务室。医生说她精神高度紧张导致低血糖，没有大碍，输一下液就会好。

　　马前方去局长办公室汇报了工作，然后告诉邵丁，批捕杨一梅，鉴于她现在的精神状态，先将她收押在局里的医务室以待观察。
　　"那杨彩旗怎么办？"邵丁问马前方。

杨彩旗也交代了全部的事情，也将案子揽到自己身上。

但杨彩旗对杨建国的死并不知情，关于这一块，她的口供漏洞百出。她一会儿说因为杨建国总是找她要钱，才引得她起了杀心。问她怎么杀的，她先说勒死的，又改口说记得不是很清楚。

其实杨彩旗直到回到紫芦那天，都不知道碎尸案的凶手是姐姐杨一梅，也不知道死掉的人是父亲杨建国。

她只是觉得这件事情好像和自己家里有关，令她更担忧的是白骨案，老宅子被烧成灰烬，她以为母亲是为了掩盖王聚德死，掩盖白骨案。

直到现在她才知道碎尸案和姐姐有关，和母亲也有关。

所以她强行把这个案子揽在自己身上就显得很可笑，她连案子的具体情况都没搞清楚。

根据杨一梅的口供，马前方他们在她家里找到了那把斧子，没人能想到她居然把斧子藏在床底下。经过检验，斧子上残留的血迹确实为杨建国所有。李兰凤放火烧掉老宅，其目的就是掩盖真相。但她忽略了有些证据并不是那么容易消除的，尤其是在刑侦技术飞速进步的今天。

杨乐审讯杨彩旗的时候感到尴尬，他向马前方提出自己想退出这个案子。马前方没有同意，只是让他退出审讯，案子的后续他还要跟下去。马前方说："这个案子里有你的熟人，但你不能因为这个就退却，不能因为这个丧失理性，作为警察，尤其是刑警，你必须收起你的情感，用专业的态度和技能面对任何案件，这是你应当具备的职业素养。"

杨乐懂马前方的话，可他还是觉得很难做到。退出审讯让他感觉轻松很多，他根本没有想到杨家姐妹会连续做下两件大案。

他没想到，马前方和邵丁也没有想到。

马前方想不到但能理解。他一直在从另一个角度看事情。他同情杨家母女，也许，当年她们报案了，结局或许真的不一样。作为受害者的她们，就不会从受害者变成罪犯，似乎这两种身份之间的界限很模糊，但仔细去想，也许只是那一时的冲动，也许只是愤怒在作祟。也许在那个时候，作为女性，她们根本不知道该如何保护自己，很难说是什么决定了这些事情最后的结局。事已至此，马前方觉得杨一梅和她妹妹之间那切不断、化不开的血肉之情，深深触动了他。

或许当初她们只要告诉马前方事情的真相，他一定会竭尽所能帮助她们，让她们走出阴霾。

可惜现在这样想为时已晚。

但马前方觉得，或许还有很多像李兰凤、杨一梅、杨彩旗这样被伤害过的女性，她们不知道如何保护自己，如何寻求帮助，以至于走上错误的人生道路，越走越偏，直到无法回头。

马前方不由得深深叹息。

过了一段时间，案子判了。

马前方得知判决结果，深深吸了口气，他觉得这是最好的结果。

他走到停车场，钻进自己车里，发动汽车，驶出公安局，一路向矿厂驶去，路过李兰凤家，看到黑乎乎一片断瓦残垣；路过电影院，看到边上的超市门口，刘敏她们正在小桌前打牌聊天；路过长途汽车站，看到开往上海的长途汽车正驶出站台；他把车子开到了矿厂门口停下，看门的独眼老丁头正在喂自己的狼狗，看到车子驶来，他站起身，用一只眼睛盯着车子，马前方没下车，打开车窗冲他挥了挥手，然后驾车离开，老丁头也伸出手挥了挥，有些不知所以然。

马前方继续开车，来到医院，接上自己的妻子，拐上国道，路过棉纺厂那块空地，现在高架桥已经开建，很快，这里将改天换地，也许，没有人会记得这里曾挖出过白骨，没有人记得王聚德是谁，也没有人记得杨一梅、杨彩旗姐妹身上所发生的事情。

车子驶入高速公路，风驰电掣地向上海驶去。

马前方带妻子去上海看望女儿。

妻子忽然开口道："那两个案子判了？"

"嗯，判了。一个二十年，另一个五年。"

妻子听后微微叹口气。

王聚德案杨一梅杀人抛尸事实成立，情节严重；杨建国碎尸案，杨一梅为主谋，杀人并碎尸，情节恶劣。两罪并罚，判处有期徒刑二十年。介于被告人目前患有严重精神疾病，准予保外就医。妹妹杨彩旗在王聚德一案中为从犯，杀人事实成立，判处有期徒刑五年。

妻子微微摇头，叹了口气，说："妹妹当年不是未成年吗？"

马前方说："满14周岁了。"

妻子沉默了。

过了一会儿，妻子想起了什么，又问道："那个，杨建国的头……"

马前方握紧方向盘，盯着前方，忽然叹口气，说："在杨家老大家的冰箱，冷冻室。"

妻子倒吸一口凉气。

马前方说："不知道王子风有没有打开过冰箱。"

妻子说："应该没有，不然他会报警的。"

马前方点头说："也许吧。"

车子飞驰，高速路蜿蜒向前，远处的天空白云朵朵。

妻子打开车载电台，正好播放的是音乐节目，朴树的歌，那略带忧伤的嗓音飘荡在车厢内。

不知道为什么不走

说不清留恋些什么

在这儿每天我除了衰老以外无事可做
昨晚我喝了许多酒
听见我的生命烧着了
就这么滋滋地烧着了
就像要烧光了
在这个世界
我做什么
我问我自己到底能做些什么
……

妻子调换频道，朴树的歌声戛然而止，换成了唐磊的《丁香花》，忧伤，深情，和朴树的沧桑、忧郁完全不同。

马前方有一丝恍惚，刚才朴树的歌让他想到了杨彩旗，她跟自己的女儿差不多大。人生难料，他在心里感叹道。

两个案子就这样了结了。局长对结果表示满意，对马前方他们的表现也很满意，尽管马前方自己谈不上满意。他忽然想退休了，局长不同意，省厅要对马前方嘉奖，他居然不想要。局长气坏了，让马前方和邵丁务必去领奖。

马前方最终还是没去，一直在上海陪女儿。女儿要结婚了，他觉得再不陪一陪，就没时间了。

邵丁给他打电话，问他何时回来，马前方说："过完新年吧。"

二

杨乐来到看守所，见到了杨彩旗。她剪短了头发，瘦了不少，但人显得很精神。

杨彩旗看到杨乐,露出笑容:"没想到你会来看我。"

杨乐有点尴尬:"我也没想到。"

杨彩旗停了一下,说:"我发现,我现在比之前开心多了。"

"哦?是吗?"

"你知道为什么吗?"

"为什么?"

"因为我不用一直潜在水下了。"

杨乐琢磨着杨彩旗的话。

杨彩旗继续说:"这里还有各种课程,我选了缝纫课、厨师课,等我出去,想开个饭店。"

杨乐看着杨彩旗,发现她清瘦的脸上有一抹生动的气韵,不再如之前那么阴郁,是阳光和开朗的了。

他对杨彩旗点点头说:"开饭店好啊,在紫芦开吗?"

杨彩旗想了想说:"不一定,到时候再说吧。"

杨乐说:"你要开饭店,我肯定去吃。"

"吃,肯定让你吃饱。"

两人都笑了。

离开监狱,杨乐给马前方发信息:马队,杨彩旗状态很好。

马前方回复:那就好。

邵丁来到精神病院封闭病房看望杨一梅,她状态也还行,就是瘦。医生说她最近迷上了阅读和写作,想把自己经历的事情写出来。但我们劝她慢慢来,怕她在写的过程中会直面那些事情,病情会加重。邵丁让医生多关照她。

离开医院时,邵丁给马前方发信息:马队,杨一梅病情稳定。

马前方回复:那就好。

马前方走上阳台,看到一抹夕阳的余晖即将消失,他在心里计算着时间,五年,说长不长,说短不短。五年后,希望自己还有能力,在上海给杨彩旗找一份工作。

忽然扑啦啦一阵响,远处公园树上的鸟成群飞起,扇动着翅膀,在夕阳下的天空中,飞远了。

三

五年后。

看守所的小门咔啦一声打开了,一名女狱警带着杨彩旗走出来。

"以后好好的,别再来了。"女狱警对杨彩旗说。

"是。"杨彩旗立正站好,"李教官,我就不说再见了。"

女狱警笑了笑。

杨彩旗说:"保重。"

不远处一辆黑色越野车忽然鸣笛。

女狱警看了看说:"是不是来接你的?"

"不会吧,谁会来接我?"

黑色越野车又按了两声喇叭,副驾驶车窗落下,邵丁伸出脑袋,向杨彩旗挥手。

杨彩旗看到邵丁,愣了几秒钟,马上露出微笑。

"真是接我的,李教官,我走了。"

"走吧。"李教官冲杨彩旗笑笑,关上铁门。

杨彩旗走到黑色越野车前,看到主驾驶位上坐着马前方。她打开后座的门,钻了进去。

"马队长。"

"你好,彩旗。"马前方回头跟杨彩旗打了声招呼。

"你们怎么会来?"

"知道你今天出来,马队早早就跟我说了,一起来接你。"邵丁扭头递给杨彩旗一杯奶茶。

杨彩旗接过,低头看着奶茶。

"最近女孩子都流行喝这个,你也尝尝。"邵丁说。

"谢谢。"

"还记得我说过,等你出来,我会来接你吗?"马前方说道。

杨彩旗喝了一口奶茶,香甜可口。她微微笑着,鼻子一酸,差点掉下泪来。

"我们去哪?"邵丁问。

马前方看着杨彩旗:"还回紫芦吗?"

杨彩旗摇摇头。

"那去上海?"马前方问。

"好,去上海。"杨彩旗说。

马前方发动汽车。

"等下,我想先去一个地方。"

车子驶入紫芦郊外的一片墓地,母亲李兰凤的墓就在这里。杨彩旗拿着花走到母亲墓碑前。

"妈,我出来了。"她小声地说道,"妈,你好好的,我可能一时半会儿不会回紫芦,有空我就来看你。妈,我终于可以踏实地离开了,我现在心里一点包袱都没有了,妈,谢谢你。"

杨彩旗趴在墓碑上,像是抱住了母亲。

马前方和邵丁站在不远处看着杨彩旗。

杨彩旗向他们走来。

"要不要去看看你姐姐?"邵丁问。

"等我先安顿好吧。"杨彩旗说,"安顿好以后再去看她,她也会放心。"

邵丁点点头。

马前方说:"走吧,我给你找了份工作,天黑前我们到上海,还能去见见那家公司的老板。"

"哎,马队,这事你可没跟我说过。"邵丁说。

"我什么事情都要跟你说吗?"

"不是,你上海还有人脉啊?"

"我女儿帮忙找的。"

"嘿,马队,你这不够意思啊,我儿子去上海上学求你找找熟人,你都不答应……"

马前方一把搂住邵丁,捂住了他的嘴。

"少说两句,没人以为你是哑巴。"

杨彩旗跟着他们后面,开心地笑了。

她抬起头。

公墓在一片山岗上,远处紫芦看得真切,几年没回家,紫芦变样了,新盖了很多高楼,街道也变宽敞了。

远处的白云在阳光照耀下,亮闪闪的,像是一大团白色的棉花糖。

杨彩旗深深吸了口气。

清新的空气带着泥土和花草的馨香,她感觉久违了。她终于从水底浮起,再也不用潜在水下了。

水面上的世界,还是如此精彩。

"快点,彩旗。"马前方喊道。

"来了。"杨彩旗快跑几步,追上了他们。

三个人沿着山路,边说边走,声音飘荡在无人的山岗间,越飘越远,越飘越远。

1998 年 11 月 21 日　星期六　阴转晴

　　今天是我的生日，姐姐给我买了生日礼物。我很感动，但我还是高兴不起来。我又去爬那座塔了，风很大，远处的云层很厚，没有太阳，我觉得自己好像潜在一片蓝幽幽的水底，感到窒息。我想离开这里，远远地离开，再也不回来。我知道总有一天我会离开的，一定会的。我爱我的姐姐和妈妈，我希望我们都能幸福！

——摘自《杨彩旗日记》